眼泪落地的时间

yanleiluodideshijian

qing chun

青春
我们在最美好的季节里
拥抱阳光
拥抱雨季
我们把最浪漫的诗篇
最火热的激情
挥洒在这个
青涩的年代

张　栩/著

青春派
小说作家方阵丛书

中国财富出版社

图书在版编目(CIP)数据

眼泪落地的时间/张栩著.—北京:中国财富出版社,2014.4
(青春派小说作家方阵丛书)
ISBN 978-7-5047-4989-5

Ⅰ.①眼… Ⅱ.①张… Ⅲ.①长篇小说—中国—当代
Ⅳ.①I247.5

中国版本图书馆 CIP 数据核字(2013)第 281998 号

策划编辑 王秋萍　　责任印制 方朋远
责任编辑 康书民 宋 宇　　责任校对 梁 凡

出版发行 中国财富出版社
社　址 北京市丰台区南四环西路 188 号 5 区 20 楼　　邮政编码 100070
电　话 010-52227568(发行部)　　010-52227588 转 307(总编室)
010-68589540(读者服务部)　　010-52227588 转 305(质检部)
网　址 http://www.cfpress.com.cn
经　销 新华书店
印　刷 北京兴星伟业印刷有限公司
书　号 ISBN 978-7-5047-4989-5/I·0093
开　本 710mm×1000mm 1/16　　版　次 2014 年 4 月第 1 版
印　张 14.75　　印　次 2014 年 4 月第 1 次印刷
字　数 234 千字　　定　价 27.80 元

挽歌，古人送葬时所唱的诗歌，由曲和词两部分组成，代代相传

一

看到他躺在棺材里面，我没忍住，笑了出来。

在场的其他人迅速盯着我，似乎在质问我：“这是什么场合?！哭！快点哭!”

然后我就哭了，心想：“你终于死了啊！你也会死啊?!”

一不小心，我把心里话全部说了出来。

我爸大吼：“滚！滚！滚!”

于是我拉着现场唯一的姑娘出来了，她是我女朋友，叫秦倩倩。她和其他人一样，不明白我为什么要这么做，说就算假哭也好啊。我问她，你知不知道现在有那种专门哭丧的。她说我知道啊，那些人赚钱很不容易，真的很难。

我懒得铺垫了：“我给你一百万，你去给一个你特别讨厌的人哭丧，你愿意吗?”

秦倩倩不假思索：“为什么不去?”

我：“我看今天天气不错，我们对着前面三鞠躬，然后绝交好不好……好了，我跟你说，我特别讨厌躺在棺材里的那个老东西。”

那个老东西不知道叫什么名字，所有人从他还二十多岁的时候到他死，就一直叫他老牟。他是整个浮萍乡出了名的算命先生。据说最开始老牟不是盲人，后来怎么瞎的，没几个人知道原因。

我讨厌老牟，因为这个讨厌鬼老爱往我家跑，最后，我家里的人除了起床穿衣服不问他怎么办，其他的几乎都要问。

他原来给我爸算，说他会成为一个大款。这个说准了，当我爸在赌博，

我爷爷又去问他，他说这个要小心了，如果输多了就会丢很多家产，如果一直不赢，就要把家产输光。

他真的很厉害，说准了。我爸破产了。之后，我爸特别信他，隔天就去找他问下一步该怎么走，他收费标准是每次十块钱。一年之后，我爸从他那里带走一个账本，上面是欠的咨询费。

乡里的其他人和我爸一样，特别信老牟，就差没把他搬回家供着了。那时还小的我，发现这神仙一样的老牟竟然也要上厕所，那夜壶跟我爷爷的一样塞在床底下，能臭死人。我突然明白了，原来他也是人，根本不是神仙，那他给人算命，不就是骗人？

让我坚定他是在骗人的这个想法，是因为有次滑坡，他家房子被冲了，他以玉皇大帝要钱为由，让这些信他的人出资，给他家新修了房子。当时我很生气，但又没办法，于是就每次路过他家，都去同一个地方撒尿，后来他家被征用了，据说是要建蘑菇培育基地。

我说了这么多，秦倩倩并没有睡着，而是听得津津有味，并且还去灵堂看了一眼老牟，回来跟我说，真看不出来是个老骗子呀。

我跟秦倩倩有个共同的疑问，既然老牟这么受尊敬，为什么他死了，只有五个人来参加葬礼。

后来我爸告诉我，没人了。年轻人都在外面不回来了，其他的老人都死了，这五位老人最年轻的 76 岁，之所以带你回来，希望你回来看看，很可能这就是最后一次，等这五位老人一过世，咱们这个村就没了。

秦倩倩听的眼泪哗哗的。我在想老牟比较好的一方面，主要目的不是我觉得我误解他了，而是觉得这个气氛太压抑了，得转移话题，死者为大，就得说点死者好的，哪怕没有也得编一点说，老牟活着的时候靠说瞎话过日子，死了也继续吧。

我爸看我心不在焉，给我看了一份东西，是六位老人们签的协议，如果谁先死，活着的人就负责收尸，办葬礼，让死了的人最后看看住了一辈子的地方。

协议上已经划掉了老牟的名字，他是最先死的。听我爸说，老牟的遗言是：明天早上我就死了，我算了一辈子命，骗了一辈子人，这回是真话。

早晨六点多，五位老人照例去找老牟，在菜地里发现了老牟的尸体。然后五位老人一些人准备办葬礼，一些人通知在外地的年轻人，最后我爸就回来了，只跟我说，走了那么多地方，现在才觉得，家里最亲切，老家的邻居都是爹妈。

我不懂，我爸也不解释。

晚上的时候风特别大，特别冷，我们都坐在灵堂里，围坐在火盆旁。第一次坐在火盆边的秦倩倩不适应，把鞋子烧了，我就把她的脚一直捧着。

老人们听我爸说，藤娃子去找了村里面在外地的年轻人，你们要不要听他摆这个龙门阵？老人们一致表示非常想听。我问他们最想从谁的故事听起？愿不愿意听听我的情况？

我爸代替老人们发话，让我从头说。

一

去珠海参加免费的编剧培训课之前，一直在家里当“啃老族”，就是吃家里的用家里的。现在想想是挺丢脸的。

11 月时我和同学在老家开的早餐店被迫关门，同学都回了各自的家，并且向家里保证以后“认认真真学习，老老实实工作，绝不胡思乱想”。之后我回了我妈那里，她“抓住时机”说了一大堆话，“怎么样？你以为自己出去混很容易，翅膀没长硬还跟我谈独立，你们现在即使自己赚得到钱也会很快败光。我现在觉得你真是理想主义者。”

理想主义者这个词我妈是因为我才知道的，经她一说就完全变成了贬义。

我像所有追求理想结果半路返航不得不回去靠家里的人一样，对我妈放话，“回来只是暂时的。有机会了我马上自己出去闯。”

妈妈那时的鄙夷神情我记得很清楚，她沉默着去抱来了一大堆书，很用力地扔给我，“自考我替你报名了，这些是自考法律要用的书，甭管你要去非洲还是美国，把这些书给我带上，保证两年后拿到自考的毕业证书。”

那之后的日子过得很像老年人，早上 7 点准时起床，看一上午法律条款，下午做自考试题，分析如甲有心脏病，乙骂了甲导致甲心脏病发作去世，问乙是否有责任之类的案例锻炼思维。傍晚打两小时篮球，晚上 8 点到 10 点供我自由支配，10 点钟之前准时上床睡觉。我妈都感叹，你读书时要是有这么用功的话，早就在北京大学教室里坐着了。

那段时期，我像老年人一样回忆了很多，回忆起了自己的许多理想和为理想做过的努力。回忆结束回到现实的时候我想到了小学老师的一句话——“有志者立长志，无志者常立志。”已成为了成年人，我却发现自己很悲哀地变成了儿时最不想变成的“无志者”，当我再次回忆到那些理想的细节时，我发现可以自欺欺人地为已经变为“无志者”的自己美其名曰为“与时俱进”。

我第一个梦想是成为奥特曼，应该是四岁时，我爸从外地给我带回来了一部大城市小孩都喜欢看的动画片。看了几集后我便迫切地想成为那个人，每当怪兽毁灭城市人类有危险的时候那个人就会变身成为奥特曼。

和我一起看《奥特曼》的人很多，每看完一集我们便开始“演练”。因为最熟悉剧情我每次都当奥特曼，虽然当了很多次英雄，但心里还是很失落，动画片里的奥特曼有几十米高，能把怪兽打得粉碎。而我还没有“怪兽”高，无论怎样打，“怪兽”都毫发无伤。有次把“怪兽”的手打出了血我很高兴，后来“怪兽”的父亲来找我了，“你小子怎么搞的？信不信我揍你！”

我丢掉这个理想是我一年级时，父亲从外地回来过年，看到我每天都津津有味地看《奥特曼》显得很不高兴，“这么大的人了，居然还看这么幼稚的东西，丢不丢人？”

因为害怕丢人，我把父亲买的奥特曼光碟和我当奥特曼的理想一起丢掉了。

我的第二个理想是当历史学家。现在想起和电视里名人总结自己的成名历程一样，本来我没想要怎样，结果一个偶然的机会降临，莫名其妙我就到了现在这个境地。

一年级以后和我爸去了成都，在一所封闭寄宿学校念书，每星期回家一次。爸忙于公司事务，放假的周末基本都只有我一个人玩。我爸看我周末无聊特地把我带去了成都当时最大的书城，让我看书打发时间。

周末和长假我几乎每天都会去那里，我爸很让人感动地替我办了公交车年票，书城里的百科全书和少儿读物全部被我读完了，逐渐开始看那些人物传记。让我明白这些知识有用是三年级一次全校少儿知识竞赛，我糊里糊涂地报了名，又战胜了那些六年级学生，最后拿了第一。

这个结果让所有人大跌眼镜，那些教五六年级的老师跟记者似的问了我很多问题。

“李藤，请问你知识为什么这么渊博？你有什么远大理想？”

“我想当历史学家。”我至今想不明白当时我怎么会想到那样深邃的一个职业。

“小历史学家，难怪你知识这么渊博，这么小就懂得为理想努力，你的前途会非常光明。”我很想知道当时这位老师是不是转行做了记者。

“小历史学家”这个外号很快便传开了，教我的老师上课的时候开始时不时让我起来给大家讲一下这个问题涉及的知识，好在老师的问题我都答上来了。

同样一个偶然的机会，我知道了大多数历史学家等于考古专家，考古专家等于挖坟的。从此，我再也不提历史学家那茬儿了，别人非要提起我总是很淡然地摆摆手，“呵呵，别提那个了，以前年少无知。”

第三个理想的结局同样也是“呵呵，别提那个了，以前年少无知。”从二年级开始打篮球，同时也知道了 NBA，有一群和自己一样爱打篮球的朋友，后来想起那时的理想简直不能用天真来形容——“我们要努力打球，一起进职业联赛，几年后在 NBA 赛场上相见。”

把这一页就此翻过，第四个理想是我仍然在坚持的，并不知道何时会完全实现的——成为作家，写出不朽的作品。

我已经记不起是何时有当作家这个想法的，按照很多已成名作家的“经典说法”——因为一次不明不白的发表文章，从此便觉得自己写文章天下第一，最后成为了作家。遵循这个逻辑去追溯，我的第一篇文章是小学二年级发表在学校校报上，题目是《我的老师》，文章旁边记得有一个卷发女人的形象，我对文章里写的老师是没有印象的，那时我其实就熟悉宿舍的管理员。

那之后便和发表作品远离了。作文方面得到的第一个奖是在初三。老师要求前十名每人交两篇，其他人每人交一篇去参加全市的作文比赛。我意外地得了一等奖，当时不仅老师，前十名对拿奖志在必得的同学不相信，连我自己都不相信。

那之后又开始和发表作品接近了，上高中后几乎是同样的遭遇。只是作文比赛的规格提高到了全国，每人限定只能交一篇。最后全年级四人获一等奖，我又“意外”名列其中。让所有语文老师跌掉眼镜的是，我居然不是重点班的学生。几天之后学校校报的老师来找我了，“小作家，我们报纸一直准备开设一个叫作‘文学之新’的栏目，但一直都没有找到合适人选，我们觉得你很合适，希望能做我们这个栏目第一期的嘉宾。”

我拒绝了那老师的要求，他居然满脸兴奋地感叹，“文人风骨！文人风骨！”

高三我很“出格”的在业余时间写小说，寒假快结束的时候写完了十万字的类似于成长故事的长篇小说，投了十多家杂志社、出版社。在一个月后收到了几乎一样的回复。

“李藤您好：您的大作我已经拜读。小说文笔优秀，语言幽默风趣，故事引人入胜。以上是我社的出版说明，您若同意请联系我，我社好组织编辑校稿，准备出版……”

前几段都是一大堆不明不白印刷原材料的介绍，大概第四段转入正题——“近年国家出台了《出版社市场化运作条例》，为了规避风险，我们决定采取半自费的方式出版，即你本人负责一部分书籍的销售，若销量好我们再准备进一步合作。"

最神奇的一家是，不到两百页的书，成本十八块，定价三十二块。三千册书各种费用加起来我需要付两万多。

"对不起。我的小说目前只出海外，国内目前还不考虑。"我把这句话给那些人回复过去了。

大概三月底的时候，本来已经淡忘了出版小说这档子事的我上网时看到了一家杂志社给我的小说投稿回复。

"李藤您好：您的大作我已经拜读。我将大作归类为青春成长类，这类作品来稿数量十分巨大。大作没有市面上青春小说那么庸俗化、物质化。兹决定递交终审。耐心等待终审结果。"

大概五一节的时候我收到了杂志终审通过的通知，几天后收到了快递来的出版合约，拿到合约时我才想起去查询这家杂志社的信息，是我最不喜欢的青春文学类。

"有钱拿就行了。管它那么多。出！"我没有违背妈妈的命令，钱收到之后我再也没有去想过那些小说，像所有高三学生一样，面无表情死气沉沉备战即将到来的高考。

时间到了12月，我已经在家里很愉快地待了一个多月，直到我一次上网遇到胡泽林。他是我的发小，中专毕业后去了珠海打工，之后我再也没见到过他。

"藤哥。好久不见呐？最近怎么样？"

"还行。在家里准备自考法律。你怎么样了？"

"那你以后要帮我忙。我在珠海这边跟一个大哥混，偶尔去帮忙打架。平时在工厂里工作，你娶老婆没？"

"女朋友都还没有。"

"什么意思？我和我前一个老婆离婚了，她怀孕了想把孩子生下来，我不同意。我现在生活都不稳定，孩子生下来就更加乱套了。"

"你才多大啊？都前一个老婆了。我记得你以前很听话，好像连架都没和别人吵过，现在还打架，怎么变成这样了。你别说你是我兄弟。我现在还没二十，自己都还养不活。还娶老婆，脑子又不发热。”

“那你应该抓紧了。我们以前那些同学大部分都有孩子了，藤哥。你不出来打工你不知道，你老实了工友都会欺负你。人善被人欺。另外，你想不想到珠海这边来?”

“想。始终待在家里这样不行，但像你那样去帮人打架我没那个胆量。”

“你是读书人。肯定不会去帮别人打架。在我们这里明年3月有个免费编剧培训班开课，结束的时候会和五名优秀的编剧签约。我刚听别人说这件事的时候我就想到了你，我专门去替你打听了。今天算找到机会给你说了。我等会儿把培训班的网址发给你，你去认真看下，决定来的话给我打电话，到时候咱们好好聚一聚，以前好多同学都在珠海这边。”

去网址查询后，记下了许多注意事项，又同妈妈商量了很久，本来3月才开课，她让我明天便出发。

“珠海那边你熟悉，小时候跟着你混蛋老爸在那儿生活过几年。也这么大的人了，记得别和陌生人说话。你自己还有钱，我一分钱都不会给你。其实不读大学我觉得挺好的，至少这一两年你在外面体会到了大学里体会不到的，这就是收获。现在是男人了，是该出去经历社会了。记得以后遇到不顺心的事给我憋在心里，男人流眼泪是没出息的表现。自考转省你要自己去办，还没开课可以多看点考试要用的书。记得自考和培训都不能耽误。”妈妈这些话便是临别赠言了。

三

行驶两天后汽车终于抵达了珠海。车站看起来很落后，下车只看到满眼黄沙，远处搭着一排看起来很古旧的木棚。和我同下车的人告诉我，这里只是停车的地方，所以这么荒凉。车站和候车大厅还在另一个镇。借那人的手机给胡泽林打了电话，他让我就在原地等十分钟，很快就来。我在一个商店门前乘凉，我坐下之后一个人跑来跟我说像鸟语一样的话，手不停地指着里面的摊位，像复读机一样不知疲倦地说着。“我在等人。”我用普通话告诉他，不知道是我普通话说得太差还是他听不懂普通话，他仍然在叽里呱啦着。在我买了一瓶水之后他出人意料地安静了。

不知道等了多久，我被太阳晒得快睡着了，隐约中听到有人在喊“藤哥!”

我看到一群人骑着电动摩托车来了，那些人我似乎都不认识。

一位个子很高看起来很强壮的人拍了一下正在迷茫的我，“藤哥。怎么了？不认识了？我是胡泽林。我们刚从厂里请假出来。”

我肯定不认识现在的胡泽林了，我印象里他还是那个矮小文弱而且听话的小学生。他像大哥一样的给我介绍了和他一起骑车来的人，他们都在一个工厂里打工，都是我小学同学，都已经做父亲了。我无法想象是怎样的工厂允许他们上班时间这么多人一起请假。

胡泽林带着我往他们住的地方走，让我先去放好行李。计划下午和我去编剧培训班报名，晚上兄弟们好好聚聚。当我们一群人骑着摩托车行驶在珠海的大街上时我有一种莫名其妙想哭的感觉，看着好车从眼前开过自己却从未坐过，小时候憧憬的高楼大厦道路两边都是，自己却只能看看……“我们本来想买烧汽油的摩托车，结果不知道规定那种车不能骑上市道，说是为了预防飞车党，那些有钱人害怕被抢。还说什么电动摩托车比较环保。”正在骑车的胡泽林很大声地说道。声音似乎顺着风飘向了远处，又被另一处风吹回来，在耳边碰撞发出剧烈的响声。

我的住处是编剧培训课老师帮忙找到的，胡泽林准备让我和他们合住我没答应。晚上聚会的时候他说起自己现在的生活我听着都觉得害怕，厂长是他大哥罩着的，胡泽林和我们以前的同学都跟那个大哥混，所以在厂里请假比较容易，只要通知哪里有地方打架他们都会去，并且跟大哥保证，平时上班绝对认真。

胡泽林向我们展示他的肌肉，“在外面打工你老实了你就要被欺负。没办法。你不厉害点就要被别人打，我因为胆子最小所以练得最凶。”一起吃饭的其他人都是肌肉男，只是没有胡泽林强壮。

下午去报名时接待我们的是老师的老婆，一位很有气质的中年女人。她的声音很好听，向我们详细介绍培训班的各种事项时，我旁边的胡泽林小声说，“多说几遍也没关系，声音听着舒服。”

“没见过世面。”我小声斥责胡泽林，好在中年女人在专心介绍没有听见。

老师很周到地为外地来的学生准备了“学生寝室”，通过他的“游说”，他朋友答应把自家的房子以很低的价格出租给来参加培训的学生。和胡泽林他们聚完会是晚上 10 点多，回去拿了行李到“学生寝室”时里面两个人正在打牌，看到拖着行李的我很兴奋地说，“来人了！二缺一！”

我在放行李时这两个人在旁边跟说相声似的向我介绍这里的情况，不远处还有一间女生寝室，人已经住满了，有一位很漂亮但很高傲，大学读的经济管理系，想拍电影但又不屑于当演员，想自己当编剧出名然后独立制作电影。这两个人来这里半个多月了，今天我来了之后终于能三个人斗地主了。

很快便和他们熟悉了，留着寸头，胡子很浓密的叫杨晓宁，24 岁，大学毕业当了杂志社编辑，因为忍受不了高强度的劳动不到一年便辞职，之后便在家里“啃老”，跟家里关系很糟，知道编剧培训班的消息立刻出来了。另一个留着长发看起来很像艺术家的叫叶明，21 岁刚大学中文系毕业。

这两个人我总觉得很奇怪，和我谈起梦想的时候一脸神圣，有无数可以挥洒的热情，但似乎没有做过什么“正事”。直到过年之前他们回家，我们三个每天都在一起混，他们两人带我四处逛，打篮球，打牌，晚上附近有露天电影就嘱咐我带上笔记本去“学习”，而他们两个则一人买一包瓜子，从电影开始吃到结束。编剧培训班遇到他们时，我似乎没看到他们动过一次笔，我在写报名需要的“试验剧本”时他们俩总是在旁边唧唧歪歪，“小子，别这么认真。咱们出去打篮球，去街上看美女。”

我越发觉得这两人有种“别人笑我太疯癫，我笑别人看不穿”的感觉，或者杨晓宁说得对，举办课程的老师是一个野路子出身，成为律师后，自学编剧出名，为求人才敢免费教学的“奇人”，你觉得来参加他课程的人能是一般人？

四

编剧培训课结束后，回到了老家，发现自己似乎停止了生长，我仍是小孩，我的发小们都在外地打工了，家里除了父母，多了大着肚子的老婆。

回到老家的第二天，我在学校打篮球时碰到了正和孩子玩的刘晓老师。我五年级从成都回来念书时她已经在学校教了两年书了，同时是学校的大队辅导员。我被选为大队长后与刘晓老师接触逐渐多起来，她很爱运动，我们经常周末一起打篮球，打完篮球后她总是让我请她吃饭，结果每次最后都是她付钱。她和我讲过很多她的故事，比班主任“教育”我的次数更多。

和刘晓老师聊了一会儿天，知道她结婚四年了，孩子马上三岁。老公不帅钱也不多，用她的话说，“嫁给这样的人是上天注定。必须认命。”以前充满青春活力的老师变成了眼前这位一脸倦色的少妇，我无法想象原来信心十足要考回城里，想做个女强人的刘晓老师这几年到底经历了什么。

“小子。以后你就能体会我的感觉了。你去打篮球吧，我家那小子又跑远了。”说完这句话后刘晓老师很大声地朝已经跑远了的儿子大喊，“洋洋，慢点跑！”

我的高考成绩高于父母的预期，比二本线高十五分。我妈从未有过的激动，并承诺为我筹备一场盛大的升学宴，请所有亲戚来捧场。拿到成绩后我妈逢人便说，“这几天是我人生中最高兴的几天，我那个没出息的儿子居然考上了二本，不可思议。”

办升学宴我想到了高二时语文老师讲过他的一次“奇遇”。他的朋友在前年暑假发给他一封请帖，“犬子金榜题名，在××酒店设升学宴，朋友诚意邀请”。他朋友的儿子平时是纨绔子弟那种，居然办升学宴，老师带着“猎奇”的心态准时去参加，到了酒店发现有三家人同时在办升学宴，三张告示摆在同一个地方，他朋友儿子的那张写着“祝贺××之子高中”，另外两张分别写着“热烈祝贺××金榜题名”“热烈祝贺××考入浙江大学××专业”。

事后知道，那三个人考上的大学都在浙江，从老师朋友的儿子考上的学校依次排列是专科，二本，重点本科。

考的太差父母出于面子连你的名字都不会写，升学宴上最高兴的往往都是父母和那些假装高兴的父母的朋友，我不知道我妈如果设升学宴会怎样写那张告示。高考填志愿的消息下来后我去查询了很多资料，我的这个分数一定能录取到的是师范学院和一些大学的中文系，我很喜欢，但我妈觉得没前途，不能填。提交志愿的前一天我给我妈宣布一个本以为她会很生气的消息，“我不读大学了，去自考法律，未来考律师。”

我妈听到这个决定后像当初知道我高考成绩时一样高兴，“不错。现在人的法律意识普遍都在提高，但考律师不容易你要多努力。没想到我儿子的思想觉悟突然提高了这么快，大学吧，我的看法是，读不读都可以，关键是你得学到将来进入社会有用的东西。这样吧，自考我记得是10月报名，这两个多月留给你放松，随便回老家还是旅行，但前提是花自己的钱，在这两个月里你找到事情做了尽管去，做不成功或者稳定下来了再去考那个文凭。不着急。”

“你怎么变得开明了？我有点不适应。”

“社会不是像你们想的这么简单的，父母不帮忙谁还帮你忙，反正有事情做了就好好做，大学不读我还节约了很大一笔钱，说不定四年后你毕业了还要回来待着，那时候更着急了。”

那几天上网所有同学都在抱怨，“什么狗屁志愿。老子不填了，大学有什么好读的……”当我告诉他们我不准备读大学后他们又纷纷来问我，“怎么了？是不是家里出了什么事？不读大学会很遗憾的，大学的氛围就感受不到了，谈恋爱，自由……”

十多天后我心情很好地回了老家，当爷爷奶奶和邻居们知道我不读大学后表现出了同样的惊讶态度，“什么?！考上大学了又不去读，你们不懂事难道你妈也不懂事，你不知道咱们这儿出一个大学生有多难。你脑子里到底在想什么?”

我不知道怎么回答这些话。

五

爷爷奶奶还住在以前的房子里，我爸和我的小时候都在这里度过。房子外面的墙上已经剥落了很多，屋顶原本整齐排列着的瓦，变得像老人的牙一样参差不齐。这房子与周围那些新修的楼房比起来落后了一个世纪。

耳边每天都是搅拌机转动的轰隆声和工人们的号子声，在老家第一个修房子出售的人赚到钱之后，老家人纷纷开始拆自家房子，自己设计，节约成本，把家人先送回祖屋对付一段时间，等房子修好赚了钱就去大城市买房子。

爷爷和邻居合资在修一栋设计六层高的楼房，几乎每天，一个人都会拿着图纸到家里来和爷爷讨论，在图纸面前“指点江山”。讨论结束发现我在“旁听”，爷爷会大声呵斥，“有什么好看的。不读书，这些听了也没用。”奶奶完全变成了后勤部长，每天会做很多饭菜，供工人们解决午餐问题，奶奶每天都向我抱怨，“你那个爷爷，就要做好人，还供那些人吃饭，每个人都吃那么多，还不如每人多给五块钱工钱。”

爷爷是出了名的老好人，镇上所有人都认识他。奶奶很不乐意爷爷做好人，觉得人应该少吃亏，但爷爷从未听过。他们为该不该做好心人这件事争论了快半辈子，至今没有结果。为此吵过不少架，始终没有结果，日子也就这么过来了。

在老家大多数时候我能待在自己的房间里，看自考的书，看电视。那是一个木楼，我很熟悉，除去到成都念书的几年，小时候在老家我都住在这个房间，小时候的很多东西都被奶奶当作废品给卖了，房间现在变得很空旷。所有的玩具奶奶都送给了姑姑和那些有小孩的亲戚。

以前的奖状，获奖证书，作业本这些当废纸卖掉了我很失落，那些物件的消失也许能让被爷爷奶奶斥责为“不懂事，越读越没出息”的我心里能舒服一些，还“幸存”的玩具只能让我想起我爸妈曾经还算有钱。

没事的时候我开始在房间里“地毯式搜索”以前的物件，奶奶“扫荡”得很彻底，但幸存了几样东西，一样是小学毕业纪念册，奶奶说这个难拿，很重，所以没拿去卖。另一样是一个电话本，奶奶担心这可能还有用就留下了。

毕业纪念册一本都写满了，看起来都很稚嫩的笔迹，发小们的字写得很狂，“祝李藤，考上好中学，好大学。找个好老婆，有个好家庭。”如果能有时光机，我很想回去那时问问他们，“你们为什么这么早熟？跟谁学的？”老师们的留言在前几页，字都写得很漂亮。刘晓老师写满了整整一页，像位老妇人在回忆自己过去日子里令自己难忘的细节，看到老师在留言里对我的评价我感觉鼻子发酸，大概从那以后我就再没体会过被人夸奖的感觉。同学们都祝福我，“一直好成绩，一切顺利，有好日子”。我不知道就在翻看纪念册的时候，我的朋友们有多少人在过着好日子——也许寥寥无几。

电话本上面的标志让我迅速想到了它的来历，那个半圆形和我爸以前名片上的标志一样，电话本的第一页爸爸很潇洒的笔迹写着他的联系方式：三个手机号、座机号、呼机号、地址、邮编。这电话本应该是那时候爸爸送给我的，我后悔自己当时没问，“你为什么不给我配个手机。”

把电话本翻页后就看到自己的“真迹”了，字歪歪斜斜的，似乎快要睡着，铅笔字的痕迹已经变得有些淡。第三页是钢笔字，纸张已经被自己写“透”了，那会儿应该是刚学写钢笔字。上面记着成都学校老师的手机号，不知道老师名字似乎很多此一举地写着欧老师（语文），钟老师（数学）。

整个电话本只写了前面六页，后面的备忘录上我用钢笔写着：

发表作文

《我的老师》稿费5元《白云报》

《我爱延安》《一次考试》稿费共15元《华瑜报》

《家乡的柑橘》稿费10元《少年先锋报》

看到报纸名我想到了这是自己小学发表过的作文，《白云报》是以前自己学校的报纸，《华瑜报》是个什么报纸始终想不起来，《少年先锋报》是成都市很大的青少年类报纸。

我把所有能想到的都想了一遍，仍然想不明白自己当时会记录这些，我不相信也无法接受自己小学就是个对钱很敏感的“俗人”。

电话本的扉页上印制着世界各国国旗标志，小时候不看提示我都能认全，现在依然只生活在中国。

眼前的电话本和脑子里想法不断地交错着，仿佛科学怪人在做实验时试着接通两条电路，发出“吱吱”的声音，像下雪般不断迸出火花，被我记住并且计划实施的“火花”是挨个拨打电话本上的那些号码，看看几乎十年过去，接到电话的人会是怎样的。

后天是老家赶集的日子，那天爷爷奶奶都会在药铺上忙碌，我有时间不受打扰地实施我的“计划”。乱打电话被爷爷奶奶知道后会被骂的，如果是小时候一定会挨打，“纸终究包不住火”，我还打算准备50块钱在月底电话单来之后把这钱作为“补偿”。

六

赶集那天整条街像置身一口大锅中，街上的叫卖声，人们彼此的谈话声都变成了像煮粥一样的“嗡嗡”声。

对出版小说还有一点“奢望”，我拿了笔记本，与每一个号码的通话结束就记下听到的内容——也许会是个很奇妙的故事，也许写成小说后出版社觉得好给出版了——这些话都只有一个人知道，只和五脏交流。

照着电话本上的顺序我开始拨打号码，最先是爸爸以前那个有很多“8”的手机号。

“喂。请问你是?”

“我找李濒。”

“请问你是?”

“我是他朋友。”

“我认识李濒。你找他怎么打到我手机上来了?”

“请问你是?”

“我是徐国林，广州市徐国林电子科技有限公司的董事长。我很忙，你没有什么事我就挂电话了。”

“徐国林? 你有个女儿叫徐叶子?”我想到了我爸以前的发小，问出这几句话后我才发现自己很冒失。

对方沉默了一会儿，电话里传出清晰的鼻息声，“你怎么知道我女儿的?再不说我就挂电话了。”

“我是李藤，李濒的儿子。我找他有事。”我心里很想把那句“你他妈有点素质行不行”说出来。

“哈哈哈……原来是你小子，我是你徐叔。你怎么知道我电话的? 你现在怎么样了? 成绩怎么样? 应该是读高中了吧?”他换成重庆话像连珠炮似的说了这么多，明显忘记他作为董事长该有的形象。

“我高三退学了，准备自考法律。我拨打的我爸的手机号，我不知道怎么被你接到了。”

“这个号码不错，你爸给我了，我用了好几年了。既然不打算读大学，你考不考虑出来工作? 徐叔我能帮到忙，我听老乡说，你小子写作还不错，如果你愿意来我这儿直接到办公室做文员，其他人都是要大学本科学历的。”

“我怀疑你会拖欠工资。”

“哈哈哈……不和你多说了。徐叔你还不相信，你愿意来通知我，我很忙。”

说完，我就听到了“嘟嘟”声。

我想起了回老家之前我妈说的话，计划十月报名，这两个多月我找到事情了就尽管去。徐叔的话让我很心动，但我不放心他的“人品”，他和我爸是发小，我爸的工厂垮掉因为和他合资生产电脑耗材，垮掉的工厂由他接手了，处理好“遗留”问题之后他又转向生产赛车配件，这几年生意颇好，老家很多人为他打工，对他怨气很大，他要求工人们每天加班，还拖欠工资，工厂里有各种近乎严苛的规定。

老家人在一起聊天时经常提到徐叔，最多的词是“混蛋”。

他女儿徐叶子和我是发小，初中毕业她随徐叔去了珠海读中学，没想到一星期后，他把母女俩赶出了家，留给他们的最后一句话是“女儿现在长大了，你们可以滚了。老子受够你这个疯女人了。”这件事在老家传出了各种版本，最复杂的版本是徐国林有二奶被他老婆发现了，结果他把二奶带回了家，他老婆气得打了二奶，徐国林护着二奶又考虑到女儿还小，决定和老婆离婚，等女儿初中后再告诉她事实，在这之前允许老婆住在家里，照常付生活费给她。他女儿来之后被妈妈灌输了“你爸爸是混蛋”之类的思想，最后去和住在家里不认识的阿姨打起来了……

记得以前奶奶给我讲过，徐国林给我爸说，“咱们俩小时候就认识，孩子也同一天出生。不如咱们关系再亲一点，以后我女儿就嫁给你儿子了。”小时候我莫名其妙叫过徐国林“丈人”……

在笔记本写下“徐国林，广州，混蛋，原号：父亲”之后继续拨打我爸另外两个手机号，有很多“6”的那个手机号接到电话的是彭小青，也是我爸的发小，现在同样在广州，买彩票中了一百万，现在自己开了家工厂。当他知道我打电话的缘由之后用重庆话很大声地喊了一句，“这世界真他妈的小。”那声音像一阵狂风刺激着我的耳膜。知道我的近况后说了和徐国林同样的话，“愿意外出工作的话到彭叔这里来，彭叔现在能帮到忙了。我听老乡说，你小子写作还不错，如果你愿意来我这儿直接到办公室做文员，其他人都是要大学本科学历的。”

世界实在很小，我纳闷怎么他们都知道我写作还不错，怎么我爸的手机号都给了他的发小。

“彭小青，广州，工厂，原号：父亲”

拨打第三个有很多“1”的手机号，接到电话的人我又认识，老乡，周宗平，我爸在成都的兄弟。以前在我爸工厂里当员工兼司机。现在自己在广州开了个汽修店。和徐国林、彭小青一样，知道我打电话的缘由后，都不考虑形象的在电话里用重庆话大声感叹。听说我的近况后也都是同样的话，愿意出去工作他们能帮到忙。但周叔说，“我知道你小子写作不错，但我店里不大需要文员之类的，工作不轻松但我尽量给你安排比较轻松的工作，愿意来的话提前通知我，到时候我去车站接你。”

不知不觉间过了一个小时，墙上的挂钟发出一声浑厚的报时声。彭叔和周叔知道是我打电话来之后都叫我挂掉电话等他们打来，长途电话费很贵。

“周宗平，广州，汽修，原号：父亲”

我爸以前的三个很“吉利”的手机号都归属于他的朋友了，我现在才想起，我很久没和我爸联系了，不知道他这几年到底去了什么地方。他的手机号变得很频繁。某一天他突然打电话来，爷爷奶奶高兴得像过年一样，老人想儿子了因为不知道电话号码只有等待，等待不知道何时会再打来的电话。为此爷爷去换了有来电显示的电话，每次我爸来电话就很兴奋地叫我，“阿藤！阿藤！快来记下号码。”

挂掉电话后老人会对着那一串数字沉思很久，每次再拨打这个号码时都听到同样的声音，“对不起。您拨打的电话是空号。请查证后再拨。”

我对我爸的印象越来越模糊了，想到他脑海会立刻冒出邻居们经常评价我爸的一句话，“男人有钱就变坏。”我爸、徐国林在有钱之后无不“妻离子散”，老家人都对此嗤之以鼻。

我爸妈是我小学 3 年级离婚的，我初一才知道。高中时，我妈给我说起了他们以前闹离婚时的故事——十年过去，妈妈说起这些仿佛在讲昨天发生的事一样——“如果不是我心态好，现在你妈我坟头上的草都已经很茂盛了。”我妈的这句话让我觉得害怕——“结婚不容易，为什么你们要离婚？”我不解地问我妈，她很淡然地告诉我，“等你长大了你就明白了。”

到底何时才长大，长大又能明白多少那些我曾经认为可笑的事。

电话本翻到第二页，是我家人的联系方式，一共三个手机号。依次拨打后一个空号，两个骂我，“你他妈神经病啊，老子不认识你要找的那个人。”

在笔记本上带着愤怒记下“神经病”。一共十五个号码，还剩九个没有拨打，我已经做好了面对各种话的心理准备。

电话本第三页是成都学校老师的手机号，一共四个。最想知道答案的是拨打欧老师的手机号会被怎样的人接到或者依然是本人接到。虽然现在仍然不知道她的全名，但对她依然感到愧疚和不好意思。转学到成都，我爸和一群朋友开学那天把我送到学校做寄宿生，因为害怕自己独立生活，我要跟着我爸他们一起回家，那场面我没法从另一个角度看到，用现在大人的话就是，“这么大的人还这么没出息。”我记得有一个中年女人拉住了我，劝我回寝室。我只记得我“情急之下”咬了那女人手一口……我不知道后来发生了什么，再次清醒时躺在寝室的床上，那个被我咬的中年女人在我旁边……后来知道她是我的班主任，我成绩很好但很多习惯很差，因为她改变了很多。逐渐开始叫她欧妈妈，已经过了几年，她偶尔仍会“嘲笑”我进学校时“心狠手辣”，被我咬的牙印现在都还没有消失……

“喂。你好。请问你是?”

“我找欧老师。”

“对不起。你可能打错了。我不认识你说的欧老师。”电话那头的人很像电话客服，说话不带一丝感情的，像机器人一样。

“那请问你是?”

“你他妈管我是谁，老子给你说了，你打错了，怎么这么多废话，神经病。”那人的话把我吓一跳，他迅速把电话挂掉了。

继续拨打另外三个号码，钟老师那个号码接电话的是福建一个叫朱宏的女人，自己开了个灯具门市，她说话很轻，我告诉她打电话的缘由之后，听到了她叽里呱啦说了很多，我一句都没听懂，接着她给我讲了很多她的故事，带着浓郁闽南腔的普通话，“我们这是缘分，这样遇到就是朋友。我不喜欢现在的人，都只为了钱。我老公跟一个富婆结婚了，我现在带着我刚上小学的女儿，她很漂亮哦……”

“你干吗和我说这些”，我很想把这句话说出来，大抵这个女人脾气不那么好，或者经历了很多伤心事，结果向我来倾诉。她让我挂掉电话然后自己打来，“我们有缘分，你陪我聊天怎么可以让你自己付电话费。”

我似乎听到了那女儿的哭声，我没有具体概念，一个离异女人带着尚年幼的女儿又独自经营自己的店，这是怎样的辛苦。我说了自己“不打算读大学，准备自考”的计划后，那女人像前面的几个人一样，“愿意出来工作的话，我能帮到忙”。

“朱宏，福建，灯具门市，离异”写下这几个关键词时脑海里是朱宏的闽南腔，又莫名地有些伤感。

教英语的李建萍老师那个号码接电话的是广西一个小鞋厂的厂长。知道和我是老乡后他和我聊了很多家乡的发展，并且承诺如果我愿意出来工作可以去广西找他，他会给我报销路费。“小兄弟，不和你说了，有人来找我了。把这个手机号记住，找我就打这个号码，再见。”

“王亚，广西，鞋厂，老乡”这几个关键词让我不由得想起了彭小青的那句感叹，“这世界真他妈的小。”

美术老师的号码拨过去，接通后让我很激动，接电话的人就是薛老师，这么多年了号码没有变动，她现在自己开了画廊，收入不错，依然单身。我今天才知道她叫薛荔，我情不自禁想起自己二年级不小心摸到老师屁股然后“认错”，结果被上生理卫生课的故事。同她说起这件事后，听到电话那头传来了爽朗的笑声，“小时候有些想法很正常，如果那时你年纪再大一些我就把你送去教务处，小色狼。”

知道我高三毕业，不打算读大学之后，薛老师反倒向我发起牢骚来了，“说实话，我挺羡慕你的，家里人能让你去坚持自己的想法。我高三毕业那年，也是不打算读大学。我想去北京，学画画，那时很多人都往北京去。结果我家里人认为那风险太大，最后逼着我报了一家师范学校，好在毕业后分到的学校还不错。大概六年前吧，因为财政危机，学校大量裁减员工，民办学校没有国家支持只有节约开支。美术老师大部分被裁了，听说学校后来索性不开美术课了。从学校出来后我去了北京，开了个画廊，在北京798，这地方氛围很好。我现在都 30 岁了，没人要，都认为画画的女生很不靠谱。唉……当初如果我不读大学直接来北京，钱应该也赚到了，也有可能找到了艺术家男朋友……”

“老师，注意形象，不要和学生说这些，还有，话费很贵。”我听着老师说话还是打断了她。

“你现在应该 18 岁吧？又不是小孩子了。你自己打电话来的，老师没钱，也没人说话，好不容易逮到机会。”

我陪薛老师说了差不多一小时，电话听筒都已经很烫了，薛老师似乎把心里憋得话一股脑儿全部说出来了，听了那么多故事我有点“情感消化不良”。

“不和你说了，老师店里来人了，是位大胡子，可能有生意。”她匆匆地挂掉电话。

“薛荔，美术老师，北京，画廊。”笔记本上还有五个号码后面还是空白。

电话本的四五六页写着的都是我小学同学的联系方式，他们的名字似乎可以按姓名笔画数排列，在成都华阳的何乙名字笔画数最少，然后是家在内蒙古的伊林，在浙江绍兴的林小明，在成都郫县的彭子桁，最后是浙江温州的廖仲祥。

我很想这五个人，我小学的寝室生活因为他们很愉快，喜欢打呼噜，滚下床仍然酣睡的林小明；每晚都把袜子放到枕头底下的何乙；思想不纯洁被抓去过教务处的伊林；彭子桁最没意思，老劝我有时间多看书，多学习；廖仲祥最早来学校时连普通话都不会说，我们每晚对他进行四川话和普通话的“强化训练”……

五个号码有三个是空号，另外两个接通了，但没有一个是以前同学接到的。

林小明那个号码接电话的是一位叫汤雪峰的在云南贩卖药材的中年人，和他没说到几句话他向我“叹息”起来：“我们这边虽然药材很丰富，但做这个生意的太多了，赚不到什么钱，而且经常有黑社会捣乱。”知道我打电话的“奇遇”之后他很感慨，“这世界看来真的是神奇，不晓得你那同学的电话号码是怎么到我这儿来的。”

“话费贵，不多说了，小兄弟，你既然不准备读大学了，愿意出来工作的话我能帮到忙，如果打算来我这里，提前通知我，我给你接风。我汤雪峰珍惜这种缘分。”这句话说完后他便挂掉电话了。

廖仲祥那个号码接到电话的人是他爸的秘书，和秘书说了不到几句话，秘书便把电话转给了他老板。知道儿子的同学打电话来廖父很高兴，说起我名字后他居然告诉我，“我对你有印象，你来过我家，重庆人，很聪明很能吃辣。”廖父和所有的商人一样雷厉风行，语速很快，“这手机号原本是给我儿子的，结果初中他天天用手机和女同学发短信，被我没收了。现在这个手机号作为我私事用的，秘书负责接。另一个手机号作为公事用，我直接同客户谈生意。不和你说这些了，下午大概一点左右我让廖仲祥给你打电话，他和他同学都在我厂里打工，中午 12 点到下午两点是休息时间。”

“廖仲祥也在您厂里打工？”廖父的话让我很吃惊。

“一时半会儿说不清楚。你现在如果不准备上大学愿意出来工作的话可以来我这里，到时候你和我儿子他们多交流，老同学很久没见了。我先挂电话了，有事情忙了。”

电话本的第七页便是空白了，所有的号码就此拨打完了，我有种如释重负的感觉，我不敢去想电话费打了多少，知道这件事后爷爷奶奶会怎么“教育”我……

电话本剩下空白了，笔记本上则像经历了一场灾难，除了最先写好的“1”到“15”的数字，其他无不是“狂草”，下面还画了很多我自己都不明白的图案，让自己莫名有种刚刚穿越时空回来的错觉。

仔细“研究”了我仿佛天书的笔记本，发现世界真的很小，而且很神奇，像童话里的故事。15 个号码，4 个是空号，3 个接通后骂自己是神经病，其他 8 个是有 5 个人自己以前都认识，数学不好的我算出来碰见熟人的概率是 1/3。好比我们都生活在一部电影里，作为演员，我们在电影结束之前必定会遇到。

除了薛老师，7 个接通电话的人都说，“愿意出来工作我能帮到忙”，这话首先我很感动，然后就是深深地疑惑，我妈教导我“不要轻易相信别人，现在很少有人没有利益关系而帮助你”的话还萦绕耳旁。如果我去他们的城市接受“帮忙”，即使不为工作也至少能见见世面，但假如遇到了表面和善但内心狠毒的人，也许会有无法想象的后果——他们的那些话实在是童话里才有的——大多数童话也是教育读者不要轻易相信别人。

除了廖父在成都，另外 6 个答应帮我忙的人所在地令人惊讶地相邻着。朱宏在福建，然后我爸的三个兄弟在广州，老乡王亚在广西，汤雪峰在云南。如果我先到福建，沿这些地方“旅行”，最后到云南，再坐火车上成都——脑子里开始计划起来……

“咚咚咚……”敲门声打断了我的想法，“出来帮我剥蒜！”奶奶的话像通过喇叭喊出来的一样洪亮的吓人。

七

“败家玩意儿，你不会赚钱难道不会节约，而且你说打这些电话有什么意义。你去查查这几个电话打了多少钱。到时候把钱赔给你爷爷。败家玩意儿。”我把打电话的“奇遇”告诉我妈后她似乎很生气。

“四十一块多。还没和爷爷他们说，等月底电话单来了之后再把钱给爷爷。”

“败家玩意儿。你的意思你打算信那些人的话，你老爸是个混蛋，你觉得他的朋友会是什么好人？就打算去广州，那几个不认识的人他们那里你也准备去？被骗了怎么办？你不是还有宏大理想，实现不了怎么办？”

“这么大的人了总不会那么不小心吧。不为打工，去外面见见世面也挺好的。”

“就得为打工。好，你尽快收拾行李，尽快去。你自己还有钱，路费自己出。让你去见见世面，你会发现什么叫井底之蛙，你没听过‘人不为己，天诛地灭’这句话？你以为你和别人意外通个电话，他们就无私奉献了？算了算了，我说这么多你还觉得我啰唆，你自己去，还是那句话，既然我是你妈，有困难了你向我求助，我还是帮忙。”

“那先资助我五百块钱。作为路费。”

“败家玩意儿。”

四天后我收到了我妈汇来的五百块钱，之后便开始收拾行李，准备明早出发去坐火车。期间我把这件事向爷爷“坦白”了，然后爷爷把我大骂一顿，“你这样的年轻人有个狗屁用，书读不好，没啥本事，净知道做这些事，你不知道赚钱不容易……”自己拿出五十块赔偿给爷爷并告诉他这是自己写作赚来的，爷爷收下钱后继续给我“上课”，“你说你赚这钱容不容易？我还是劝你去读个大学，家里有个大学生了，我们心里会舒服一点。你不知道你小时候成绩好，我们有多高兴……”

我很高兴，那次是我从小到现在爷爷和我说话最多的一次。

想起在老家念小学的日子，爷爷每天的生活就是药铺，麻将铺，床铺。回家吃饭每次都沉默着不说话，不到 7 点就上床睡觉。在老家那几年和爷爷每天说话不超过五句。

早上六点多我被奶奶叫醒了，她已经帮我做好了早饭。

我在吃早饭时奶奶在旁边说了很多话，“既然有机会就出去闯闯，你爸在你这个年纪也刚到广州去。那会儿别人都看不起他，说一个农村人还想去城市赚大钱。不要去听别人说什么，你做出成就了别人自然就不说了。在外面自己多注意，这么大的人应该靠自己了，带的书平时也要看，多学，安全到达后记得给我们打个电话，在外面不要和别人讲什么兄弟义气，你爸当年就是因为太讲兄弟义气破产了，你看他现在没钱了谁还帮他。我看新闻上说，火车上很多小偷，你要注意把钱放好，睡觉的时候把背包抱在怀里，免得被人拿走了……”

两个半小时后到了火车站，与我同车的有几位是去广州打工的，也是高三刚毕业，因为自己想读书家里送自己读了高中，高考完就必须外出赚钱了。当我问他们为什么想读书时我听到了一个统一的答案，“读高中可以在学校多玩三年，打工实在很累。靠读书出人头地，农村孩子现在基本没希望。”

他们很健谈，没几句话就和我聊开了。他们中的“大哥”吴林去帮我们五个人买来了票，下午2点12分出发，硬座，大概五十个小时后抵达广州。

五十个小时，硬座。想到这些我有点腿软，估计坐到广州脚已经肿了。他们对即将到来的艰苦旅程表现得很不以为然，眼睛继续在候车大厅寻找美女。

“卧铺票200块，坐汽车260多块，硬座票89块。为了节约钱没办法，就是一百个小时也得坐。”吴林很无奈地告诉我这些话。

还剩三个多小时，我们几个背着行李开始在火车站周围逛，不时看到人们眼里轻蔑的目光。这是个发展速度快得惊人的县城，十年前我和我爸经过这里时看到的还是低矮的平房，现在火车站、飞机场已经修建好，高楼大厦早已修建起来，走在街上给人一种很不舒服的压迫感。

在路边的小饭馆吃完饭回到火车站，看到大厅上面的时钟很扎眼地停在下午两点零五分。这时广播里也在通知请前往广州的旅客尽快上车。

吴林又带着我们往火车那儿跑，已顾不得刚吃完饭。我们找到那节车厢时火车里已经很多人了，正在忙碌着的女乘务员催促我们赶紧上车，嘴里还嘟囔着，“这么大群人就没个靠谱的。”

火车到达广州的时候我发现我的腿果不其然肿了，让我觉得自己有了一种难得的“厚重感”。

火车到站是凌晨3点，乘务员让正在打牌的我们帮她来叫醒那些仍在熟睡的乘客，下了火车后看到仍灯火通明、人头攒动的广州火车站，和我们来的那个火车站比起来，只有两个字：“宏伟”！一种超出我概念的宏伟。吴林像导游似的向我介绍，“这里据说饱和状态能够容下二十万人，可以和天安门广场相比了。我家里那些大人都来过这里，几乎所有来广州打工的人都到过这里，现在的很多老板说不定以前在这里都睡过路边。”

很快走到了火车站外的广场，看到路边身上盖着报纸熟睡着的人，一辆辆汽车不断送来的乘客……我想到了一个词——流动人口。按照吴林所说，广州火车站每年的人流量上亿。那些成为流动人口其中之一的人，有多少人为实现抱负而来又笑着离开，不得而知。脑海里浮现出春运里那些让人觉得心慌的画面，人像蚂蚁，走不动也在坚持往前走……

火车上的五十个小时真正经历下来也不那么恐怖，与别人聊天，打牌，或者看看窗外的景色，困了就睡觉。像读书时盼望着下课，数着时间，时间却似乎停住不走了，你等的焦急依然听不到下课铃声。当有事情做时四十五分钟又太短暂。

“你有地方去吗？我们这几天应该就住这儿了。”他们已经在路边铺好了“床铺”，几张报纸完全铺开后已占了很大的面积。

“去我爸朋友那里。你们不去找工作吗？”

“找。但是现在是半夜。我们就一个高中学历，你去应聘人家不一定会要。”

“你们不去找个旅馆住吗？”

“想去找。但为了节约钱。”吴林看起来很失落，欲言又止的样子，“你爸朋友那儿你工作确定下来了吗？能不能帮着介绍下我们？”

去了附近的报亭打了电话，接到电话的徐叔正在酒店和别人喝酒，他让我就在火车站等，他派司机来接我，我告诉他我有几位朋友也在找工作后他很爽快地答应，“行！行！老子今天高兴。”

听到这个消息后吴林他们才勉强笑起来。我无法体会他们此时的感觉，我以为自己算不幸的了，可吴林他们更加艰难，有经济压力，无路可退。

“既然那位老总是你爸的朋友，那你爸应该也是老总了。为什么你还要出来打工，和我们一起坐火车来广州？你是不是那种想体验生活的富家子弟？”我很想和他们讲自己打电话的“奇遇”和自己像坐过山车一样的生活，“等在工厂稳定下来后咱们慢慢说。我倒想是富家子弟。”

我和他们一起坐在路边，靠在自己的行李上，等待着那个不知道何时会来的司机。

八

“你他妈的到底是什么人?!”我隐约间听到了有人在对我喊这句话，睁开眼睛看到吴林正用力地拽着我的衣服，眼睛里似乎要喷出火焰。

“你他妈的就是个骗子！你说的什么狗屁司机怎么还没来?!”吴林冲着我大吼着。

“把手拿开。别跟疯狗一样。你们有什么好骗的。有没有司机来和你没关系，你他妈一辈子就应该睡大街!”

吴林的三个兄弟拉住了准备打人的他，“别打。别打。咱们都是老乡，在大城市应该团结，讲究和气。”

我仍然没弄明白这四个人到底在演哪一出戏，这会儿天已经亮了，徐叔派来接我们的司机很可能没来，没说清楚详细地址，偌大的火车站又没有见过我们他不会有那个耐心来仔细找人。

三个人守着行李，吴林和我去电话亭再次打电话。

“对不起，你拨打的用户已关机。请稍候再拨。”重拨了几次都听到这句话我心里有些慌了。

一旁的吴林知道关机的消息后很诡异地笑起来。“别给我装样子。重庆人讲究耿直，还说什么你爸的朋友是老总，放狗屁。其实你和我们一样，都是没啥本事，游手好闲的那类人，不愿干苦工作想投机取巧。这样没意思。”

“去你妈的!”

九

“对不起，你拨打的用户已关机。请稍候再拨。”拨打同样在广州彭小青，周宗平的电话后我又听到了这样的声音，这下自己彻底迷惘了，和吴林他们“不欢而散”，自己一个人又走到了离火车站很远的地方。

脑子里飞快闪过很多想法——必须考虑自己下面的路该怎么走——马上去机场，用剩余的钱买机票回家，从此听妈妈的话；为了面子，在广州待一个月后再回家；假装还有希望，原地等待。现在不过7点钟，他们一定都还在睡觉，等起床后就会开机回我电话了。

店主带我到了他店铺二楼一间不大的网吧，我又给了店主五块钱“帮忙费”，等电话来了务必通知我。

我又想到去买手机，但这个时间段手机店还没有开门。如果像乞讨者一样坐在店铺门前等待，店主必定会把你赶走。

网吧里很闷，光线很暗，只有电脑屏幕发出的光亮，那些盯着电脑屏幕的人像浸泡在福尔马林里的尸体一样，脸色惨白，让人感到害怕。

“你在这里慢慢玩，电话来了我马上来叫你。”店主很吃力地用普通话对我说，之后迅速地跑下了楼。

“你也是他介绍来的?”坐我旁边的一个戴黑框眼镜的男生突然问我，和店主一样的口音。

“我等电话。没有手机，给他五块钱，电话来了让他帮忙来通知我。”

“你是外地人吧？我看你背着行李。你居然会相信那个人。”那个人很敏感地朝四周望了望，声音放低了很多，“这里晚上还有人交易毒品，这里还杀死过人。”

听到这句话先是后背一凉，然后便觉得好笑。我不相信有人会平白无故地和你说这些。

“你是怎么来这里的?”

“我们学校很多混混是那个人的小弟，我们平时也喜欢到处玩，上网的话被要求一定要来这个网吧，去别的网吧被知道后就会被打，所以现在我尽量不出来了，现在是暑假没有办法。”

“你在开玩笑？那位店主看起来很和善的样子。”这话说出来后我才觉得自己很“单纯”。

“马仔才是那种盛气凌人的。他们不知道你身上有多少钱吧?”

“不知道。”

“你赶快走吧。他们等会儿就会来找你麻烦了，外地人在广州不容易。”

“你为什么要告诉我这些?”

“你赶快走。”

楼道里没有灯，楼梯又很窄，我完全不知道自己刚才是怎么上来的，摸黑下楼发现，这网吧“真黑”。

“你怎么下来了？电话还没到。”店主还是那副和善的样子。

“在网上联系到了，不等了。”

我仍然在纳闷黑框眼镜的话，这间铺面看起来很简陋，除了光线暗一些，并没有多少“黑”气。

离开那间“黑”店，我准备去找手机店，给自己买个便宜的手机，免得再遇到这种让人一不小心就可能会吃亏的事情。

这会儿是上班的高峰期，骑着自行车的人像骑着摩托车一样速度很快。似乎地面发烫，所有人都在快速向前走着。

不知道走到了哪里，我才看到一家已经开门的手机店。

“买个你们这儿最便宜的手机。”我迫不及待“实话实说”了，省去为了面子一番讨价还价最后还是选最低价格手机的过程。

营业员是个蛮漂亮的女人，上下打量了我一番，用很大的声音说，“你是来广州打工的90后农民工吧?”

“我是来广州旅游的，刚下飞机。”

营业员一脸疑惑地又打量了我一番，“切……”拿出了一款很小的手机放到柜台上，“最便宜的是这一种。很多农民工都用这个，手机不要钱，但每月必须保证打五十块钱话费，功能不多，对农民工来说能打接电话和收发短信已经足够了。”

“你刚来的吧？顾客就是上帝，你的上帝买了手机你不知道介绍下电话卡。”

“切……”营业员很轻蔑地把一本电话簿摔到了我面前，“自己选，农民工都是外地人，而且赚钱也不容易。为了节约，选那种无漫游，有长话套餐的电话卡比较好，也可以把你家人的号码设置为亲情号码。”

“你是用的哪一款来着？我参考一下。”

营业员把号码簿拿回去了，声音陡然提高，“买不买?！怎么这么多废话。”

那个营业员结果被另一个较成熟女人骂了，我听到那营业员还大声地说了一句，“农民工就是这么讨厌。”

在那个成熟女人的介绍下，我很快买到了手机。电话卡六十，每月送三十块话费，手机五十，手机盒子上写着，“大字体，大音量，适合中老年人。”

照着写在纸上的联系方式，给在广州的三位叔叔每人打了一通电话，无一例外还是关机提示。发了一条内容为“我已经到广州，这是我的手机号。尚无地方可去，看到消息后请与我联系，急！”的短消息。

继续向前走，希望找到一间不那么“黑”的网吧打发等待电话的这段时间。

十

这是一间至少有两百台电脑的大网吧，上午我走到网吧门口的时候便听到了能用震耳欲聋形容的人们敲击键盘的噼里啪啦声。

每隔一段距离就放着一个很夸张的电风扇，它吹出的风似乎能将你吹倒。

缴了十块钱上网费，当客户端提示我时间还剩下五分钟，如果不希望电脑被锁定请到吧台续费的时候手机依然没有响。把手机从口袋里掏出来看后才发现手机屏幕一片漆黑，早就没电了。瞬间自己有种崩溃的感觉，后悔自己没有笃信“便宜没好货”“贪便宜没好下场”这两句名言。

去吧台续交了十块钱。将手机充上电之后发现没有未读短消息和未接来电。一阵迷惘后决定继续等待，等到这十块钱的上网时间用完还没有消息就去找旅馆住下，明早坐火车去广西老乡王亚那里，如果广西再找不到人自己立马回家去。

买了袋一块五的方便面作为午餐，继续在电脑上看电影。

坐我旁边的人这会儿换成了一位穿着肥大衣服，很浓说唱歌手范儿的大胖子，他和坐在他右手边的朋友很激动地打着篮球游戏。懒得听他们像念经一样的广东话，我把电影的音量调到了最大。

电脑桌面上有一个名为“电影”的文件夹，里面全部都是周星驰的电影，但都是粤语版本。我像看外国片一样盯着字幕任耳朵里飞入像鸟叫一样的粤语。从年份最久远的开始看，现在看得这一部周星驰的发型变成了很夸张的中分，褪去了青涩，他那标志性的大笑还没有出现。

“在哪里？吃饭没有？”忘记把 QQ 隐身了，我妈发来了消息。

“吃了。在广州，现在在徐叔的办公室里。”

“吃的什么？他给你安排工作了没有？”

“安排了。在办公室做文员，做收发文件，偶尔还负责写宣传用的文章。徐叔请的客，吃的海鲜。”

“真的吗？是不是很好吃啊？做文员？你小子真的很幸运，大学毕业生都不太可能一上班就做到这个职位。既然徐国林相信你了，你就应该认真做。”

“嗯，不多说了，办公室里的同事在教我熟悉各种事项，有空再聊。拜拜。”

“那好吧。自己在外面要多努力，多和前辈学习，还记得要收敛你的脾气，不然会吃亏的。有困难记得告诉我们，能帮到一定帮。”

我迅速关掉了QQ。

我正准备看下一部电影的时候，电脑右下角又出现了那个提示框，“您的上网时间还剩五分钟，请尽快到吧台续费，以免电脑锁定给您带来不必要的损失。”

看了下在充电的手机，依然“无动于衷”。

取下插在电脑上充电的手机，拿上背包，失望地起身准备出去，接着去找便宜的小旅馆住下，今天除了买方便面花的一块五填饱了肚子，其他方面钱花的毫无意义。

在网吧待了十个小时，二十块钱看了四部电影，整个人现在仍觉得头昏脑涨。快到下午六点，上班的人们往家里走明显不那么心情急切了。我在街道上仔细寻找着写着“住宿”的招牌。

找了不下二十家，终于找到了一家价钱便宜，光线较好，不开口向你介绍特殊服务可以打折的小旅馆。

将行李放好，洗了个澡，在几个普通话台之间来回换，靠在床上等待着自己困倦后自然睡去。

十一

现在是星期一，马上到下午三点钟。办公室里的人都整齐站着，等待徐叔整点“发表讲话”。

我怎样都想不出足够贴切的话来形容自己当时接到徐叔电话时的感受。

昨天我不知道什么时候睡着了，醒来时发现窗外一片漆黑，一直开着的电视这会儿正在播一部外国电视剧。看了还在充电的手机知道现在是凌晨1点39分。

知道时间后自己莫名其妙地，甚至有些装模作样地惆怅起来——“天很快就亮了，我将何去何从。如果我回家，我该怎么面对家人，面对别人”——自己看过的书或电影里很多这样的桥段，为了坚持自己的想法，主人公孤身一人来到陌生的城市，遭受了一系列挫折。住在城市的一个小角落，凌晨醒来，发现偌大的城市却没有自己的一小块容身之地，不禁泪流满面……

脑子里各种想法迅速地来回，猛烈地碰撞。最后确定一个目前可能是最好的方法——等待。夏天不到六点就天亮了，到那时如果接到徐叔电话就去他那里，电话如果仍“无动于衷”就再坐五十个小时火车回去。

徐叔电话打来的那会儿自己正在看足球，主队 2:0 落后，现在巨大的嘘声。

“叮铃铃……叮铃铃……”手机第一次响起铃声把我吓了一大跳，迅速地拿起手机，果然是徐叔的号码。我记得自己当时用最大的声音吼了一句，“妈的！”

“阿藤呐。现在在睡觉吧？不好意思啊，徐叔刚刚才开机，结果看到你发的短信了。你现在在什么地方？”

“没睡。我在看足球。在小旅馆。”

“具体什么地方？我亲自来接你。上次不好意思，我同别人喝酒忘记了。对不起。”

“你等下。我去问服务员。”我穿着短裤光着脚飞快地往前台跑，嘴里还大喊着，“老板！这里地址是多少！老板！”

在前台的是一个穿着背心的老年人，昏昏欲睡的样子。他漫不经心地给我指了下门口的招牌。

我用很大的声音把地址念给了徐叔，他让我原地等待，半小时后到。

我跑回房间飞快穿好了衣服，拿上行李，到旅馆门口等待。前台待着的老年人教育了我一句，“年纪轻轻的不学好，半夜了还和别人联系去那种地方。”

老年人给我拿来了一个小凳子，让我坐着等。仍不忘教育我，“年纪轻轻的，记得要学好。”

坐下后我看了手机，凌晨 3 点 17 分。眼前的景色并不像半夜，路边停满了车，打扮得花枝招展的女人和那些油头粉面的男人一拨拨从车上下来。这个小旅馆应该是这儿最“落后”的地方，这一带很多旅馆，这个时刻招牌都摆在门口，红色的光和旅馆房间一样暧昧的光线。我身后的旅馆招牌没有灯光，黑漆漆的一块。

这里能看到对面那些旅馆前台都是穿的很少的女人，我住的这家旅馆前台是快睡着的老年人。

我想到了自己闹过的一个笑话。大概初一时问生物老师，“老师，什么是红灯区。”生物老师回答，“就是一条街晚上都亮着红灯的地方。”“那到底是什么地方?”“男人们都喜欢去的地方。”

当我明白了“红灯区”的真正含义，当我不再“单纯”，发现那时候是真的单纯，我不禁开始佩服像生物老师那样不“虚伪”的老师。

现在我应该就是在传说中的“红灯区”，我居然选择了一家正规的旅馆，不知道自己是依然“单纯”还是“装纯”。

“叮铃铃……叮铃铃……”手机第二次响起了，“我到你说的地方了。你在哪里？我开的一台黑色的商务车。”

“云深旅馆门口。招牌没有灯光这一家。”

电话被挂掉了，我只好继续等待。这里停的车全部都是黑色的，去仔细寻找实在是“大海捞针”。

“阿藤!”又不知道过了多久我听到有人叫我，顺着声音的方向我看到一位个子不高的男人向我走来。

“不好意思啊。刚刚碰到熟人多聊几句。你小子怎么住到这种地方来了？有没有人问你需不需要特殊服务啊?”穿着西装显得很正式的徐叔很猥琐地笑起来。

“你和我司机先回公司吧。我遇到老朋友了，他们约我聚会。”徐叔把我带到了他那辆看起来很像运钞车的黑色商务车那里之后，又笑得很猥琐与同样西装革履的老朋友离开了。

司机叫杨耀升，也是重庆人，很豪爽。一路上和我说了很多关于徐叔的

“内幕”。我才知道徐叔他们那样的人一般周末不开手机，害怕别人找到自己。我很幸运，这个星期天晚上有人约徐叔去酒店吃饭，打开手机后徐叔便发现了我的短信——我很幸运，徐叔那个朋友我啥时候也请你吃饭。

半个多小时后抵达了徐叔的公司，公司应该是在一片厂区里，周围的工厂像萤火虫一样亮着微弱的光，徐叔的公司里一片漆黑，只有大门边的门卫室亮着灯，门卫在很奇特地一个人下象棋。

凌晨四点多到徐叔公司后被安排在员工宿舍住下，一切收拾好准备睡觉时，同寝室的人已经起床了。车间每天六点要准时上班，他们和我说这话时毫无生气，像垂危的病人说生命中最后几句话时的样子。

我是被徐叔叫起来的，那时大概十一点，徐叔和我在旅馆碰到时没什么变化，西装革履，头发油光可鉴，梳着大背头，个子不高但气场很强大。

“我带你去吃海鲜。给你接风洗尘，也作为我忘记承诺向你赔罪。”徐叔说出这话后我只觉得后脊梁骨一阵凉气，假如徐叔又给了我一个办公室文员的工作，我完全可以去当预言家了。

我忘记徐叔以前是怎样的了，吃饭时我在“不顾一切”地大快朵颐，徐叔在很猥琐地和服务员小姐聊天，并不时对我说，“你多吃点，不着急，我不饿。”

吃完饭后，徐叔又带我去买衣服，我第一次试穿了西装，无法形容的别扭。最后买了几套运动服，徐叔用重庆话给我说，“可惜我的孩子是个女儿，而且现在也不在我身边了。看到你们年轻人我就很感慨，我当年也喜欢打篮球，以前忙着事业，现在怎么都运动不起来了。你算给我们办公室带来了一点活力，那些人整天都死气沉沉的。”

“那我做什么工作?”

“别着急。等会儿回去了我会向他们宣布。”

“徐总。三点钟了。”前台小姐用很甜的声音说。

前台墙上并排着的两个挂钟同时到达了整点，一个下面的字是“广州”，另一个是“日本”。

徐叔清了清嗓子。“现在是三点整，我们做生意的人讲究仪式。下面我给大家介绍一位新同事，一位年轻人。”徐叔把我往前推了推，整齐站着的人们居然鼓起掌来。

“他叫李藤。是我发小的儿子。今年十七岁，特别聪明，写作特别好，未来很有可能会成为名作家。我很欣赏他这样的年轻人，有自己的想法。他今年刚高考结束，二本，考得不错。但他觉得大学并不是那么好，想出来闯荡社会。作为他的叔叔，我有条件也愿意为他提供帮助。同样，我要当着大家的面向他道歉，他周六凌晨便坐火车抵达了广州，因为我喝酒迷糊了，忘记让司机去接他。害他在广州做了一天‘无业游民’。我很真心地向他道歉。我决定，把他安排到我们办公室，负责文员的工作，帮忙收发文件，并且负责咱们公司宣传专栏和文书的写作。下面，请大家欢迎李藤给大家讲几句。”

大家整齐地鼓掌，我很“没出息”地手心开始冒汗。

“我叫李藤，藤是树藤的藤，寓意有强大的内心和坚忍的意志。我很感谢徐叔，感谢他给我这个机会。我妈给我说过，一个工厂里到办公室工作至少需要大学学历。我现在还是个高中肄业，学历不足努力补。我会在工作里努力，向前辈们多多学习，请大家不吝赐教。”我像电影里那些上任的新人一样向老前辈鞠了一躬。

“鼓掌。”徐叔带头，大家又开始鼓起掌。

“大家先散去吧。下班后阿廷留下来，给李藤介绍下他的工作范围和流程。”

“没问题。”回答徐叔话的是一位很漂亮的女生，年纪看起来并不大。

“我让这个漂亮姐姐带你熟悉工作。这会儿他们去办公室了，我问你，你觉得这个姐姐漂不漂亮啊？”那些人在往身后的办公室走，徐叔问我这个问题后又很猥琐地笑起来。

“漂亮。”我不是个“虚伪”的人。

“把他们集中在这里就只说这么点事情？我看到有几个人脸上的表情很不高兴。”我心里憋不住话，把最想问的问题说出来了。

徐叔没有说话，示意我到沙发那里坐下。他去饮水机那里帮我接了一杯水来，整个人突然变得很严肃，“你还年轻。不明白。假设你是老老实实读大学，然后在公司办公室工作的人，结果看到一个还未成年的人同样进了办公室工作，你心里是什么感受?”

“肯定不高兴。”

“那就对了。所以，我要亲自并且很隆重地向他们介绍你，第一，表明你确实是有自己的本事，我很器重你。绝不是那种靠关系好高骛远的年轻人。第二，你是我公司第一个我这么隆重介绍的，他们喜欢欺负新人，知道你的‘分量’之后就不会那么大胆欺负你了。”

“那你为什么对我这么好?”

“不为什么。因为你老爸，也因为你自己确实是个人才，你的‘事迹’我都听说了。我觉得读不读大学对你来说关系不大。”

“你是第一个对我这么说的人。感谢的话就不说了，有一箩筐。那下面该干什么?”

“这会儿跟我走，我带你参观我的这块地盘，你等下会看到一位让你感到很惊讶的人。”徐叔带我往办公室外走。

屋外阳光很刺眼，公路旁的一排椰子树被风吹得困意浓浓。

十二

徐叔说得那位看到后会让我感到很惊讶的人是我爸，他比我上次看到时要瘦小很多，胡子拉碴的，胸前挂着的上班卡看起来很扎眼。他的同事们叫他李会计。他的工作地方在工厂仓库，一间只有一台电脑，其余便是各种账目的小办公室，办公室外由桌子隔开的小办公区是老蒲和阿涛工作的地方。

由大门进入走过一段斜坡，向左走便到了仓库。向右拐的话会到工厂的“加塑车间”，车间往下走是一排看起来很“出众”的房子，那是徐叔一家人的住处。由此往下是房子最大、声音最大的“初级车间”，再往左是办公室。我爸他们所在的仓库在这个喧闹的厂区里显得很安静，很“别具一格”。

仓库忙着搬运货物的工人们在来回忙碌着，每次都微笑着与我爸打招呼。“李会计，儿子来了？都长这么高了。”

“是啊。连我他都没有告诉，自己就来了。”

“李哥。你觉得惊喜不？有个更让你惊喜的消息，你儿子，阿藤，现在是我公司的正式员工了，直接跳过试用期。工作地方在下面的办公区，担任文员。月薪两千五，每月基础奖金五百。”徐叔很得意地和我爸说。

“比我工资不低多少了。是挺惊喜的。”我爸脸上看不出丝毫高兴的表情。

“你今天也别工作了，我允许你早点下班。陪你儿子聊聊天，带他四处逛逛。”说完这句话后徐叔背着手摇晃着离开了。

“你在外面玩玩电脑，阿涛这会儿没工作，和他聊聊天。等我下班后咱们一起出去吃饭。”我爸匆忙地回到了他的办公室继续工作。

老蒲也继续伏案工作。阿涛同我讨论起上网聊天的事情。

十三

我们吃饭的地方是一家光线很暗桌椅看起来并不那么干净的小饭馆，店主是我的老乡，他管我爸叫李哥，我爸让我管店主叫阿明叔。

阿明叔看起来很年轻，光头看起来很有“个性”，看到我来之后他很高兴，大声喊着，“阿藤来了，今天多做几个家乡菜……”

入座后我爸的同事们开始轮番向我“祝福”，说着同样但是让我觉得很高兴的话，“阿藤，欢迎你成为我们的同事。一路上辛苦了，以茶代酒，祝福你一切顺利。”

饭馆电视机里正播放着《新闻联播》，我爸他们差不多六点半才从公司打卡出来。知道我是李会计的儿子之后，徐叔吩咐带我熟悉工作的阿廷向我表示“歉意”，“我原本以为你是那种不学无术靠别人的小孩儿，很讨厌你。

没想到你是李会计的儿子，你记得要像你爸爸这样。做个被别人尊敬的人。”阿廷向我“道歉”后很激动地让我去看公告栏的通知。

表 扬

我厂特别表扬会计李濒同志。他在工厂危难的时刻伸出了援助之手。我们万分感谢。我厂特地决定奖励李濒同志人民币1000元整，并号召大家向李濒同志学习。特此表扬

徐国林电子有限公司

“我爸他还是先进？到底因为什么伸出了援助之手？”

“不告诉你。反正你知道了一定会更加佩服你老爸。”阿廷在“故弄玄虚”。

“没意思。”

“说你小孩子你还不相信。你慢慢会知道的。”

看到这个通知再加上阿廷的“故弄玄虚”我心里的疑问更大了，我不明白我爸为什么会到徐叔的公司来，今天看到他们两人似乎关系并不好，为什么这些同事似乎更把我爸“当一回事儿”，他们看到徐叔时脸上有明显的不悦。

我不敢去询问平时话就不多的爸，询问了和我讨论很久上网聊天的阿涛，得到的回答是，“你还小，等你长大了就知道了。”

阿明叔端来了很大一碗菜汤，“咱们学广东人的习惯，饭前喝汤，一辈子健康。”

“李少爷，我给您盛的。”阿廷把盛满的一碗汤端给了我。

“还不谢谢阿廷阿姨。”我爸很严肃地说。

“阿廷姐，阿廷姐。”阿廷连忙“解释”。正在忙着盛汤的大家哄笑起来。

“李会计，要吃饭了，你怎么还把证件上班卡挂在胸前，要不要这么敬业啊？”前台的阿陈用很甜的声音说。

"戴着习惯，没多大事，没多大事。"我第一次见我爸不好意思。

菜陆续端来了，大家边吃边聊天，向我讲我爸的那些搞笑的事，一直不善于言谈的他听到这些立刻"辟谣"，"他们就知道拿我开涮，你别相信他们的话。"也许我是刚来广州，大家都把我当成"客人"了，像导游一样向我介绍这里的情况，给我讲上班需要注意的事情，徐国林如何的王八蛋，并提醒我既然开始工作了要学会克制，脾气暴躁很可能会惹大麻烦……

喝了很多杯茶吃了很多菜之后，我爸很大声地朝阿明叔喊，"阿明。帮我儿子拿几瓶酒来！"

两瓶冰镇啤酒，我爸示意我向在座的叔叔阿姨逐一敬酒。

"李少爷，来，咱们俩先喝，你记得要夸我啊。"阿廷先举起了杯。大家开始跟着起哄。

"行，我教你。你向别人敬酒，和别人碰杯的时候自己的杯子要比别人低一些，表示尊敬。还有，倒酒只能倒三分之二，也是礼貌。"我爸很严肃地比画着，四周鸦雀无声。

"李会计，别这么教小孩子，酒桌上的这些东西能不学就最好了。有自己的天性是好的，我觉得他很聪明的。"声音很甜的阿陈说。

"叔叔阿姨们都这么关心你，出于礼貌，你应该对他们说些感谢的话。下面看你的口才了，记得说好点。你是我李濒的儿子，应该要厉害点。"我爸连续拍了我几下，像给即将比赛的运动员加油打气的教练。

"你怎么这么听阿陈姐的话？有问题啊。"我这话问出后大家跟着很大声地起哄，我看到阿陈的脸红得像苹果了。

"阿廷姐，咱们举杯，我先敬你。"我立刻站起身，端着酒杯等待阿廷举杯。"阿廷姐，我嘴很笨，不知道怎么说话，特别是看到漂亮姐姐之后更是结巴。这里在座的人都是我的前辈，而你从明天开始将是我的领导，按照大人们教我的，要学会巴结领导，防止小心眼的领导让你难堪。这杯酒表达我的希望，请领导以后多多包涵我的幼稚，多多教育，我会努力。"

我把一杯啤酒干了，虽不那么醉人，但喝下后觉得脸上火烧火燎起来。

"好！不愧是李会计的儿子！"大家整齐地鼓起掌来。

“这杯酒我喝光了。我现在严重怀疑，你小子是不是‘五毒俱全’。说话很有一套。我很欣赏你这样的小孩儿，还有，你才小心眼呢。”

一共七个人，酒量本来不好的我同每人喝了一杯酒之后感觉头非常晕，屋子本来不大又挤满了这么多人，这会儿自己仿佛身处蒸笼里面，汗水大颗大颗地滴，屋子两边呼哧呼哧转着的电风扇对我来说毫无作用。

看到我喝得很难受的样子，我爸连忙递了很多杯茶给我，“多喝点，解解酒。”忙完了的阿明叔准备来和我喝一杯，被我爸阻止了。

我们吃完饭时差不多是晚上九点了。我爸回自己的出租屋，已喝得醉醺醺的他不要我们送，并嘱咐我在公司宿舍住，要听老蒲、阿涛的话。是广东本地人的阿陈、白文件、赵骏他们一起往停车棚的方向走，准备骑车回家休息。阿廷和阿娟还要坐公交车去离公司有些远的出租屋，她们俩奔跑着去站台。

“我带你到处去逛逛。不要这么早回去。”走到一个岔路的时候阿涛说。

“我先回去睡了。你们去吧，我老了，比不得你们年轻人了。”老蒲喝的好像也有点多。

“Goodbye...”

十四

回到公司宿舍时已过了夜里十二点，门卫老冉聚精会神地在电脑上玩着纸牌游戏，老蒲睡得很熟，大抵在梦里中了五百万。

这一趟路走下来我对阿涛“另眼相看”了，首先觉得他不是一般的年轻人，像哲学家似的给我讲了很多，然后我无比坚定认为阿涛干仓库主管这样的工作完全是“屈才”了，他应该转行去做导游、主持人之类需要口才的工作。

准备带我去逛小镇时阿涛说，要带我把这个小镇从头逛到脚，以阿明叔的饭馆为“头”，我们经过了正在收摊的小门市，阿涛微笑着与店主们挨个打招呼。接着到了镇上的小商城，店铺早已关门，店铺门前的台球桌边已有很多赤膊正在打球的人，阿涛又认识那些人，像多年不见的朋友叙旧一样，阿涛和他们说了很久。准备离开时一位赤膊手臂上有文身烫着绿色头发的人用很粗的声音和我说，“我叫阿运。你是阿涛的兄弟，也是我的兄弟。以后有事情请说话，哥们愿意帮忙。”怀着阿涛也是小混混的疑问，我跟着他继续往前走，接着又带我进了游戏厅，阿涛和老板说了一会儿之后拿来一叠游戏币，我们在打游戏时身边很多叼着烟的人走来走去，烟味呛得人十分不舒服。当我说这些活动都不怎么有意思后，阿涛决定直接带我去小镇的“脚”——篮球场。

阿涛一路上像导游一样给我介绍，“咱们今天应该玩够，这会儿去渔村也还不晚，去海边吃烧烤也行。其实我也很喜欢打篮球，以前打球喜好争个高低，现在纯粹是锻炼身体了，心态比较好了。等会儿看我那个朋友在不在，咱们打几局，那几个人水平很高的。”

走过居民区的时候，阿涛向我指了指门口有牌坊的那一片房子，“看到最高的那栋房子了没？你爸就住在那儿。”

去篮球场要经过一段很长没有路灯的路，路边的门市还有几家火锅店在营业，能清晰地看到升腾着的热气。几分钟后到了篮球场，很远便听到了人们拍打篮球的“砰砰”声。篮球场也是“小镇格调”，球场边有石凳，石凳不远处是一棵大树，路灯的光线透过树叶在地上变成星星点点的光斑。篮球架很烂，似乎还没有我老家小学那个好。在打球的人是阿涛说的那几位朋友，他们叽里呱啦一阵粤语对话后，我们便加入一起打球。直到那些人回家睡觉，我和阿涛便按原路返回，路上行人稀少，只剩下那些结伴嬉笑着准备去过“夜生活”的民工。

我问了很多次，阿涛你为什么认识这么多人，你会不会也是小混混。他一直都是同样的话，你慢慢会知道的。

“大半夜的整的这么玄乎。多吓人。我本来胆子就小。”因为我这句话，回来时阿涛开始和我讲起鬼故事来，所幸我没被吓到。走到阿明叔饭馆时阿涛突然停下了脚步，很大的声音清了清嗓子，“我现在可以回答你刚才的问题了。你刚刚一直问，说实话，问的我烦死了，你是我李哥的儿子，我又不敢发火。现在咱们这趟路走完了，你有什么感受？算了，不等你答案了。首先我不是小混混，我能有这么多熟人主要是我脸皮厚，乐意和陌生人打交道，有东西愿意和他们分享。起码出于利益，你有困难的时候他们起码还是会帮助你一次。我出来打工的时候比你小得多，十四岁。那时刚从家里出来，年轻气盛，很高傲。就因为这个，我和别人打过很多次架，被开除了N次，还蹲过半个月牢房。我至今都无法想象，到十七岁，你现在这个年纪，我没有一分钱存款，因为赌博还欠别人五千块。那一阵甚至想到过自杀。算了，不讲那些事了，没意思。就刚才我问你的那个问题，这一趟路走下来你有什么感受？你回忆下我们看到了什么，丑恶，愚昧。这是我们农村人的命，你有大志向仍然会被各种压力变成像那些人一样。所以，我学懂了很多，把自己放低点，学会忍，学会去接受。赌徒，混混，甚至嫖客，我愿意去和这些人成为兄弟，这样至少我能过得自在，但心里一直坚持着一个底线，就是绝对不做这些人做的事。”

阿涛哽咽着说完这些话时我们走到了两边是木屋的巷子，很多衣着暴露的女人站在路边。走过这段“红灯区”十多分钟后便可以到公司了。

“呵呵……”眼前的景象让专注说话的阿涛很无奈。有几位女人一边朝阿涛喊，“帅哥，又看到你了，你总要来玩一次嘛，给你打折。”一边很妖娆地向我们走来。

“对不起。我侄子在这里，请你说话注意点。”

“切……每次看到你，你总是有各种理由，我们又不贵，你会不会是有病啊。”

“请你说话注意点。”

“我就不注意，怎么样。自己有病还不敢说，明明是色鬼是嫖客，还假装清高。切……”

最后阿涛无奈掏出二十块钱给了那个一直说他“有病”的女人，作为“过路费”。

走过“红灯区”之后我很小声地问阿涛，“你是不是真的有病啊？还是你想在我面前树立个好形象？我不觉得像你这种正当年的男人会拒绝这种诱惑。”

阿涛打了我头很多下，“你说你小子整天脑子都想得些什么。我尽量晚上不出门的。这么给你说吧，我有女朋友，快结婚了。另外我觉得，和别人结婚所有都应该是贞洁的。婚前去嫖娼我觉得是对另一半的不负责，婚后去我觉得是无耻，不叫男人。你小子也应该记住，要做个有责任心的男人。”

走到公司大门前时正碰到三位准备出门的工人，其中一个很高兴地问我们，“过夜生活。去不去？”

十五

早上六点半不到老蒲便叫我和阿涛起床了，洗漱之后大概 7 点钟时到达阿明叔的饭馆吃早饭。7 点 50 分在门卫室正式打卡，之后我去办公室找阿廷，老蒲和阿涛小跑着去仓库，担心迟到。

在办公室门口我看到里面一派“宁静祥和”的景象，所有人都在伏案工作，没有一个人说话，像中学里上自习的情景。

“小祖宗，你可来了。我以为你睡着了呢。”阿廷一脸焦急地来问我，进门靠右第三张办公桌隔出的区域是她办公的地方。

“不是八点钟才上班？我和老蒲他们掐着时间来的，还有几分钟。”

“仓库那边是八点钟上班，我们是属于办公室这块的，7 点半准时到，迟到一分钟十块钱。车间的更惨，六点准时上班，迟到五分钟十块。”

“那为什么这么安静？真的有那么多事情要做？”

“先不说这些。我把你的工作内容和注意事项介绍清楚，然后你赶紧开始工作。你不是来旅游的。”

我的办公区在阿廷桌子后面，进门靠右第四张办公桌。桌上所有的东西她已经帮我归类了，办公用具，需要处理后交给董事长秘书的文件，三张纸，一张工作内容，十二条。一张注意事项，二十五条。另一张内容比较少，是公司同事的 MSN 号和手机号。

匆忙把这些介绍完之后阿廷回到她的座位上继续办公，我一个人怀着虔诚地心情看那三张纸。

工作内容我看了三遍发现只有第九条——负责公司宣传专栏以及文书的起草，组稿，与写作有点关系。其他内容似乎都不是那么有“技术含量”，比如做好会议纪要，负责与工作内容相关的各类文件的归档管理，完成上级安排的其他工作任务，协助执行公司的各项规章制度和维护工作秩序……

“领导。我加完了同事的 MSN，工作内容和注意事项也看完了。请指示。”我在 MSN 上给阿廷发消息去。

“上班时间，别开玩笑。这些看完了就赶紧开始你的工作，把那一叠文件处理完了给董事长秘书送过去。”

“秘书在什么地方?”

“看你身后，那间玻璃门的办公室。”

“那文件到底怎么处理?还有，为什么你们都这么安静，像小学生一样。”

“你这么聪明不可能不知道。画出重点，并将主要内容写在另一个纸上，一并交给秘书。等下班了再和你说其他。赶紧工作。”

看到前面坐着的阿廷很认真打字的样子我差点笑出声来。

那一叠文件一共六份，双语，像泥鳅一样的日文下面是中文。主要内容都是××单位将采购多少件赛车方向盘，希望贵公司能优惠些，然后列出一大堆他们人脉广有助于生意扩大的条件。像小学读书时画重点一样，我在那些泥鳅字下面画了长短不一的波浪线，那些文件顿时变得像下雨后的水塘，水里的生物们都很高兴地“集合”。

差不多两小时后，我处理完了所有的文件，怀着忐忑的心情准备将它们交给秘书。

敲门进了秘书办公室，看到她本人那一刻我想到了一个词，气魄。她看起来绝对不超过三十岁，但打扮得很成熟，不怒自威。

“你是公司新来的那个小孩儿吧，老徐的侄子。”秘书的声音也很“男人味儿”。

“嗯。我把文件处理好了，来交给您。”我双手把文件递给她。

“呵呵呵……好，你这样的小孩儿有前途。我喜欢你这样的年轻人。你先回去吧。”秘书“嗒嗒”地拿着往办公桌那里走。

“领导。我工作完成了。下面请指示。”我对正在写东西的阿廷说，她被吓了一跳。

“徐总交代的，先带你熟悉几天工作，不着急做具体事情。这几份文件属于你帮我分担的，我觉得你能做得好。对不对。下属。”今天早上以来我第一次看到了阿廷的笑容。

“为什么那些文件是日本字？为什么是要求采购赛车配件的？这里不是电子有限公司吗？”

“你怎么那么多问题，千万个为什么啊？等会儿10点钟时会休息半个小时，像读书时一样，你先去熟悉我帮你整理好的东西。不是来旅游的，工作就应该好好干。”阿廷瞬间变得严肃起来。

十六

吃午饭的时候阿廷给我讲了公司近乎变态的制度。和我说话时阿廷样子像毕业的学生“抱怨”学校一样。

提前半小时上班，每迟到一分钟罚款十元，逐分钟递加。上班时间不得在办公室发出笑声，被听到三次以上者罚款一百元，上班时间在办公室说与工作无关的话，被听到一次罚款一百元——因为这几条制度，所以阿廷才上下班判若两人。

其实秘书就是徐叔派去监督办公室那群人的，只有秘书和徐国林出差，公司暂时由副总当“老大”时员工们脸上才看得到笑容。

举报有奖。举报人分得被举报人罚金一半——因为这项制度，上班期间办公室里的所有人跟哑巴一样，涉及工作时才敢说话。他们有人甚至随身带着录音笔，以便及时“搜集证据”。

“其实办公室的几个人关系很差，都在钩心斗角，为了钱其实我也可以得罪别人。”阿廷说这句话时脸上露出从未有过的失落。

我和阿廷吃完饭回来时碰到了正准备去吃饭的我爸他们，大概是刚忙完工作，三个人都大汗淋漓的。

“儿子。和你阿廷姐好好学啊，认真上班。”我爸擦着脸上的汗水一脸笑容对我说。

“你们别喝酒，下午还要上班。”

“饿了。不和你说了，去你阿明叔那里了。”

我爸他们走远后，阿廷给我讲了个关于我爸吃饭的趣事。最早来公司的时候阿廷经常和我爸他们去吃午饭，“来盘叉烧饭，不要叉烧。”我爸每次都这么说，每次都把同事逗笑了，每次我爸的午饭只花两块五，两盘有叉烧味儿的白饭只要一块，一瓶啤酒一块五。每次都是他吃的最饱，钱也花的最少。同事都跟着他学之后老板不干了。后来阿明叔从老家来广州了，我爸他们的午饭便有了家乡风味，我爸用不着每天中午吃不要叉烧的叉烧饭了。

我不明白我爸那样的吃法到底为了节约还是因为不习惯广东口味。

“阿藤下属呐，领导有件事想求你，你能不能答应？”阿廷突然一脸坏笑地问我。

“肯定不是什么好事。笑得这么邪恶。什么事？先说出来我考虑下。下属对待领导就应该坚持原则。”

“我说了的话你必须答应，我以后帮你多做些工作都可以。如果不答应我以后天天欺负你。其实我就是想听下关于你老爸的故事，我听公司里的人说，你老爸以前是个特别厉害的人，算是富豪了，还给老家捐建过教学楼，再后来好像离婚了，不久又破产了。在公司里其实徐总很怕他。你知道为什么仓库那儿的工作特别自由吗？因为你老爸有次和徐总吵起来了，最后徐总认输了。仓库那块的人员以工作任务为准，除了按时上下班，其他规定一律没有。”

“你能不能不要对别人的事情这么感兴趣，是不是女生都有成为八婆的潜质啊？”

“去你的。我这叫强烈的好奇心。我真觉得你老爸挺传奇的，也挺爷们。说心里话，如果他愿意的话我愿意嫁给他。”

“他愿意我还不愿意呢。我才不想有这么一后妈。”

“去去去，我哪里不好了。我还是你领导呢。说正事，我求你的这件事你答不答应。如果你答应，把故事讲完了我保证给你一个惊喜，很大的 surprise。”

“那你具体想听什么？另外，你说的惊喜是什么？”

“就是你爸怎么发家，怎么破产，为什么离婚，为什么要到徐总的公司来之类的事情。相当于回忆你老爸这几十年了，不过我这个惊喜值得你讲这么多。徐总有个亲生女儿对不对？名字很好听，叫徐叶子对不对？你们从小还被指腹为婚对不对……”

“对。都对。别吊我胃口，你不会把她变出来吧？”

“对。猜对了。你给我讲完那些故事我就带你去见徐叶子。今天下班后我请你吃饭，你给我讲故事，明天下班后我就带你去见徐叶子。成不成交？”

“成交！八婆……”

十七

阿廷请我吃饭的地方是一个小渔村，屋子以吊脚楼的形式建在水塘上面，走廊很宽，可以在栏杆边钓虾，钓鱼。吊脚楼走一段距离有很多个烧烤炉，可以自己烤店主准备的食物或者自己钓的“战利品”。

阿廷一边帮我烤着一边很认真地听我讲我老爸的故事，那时我瞬间有种自己在出卖我爸的感觉。

其实我对我爸的印象真的不深，用不多的话就可以概括出来。首先他是老家最早外出打工也是最早获得很多财富的人，我小时候听到别人都是叫我爸“李爷”。然后是我小学到成都读书的那几年，知道了他和我妈离婚的事。在成都那几年基本都是我一个人生活，我爸和他的“外遇”林阿姨几乎每天都出去“有事”，周末几乎都是周五外出便一直不回来。后来我知道他们所说的“有事”即是打牌。五年级我又回到了老家，毕业前我听奶奶说了我老爸破产的消息，初中后我去了我妈那里，直到来广州，我才再次见到他。

当我把这些话说出来后阿廷立刻强烈抗议，“我请你吃东西你就给我讲这么点，太不够意思了。你应该讲点细节，细节，你懂吗？什么让你印象深刻的，一辈子都忘不掉的，赶紧想想。”

因为阿廷的这句话我脑子里莫名其妙地想到了很多，想到很多关于我爸的记忆，那些记忆仿佛一直冬眠着，等待着某种外界刺激让它们苏醒。

“高二的时候，现在想不知道是哪根筋搭错了，想退学写书。然后和我妈大吵了一架，每次和我吵完架，我妈都使出‘撒手锏’，给我爸打电话。我爸号码经常变，我妈每次打电话居然都打通了。我爸像原来一样，无论发生了什么都显得很镇定。我和他在电话里很激动地说起我的理想来，然后一个劲儿地说读书没什么用，在学校根本不是读书。”

“然后呢？”

“然后他声音很大地说了一句，‘我他妈就是没读过书，我就是因为书读少了，所以希望你多读点书。’”

“你然后说了什么话？”

“我的观点是，在学校更多的是锻炼人际交往的能力，为了分数考试，以后根本用不着数学那些知识，但就是因为数学大多数人进了普通学校。另外英语，150 分能考 130 多分的有多少不是学的哑巴英语？其实吧，你退学父母还是面子上过不去，他们也有虚荣心。”

“我认真读，再怎么都把高三一年读完。高三一年除了上课大部分时间在写小说，然后高考居然考了个二本，后来又决定不读了。再然后我就到这里来了。”

“还有吗？已经到你高二那一段了。你已经讲了一个多小时了，咱们的食物都吃得差不多了。其实我觉得像你老爸他们那一代人都是那样，坚信读书改变命运，但是现在靠读书能成功改变自己的概率不亚于中大奖。”

“还有两个吧。我爸挺让我感动的两件事。如果你要真是这么想，我倒还愿意你当我后妈。绝对不嫌弃你。”

“切……我这么优秀的人多难得，我嫌弃你才对。你讲了这么多，我有两个最大的感想，第一，你爸是个性格很复杂的爷们，太多故事了。第二，你也很传奇。你继续讲吧，看看能不能感动。”

“高三，老师介绍艺术院校需要的分数要低很多，然后我打算去学编导，这样能四百多分考上重点。然后去集训，需要花一万多。我爸那会儿没钱，几乎一个子儿都没有。我和他又吵起来了，说了些很多不应该说的话……”

“我能明白你说了些啥。其实你还是幸福的，爸妈虽然离婚了，虽然法院把你判给老爸抚养，虽然老爸这么多年没给过你生活费。”

“别虽然了，还但是呢。那天晚上和我妈商量后我决定不去了，早上很早，六点不到，我爸打来了电话。他昨天打完电话去到处询问，哪里的培训机构比较好，结果听说了很多黑幕，并询问了很多孩子是艺术生的朋友，都说要靠这条路混出个人样没个几十万很难很难……”

“我说的对吧。你还是很幸福的。然后呢？”

“然后我被感动了。和我爸说了很久从来没有说过的掏心窝子的话。然后我爸最后说，记得要经常给你爷爷奶奶打电话。哪怕问候一下。其实我以前打电话回老家时就问过爷爷奶奶，我爸很久没打电话了，但每次爷爷奶奶的生日和除夕都会打电话回去。”

“为什么你老爸他叫你多给老人打电话而自己不打呢？”

“我哪里知道。也许因为要面子吧，他现在混得不好，不好意思和父母说。这话他那天在电话里支支吾吾着给我说过。”

“我彻底感动了。另外小声地问问你，你老爸是不是真的对阿陈有意思啊。”

“说你八婆你还狡辩……”

晚上九点多从渔村离开后阿廷让我送她回家，走了半个多小时才到达她所住的出租屋，和她同住的人是我们同事，用很夸张地话说，“阿廷。你居然喜欢小男生，人家还是未成年。”

开过一阵玩笑之后，和阿廷她们在一起聊天。知道了阿廷蛮幸运的故事，老家在湖北农村，念的二本大学，毕业后便到了徐叔的公司，虽然公司制度繁多，但她始终没被扣过工资，徐叔颇赏识她，拿的奖金也不少。

阿廷今年二十四岁，家里催促着相亲，赶紧结婚生孩子。阿廷用很无奈的表情说，每年过年回家对于她来说比工作还要辛苦，回家不过十天平均每天至少要见两个与自己相亲的男人，他们大多很粗鲁而且一直把生孩子挂在嘴上。

时间过得很快，发现很晚了之后我便同阿廷他们告别一个人准备回公司宿舍，一路上看到与那晚与阿涛逛小镇看到的几乎一样，只是多了些在拼命踩着三轮车向前的人……

十八

我爸昨天下班时说周六在他的住处请我们吃饭。

上午十点多阿廷来我们公司宿舍找我，催促我赶紧收拾好去我老爸那里吃饭。

十一点，阿涛，老蒲加上我和阿廷。我们四个人准时出发去“赴宴”。

我爸住的这块地方我有印象，阿涛带我逛小镇给我指过，“你看到那栋最高的房子没？你爸就住在那儿。”

这里似乎是一个村子，村口立着一块牌坊，上面的字已经剥蚀得看不清楚。楼房之间隔得很近，巷子极其狭窄，汽车无法进入，这里的空气比其他地方清新很多，没有那种闻到后很不舒服的汽油味。

在路上听到了很多人是我家乡口音，询问阿涛后他很神秘地告诉我们，其实这一块地方的大房东属于公司里那位德高望重，美艳绝伦的秘书。据说她是徐国林的二奶，然后因为徐国林那句“你要房子？我把这块地皮给你，那里所有的房子都是你的。”而拥有了这么大块地方。她不为了赚钱，只是做“善事”。把房子以很低的价格租出去，这里因此聚集了很多在广州打工我的老乡们……

一向“热衷”于这些事的阿廷没有任何反应，小声地和我说，“老总的私事还是不要谈论，祸从口出，免得丢掉工作。”

我爸住的这栋楼看起来已经很古老了，灰黑色有很多很清晰刮痕的墙上贴着很多小广告，楼梯间和过道很窄，最多只能两个人同时通行。阿涛像导游一样走在最前面给我们介绍着，这里每层楼有十间房，每间五平方米，每月只要一百块，是其他地方的五分之一。

我爸的房间在走廊尽头，门口摆着几把凳子。

“嘿！李会计。”阿廷准备吓一下我爸。

“在外面坐，还在忙呢。等会儿开饭。”

我看到房间里面后才明白五平方米是个什么概念，一张高低床，一个小卫生间，摆满各种用具后剩下的空间最多能摆下一张小桌子。

和我爸在房间煮饭的还有一位女人，那位女人居然是阿陈。坐在走廊上聊天时阿廷很激动，“我原来就和你说嘛，你老爸对阿陈有意思。结果现在，现在都住到一起了。”

阿涛和老蒲只是在笑着，一言不发。

“我爸他们就在里面，你小声点。”

“你们在说什么呢？”我爸突然问道，阿廷连忙摆手。

“阿廷在说怎么房间里多了个人。”阿涛突然很大声地说。

“你们四个人要来吃饭，我一个人怎么忙得过来。我让阿陈来帮忙。”

“阿廷问，阿陈是什么时候来的？是不是一直住在这儿。”阿涛继续说，阿廷的脸颊已经变得通红了。

“你们在说什么？阿陈习惯早起床，她早上八点多就来我这里了。阿藤她林阿姨美容店周末比较忙，早上五点多就起床去市区了，可能夜里很晚才会回来。”

阿廷的脸红得像炉火一样。

十九

“开饭喽！”阿陈端来了一盘清炒小白菜，接着帮我们盛饭。

“阿陈帮我去买的。她是成都人，弄了很多辣味的。咱们虽然广东味儿吃多了，但还是习惯家乡味儿的。我弄了这个水煮鱼，我觉得弄得还行。”我爸介绍了桌子上的菜之后嘿嘿笑起来。

这张桌子和儿童玩具一样小，摆满菜之后已经摆不下任何东西了，六个人很挤地围绕桌子坐着。

“每人一瓶啤酒。女人可以不喝，可以喝我平时煮的茶。我知道，咱们这顿饭很寒酸，很寒酸。我李濒感谢大家给面子。说实话，我今天很高兴，第一，我儿子来上了一个星期班了，据他领导阿廷说他表现还不错。对于读大学我的态度是，不是好的学校宁可不要去，社会大学够你学的更多。第二，感谢阿涛，老蒲，兄弟们平时在工作上的帮忙。感谢阿陈，今天来帮我做这么多，平时对我这个粗人的关心。感谢阿廷，在以后的工作里多带着我儿子。我这会儿其实很想哭，但我教育我儿子，男子汉别在别人面前流眼泪，我要以身作则。我知道这顿饭简直寒酸的不得了，谢谢你们给面子来这里。十分感谢。”我爸把一整瓶酒喝去了一半。

“那这会儿我来说几句。不过我先喝点酒再说，我平时不喝酒，这瓶酒我估计很久才能喝完。”老蒲把整瓶酒喝少了一点，“首先。李濒你的话我不认同。是我们愿意来这吃饭，觉得吃着开心，别人请我吃鲍鱼龙虾我还不去呢。我也说两点，希望大家工作愉快多多赚钱；希望阿藤工作顺利，早日脱离阿廷的领导。其实我儿子只比阿藤大一岁，去年高考后也出来打工了，他想靠自己，最后在一个化工厂的车间工作，很苦。说心里话我很羡慕阿藤，也羡慕李濒。”

“气氛不对，气氛不对。再说下去我就得哭了。咱们得说点开心的事情。”阿廷连忙说道。

阿陈的厨艺很棒，整桌菜都很好吃。除了水煮鱼例外，花椒放多了麻得人十分不舒服。看着我们一个个被麻得直吐舌头，我爸又嘿嘿笑起来。

气温很高，才吃一会儿每个人都大汗淋漓了，桌上除了清炒小白菜其他的菜都有辣椒，吃菜无异于“火上浇油”。我爸他们几个都把上衣脱了，露出了中年人才有的大肚腩。才二十多岁的阿涛也有了中年人的“标志”。

我衣服都汗湿了，因为阿廷在这里我不好意思脱。

“你还是别脱了，万一也露出大肚腩多难看。”阿廷很“同情”我。

因为每个人总喜欢说那些伤感的事，所以阿廷建议比赛讲笑话或自己有趣的事情，另外三人当裁判，输了的人罚喝酒，或者吃花椒。

第一个获胜的是阿廷，她挑的对手是我，我那个整同学的故事败给了她那个整相亲对象的故事。

她大学毕业回到家里就被拉着去相亲，有次一个相亲对象话很多，唧唧歪歪一半天，阿廷很想和他结束谈话，但碍于礼貌又不敢说。然后她去打电话通知自己的一个异性朋友来，然后那朋友来了之后，阿廷很嗲地对他说了句，“老公，你可来了。”

结果阿廷被她妈骂得很惨，从此相亲的时候都会陪同阿廷。

“你们都讲完了。我也不挑对手了。我讲个我儿子想知道的故事吧，他问过我很多次，我为什么要到徐国林这个王八蛋的公司来。”

“好。我想听。来，李会计，吃鱼。”阿廷连忙向我爸“献殷勤”。

“是因为工资高些吗？”阿陈声音很甜地问。

“不是。我其实也挺庆幸我能来这里的。不然我怎么能认识你们这一群朋友。”我爸端起杯子和我们逐一碰了一遍，将杯子的酒一饮而尽。“这么说吧。为了报恩。十多年前，我儿子才一两岁的时候，我到广州来打工，当然徐国林也在一起。他是我们那堆人中混的最好的，因为他聪明，老总喜欢他又认了他做干儿子。我那时在灯具厂打工，没什么钱，也不认识什么人。大概四年后，灯具厂要破产寻求收购，那时的商机很大，我想收购，但我没钱。偶然和徐国林说起了这件事，之后，他借了我三百万，不要利息的。”

“那为什么徐叔现在变成了这种人，他还把叶子她们母女赶出家门，现在叶子在车间打工。”

“下属。其实我也想问……”阿廷咯咯地笑着。

“其实我理解他。这么说吧，今天我能站在你们面前也是因为我当初像徐国林一样，做过王八蛋的事。你们也许无法明白，当一个农村穷小子拥有了几百万是怎样的心态，那时感觉自己就是世界上最厉害的人，要什么有什么，家里有老婆孩子，狗屁。老子有钱。”

“李会计。孩子在这里呢。”阿陈像说悄悄话似的给我爸说。阿涛和老蒲在一旁一言不发。

“老蒲。你是我们的老大哥，我想听听你的想法。”我爸脸上堆满了笑容。

老蒲沉默一会儿才说，“要问我的想法，其实很多。但那些都是没啥用处的。掏心窝子的话，我羡慕你们这种人，能经历这些。像我们一辈子吃苦，老老实实地工作才能保证妻儿的一日三餐，也就这样平淡过一辈子了。我像阿藤这么大的时候也想过，我未来会有什么样的发展。但现在晓得那时候不能叫天真，是傻。反正我觉得，过去的事情就不要去深究了。这些经历能让你明白些什么，让你的儿子明白些什么也就够了。”

“老蒲还挺像个教育家的。换作我有李哥那种生活，我觉得我会做个王八蛋，不对，做个不好的人。如果我那一切被我败掉了，我觉得我会一蹶不振，所以我尊敬佩服李哥。爷们。”

“阿涛。没你们这么拍马屁的。你们都说这么大半天忽略我下属的感受了。”阿廷连忙说道，

“儿子。来。咱爷俩喝一杯。”我爸来给我倒酒，我连忙拿好杯子。

“儿子。今天你老爸我真的很高兴。我想哭，真的。我向你道歉，虽然我知道道歉毫无用处。我不清楚你这几年是怎么过来的，但我很高兴看到你今天这样子，成熟了，是大人了。我上次看到你小学五年级，一晃你都这么大了。而你爸我却还是一无所有。我他妈以前不是个人……”他拿着酒杯沉默很久，像是在思考着什么，那样子看起来让人觉得害怕。在座的人都沉默着，我第一次觉得空气会让人感觉压抑。

“阿藤。你老爸估计喝醉了，在迷糊呢。阿陈姐姐和你喝一杯。”阿陈示意我端起酒杯，“我的厨艺不好你不要说出来，你老爸以前的不好你也不要去想了，咱们现在很快乐就行了。我喝茶，作为男子汉你应该把这杯酒喝光。”

下午我们在我爸那五平方米的屋子里斗地主，聊天。天气很热，电风扇“心有余而力不足”地吹着，衣服被汗水打湿得能挤出水来……

吃过晚饭从我爸那里回来时，阿陈和我说，“阿藤。你老爸早上在我面前哭了很久呢。他说他今天真的很高兴。”

二十

今天是发工资的日子，下班后阿廷拉着我往我爸的办公室跑，还不停地埋怨，“你小子领钱都不积极，肯定没有大出息。”

到我爸办公室后发现很多比我们都积极的人，领工资的人们已经排起了长龙。

“你看见没有？这些人才会有大出息。多么积极。”阿廷很得瑟地指着人群和我说，“你还小心被扣工资。我们以前常常不知道为什么就被扣工资了，如果去争辩几次被徐总知道往往就会被开除，你等会儿小心点。”

“那是不是几乎每个人都会被扣工资？那扣钱总得有个原因吧？”我有点担心我人生的第一份工资“不完整”。

“不是。车间工作的人每个月都能拿齐工资，毕竟他们的工资就不多。扣钱没有原因，这么说吧，办公室里除了我，其他人都会去告你状，扣你钱他也能得一部分，前一阵子黎腾欺负你的事情你忘了，其他人都还表面上很和善，黎腾索性摊牌了。”

黎腾那件事我记得很清楚，来公司的第三周，徐叔和秘书到深圳出差了。同在办公室的黎腾早上上班时把我叫到公司外面，用威胁的口气告诉我，“你小子他妈的别以为徐总是你叔叔就胆子大，给老子记住，你敢告老子密老子一定打死你。”然后狠狠地踢了我一脚，满脸怒气地回办公室去了。

下午我爸同样怒气冲冲进到办公室，“黎腾你给老子滚过来！”

“李会计。什么事？”

“你上午对我儿子说了些什么？给老子一句句说清楚。”

“没说什么。”

“再问你一遍。你上午对我儿子说了些什么？”

“没说什么。”

那次是我长这么大以来看到我爸发怒，看起来无比恐怖，要吃人的样子。我明白他外号“狮子”的由来了。拳头频繁迅速地落到黎腾身上，黎腾蜷缩着不敢还手。办公室里的其他人都呆坐着，不敢上去拉开两人。

“这会儿再问你最后一遍。你上午对我儿子说了什么？”

“我让他不要去告我的密。我怕扣工资。”

“你他妈脑子有病。他刚来公司，他告你什么密。他知不知道你这个傻子叫什么名字都难说。”

“徐总是他叔叔嘛，免不了会说。我工资不多，怕扣工资。”

“老子给你说，听好了，徐国林，老子让他不说话他连气不敢出。今天你得罪我儿子了，就是得罪我了，你自已说怎么办。”

“道歉。”

“行。你还踢了他一脚。我让他十倍还回来。”

他沉默着不说话。

“儿子，过来给老子打，狠狠地打。你要在社会上生活就得心狠点，给老子狠狠地打这种败类，他妈的还是大学生，丢人。”

我到现在都不明白当时自己怎么一下变得歇斯底里起来，似乎用尽了全身力气还那“一脚之仇”。

那天下午下班后一群人照例去阿明叔的饭馆吃饭，我爸第一次在这么多人面前说自己的心里话。“今天下午换作是以前的我，我敢把那傻子一条腿打断。我想告诉我儿子，出来混，出来赚钱，一切都不是你想象的那么简单了。为了钱人可以什么事都做得出来。你们在学校其实是最轻松的，除了学习压力其他都不是压力。以后自己出去闯了，儿子，要靠自己要学聪明一点，别一根筋。”

吃完饭后回公司宿舍，阿涛和老蒲又和我说了很多，那些话我以前听过，几乎每次听的反应就是“别这么多废话，啰唆，这些谁不明白。”但现在听到这些话觉得在理，觉得感动，或许这就叫作长大，这个社会咄咄逼人地在向我展示它不光彩的一面。

仔细想想，快成年了发现还是幼儿园比较好混。

“你最后再来领，等这些人领完再说，你就在旁边等着。你的工资没扣，三千块。”轮到我领工资时我爸却这样对我说。

阿廷也只领到了三千块，被扣了八百，她没有询问扣钱的原因直接拿着信封就走了。我们俩坐在我爸办公室外等待所有人领完钱之后再去领我自己的那一份。

排队的人们似乎都是我的老乡，没有人说普通话，我听着令我觉得“热情澎湃”的重庆话，我听到队伍中有人在说：“领完工资我就滚蛋了，找个比较好哪怕工资低一些的工厂。”

“我一直有个问题想问你，你到底因为什么来徐总这个公司？徐总真是个王八蛋，如果你工作久了一定是每个月的三千块工资最多只能拿到两千。”阿廷说道。

我哈哈笑起来，说：“这个故事就比较传奇了，简直可遇不可求。”

我仔仔细细地把我暑假打电话的“奇遇”讲给阿廷听，她听得津津有味。

“那如果你不在这里工作了你还有六个地方可以去？并且你当作这是旅行？你还是要准备自考法律，未来成为庄重的大律师？”

“如果不出意外应该就是这样了。”

“那行。我该和你说 byebye 了。”

“什么???”

“等会儿你就知道了。还有，你还记得你最初来这里时看到的那张表扬你老爸的通知吧?”

“记得。你一直很神秘地不愿告诉我原因，一直吊我胃口。”

“你刚刚听到有人说他领到工资就离开这儿吧？那些人就是你老爸找来的。去年 12 月，工人们罢工。车间没人了。然后你老爸去找来了一千多人。本来徐总的口碑就不好，那些人多给工资都不愿意来。因为你老爸，那些人答应工作到半年后，有愿意继续工作的便到了现在，徐总对那些人的态度简直就是压榨，那些人陆续地离开了。”

“没我爸那肯定这公司就倒闭了。这里不是电子有限公司吗？怎么生产的都是赛车配件，每次看到的文件几乎都是双语。”

“挂羊头卖狗肉。现在生产电脑耗材肯定亏本。和日本那边很多公司签了订单，生产赛车配件，整个广东省的卡丁车场也都是购买我们公司的产品，你说商机多大。”

“我还是想知道，你说该和我说再见了是什么意思?”

“就是你爸准备让你领了工资从这里辞职。”

拿到工资的人们几乎每个人都是哭丧着脸离开，可以想象他们被扣掉的工资汇集起来是怎样一个天文数字。

我爸把一个信封递给我，“这里是三千，分文不少。这算是你小子人生的第一桶金了。”

“不是。我有稿费。长篇小说的稿费六千多。”

“说正经事。明天就从这里辞职回去。”

“为什么???”

“不想瞒你了。你小子还是很天真。你以为徐国林那个王八蛋会让你一个小屁孩儿到他公司工作，一个月还拿这么高的工资？公司公告栏上表扬我的通知你知道吧？”

“知道。阿廷姐给我说了。”

“你想想。如果不是找这么多人来，现在徐国林那个王八蛋早就回老家种地去了，光是合约的违约金就能赔死他。我和他说的，今年过年后我就辞职。去你杨叔的工厂，任副总。我在他这里也干了三年了，算是报恩。结果你小子中途给我来了，你不走我也不可能辞职。等会儿回去了把行李收拾好。明早我送你。”

二十一

一个小时的车程，上午 10 点时我到达了彭小青的工厂。

这里同样是一个小镇，但这里聚集的大多是湖南人。彭小青的工厂大门上有一块招牌叫“姜红木器厂”。彭小青的秘书负责接待我，把我安排到了镇上的宾馆，帮我付好了钱，让我就在这里休息，明早八点到工厂里上班。

今天上午八点我才起床，昨晚在阿明叔的饭馆我们都喝了很多酒，给我爸讲了我打电话的“奇遇”之后，他高兴地同我喝了六杯酒，预祝我在接下来的六个地方一切顺利。他没有给彭小青和周宗平打电话，想让我靠自己。

大家都纷纷来敬我酒，表示羡慕我能有这种运气，羡慕我能有这样的机会去经历这些“奇妙”的事情。

把每个人的电话都存好了，准备在“紧急时刻”请求他们的帮忙。

这间宾馆据彭小青的秘书说，是镇上最好的一家，而且是三星级，每晚 200 块。好在不需要我自己付钱，不然我怎么也不会这么奢侈。

房间装修得很漂亮，电视，电脑都有。这家宾馆像是在小镇这块“烂石头”里的美玉。

中午饭是服务员送来的，三菜一汤。味道很好，感觉很满足。心里默默地感谢我爸，有这样讲义气的兄弟。感谢上帝，让我有这么好的运气。

下午开着空调，在房间里玩电脑。MSN 上给阿廷发消息，“领导，你现在在干什么？我这会儿好惬意，空调开着，上着网，饭有人给送来。”

阿廷过了一会儿才发消息，“我也很惬意。徐总出差去日本了，要两个星期才回来。把工作任务做完了，我这会儿在网上看新闻。”

“你有没有看到什么新奇的事情？讲讲。”

“就是要开奥运会，那些场馆的建设，我觉得想出那些点子的人好有创意。你去的是个什么工厂？比我这儿差一些还是好很多？”

“不清楚。工厂招牌是写的木器厂。具体干什么工作明天早上才知道。”

“那你自己要努力。受了委屈给我打电话，我当你的知心姐姐。快 9 月 1 号了，你有没有问你的同学都上的什么大学？”

“问了的，有一个人上了重点，好像是复旦大学。班主任高兴的快哭了，他完成学校交的任务了。”

“任务？”

“就是学校规定文科普通班至少要有一个人上重点。我们班这个还是上的名校。老师能不高兴吗。”

“文科普通班我有印象，好像每个学校都会分重点班和普通班。我读书时其实是上的重点班。嘿嘿。但是我算班里考得比较差的，上了二本大学。”

“你得瑟。我算班里考得好的，二本大学，我不去。”

乡下孩子进城市第一次住有宽带，而且又有人送饭来的宾馆，我很兴奋，天色逐渐暗下来，本来是该睡觉的时间了，睡意却越来越浅。恨不得把时间拨回到早上来宾馆的时候，然后又隐约有个声音在我耳边响起，“你就这点出息。没见过世面。”

看电视，看外面的景色，一个人去宾馆附近逛，吃烧烤。然后又回来上网，继续看周星驰的电影。

电脑右下角显示“3：00”的时候我才准备睡觉。睡着大概是躺在床上一两个小时之后，我好像记得那时候外面已经天亮了。

二十二

我起床的时候已经是中午十二点多了，如果不是服务员来给我送饭“坚持不懈”地敲门，我不知道自己会睡到什么时候。

匆忙赶到工厂，没看到彭小青。他的秘书用很严厉的语气对我说：“有你这样的工作态度吗？守时是一个人的基本素质。下午三点以后三点十分以前请准时来。”

我懒得回宾馆了，去吃过午饭后索性在工厂门卫室等彭小青。

工厂的布局极其简单，进门左边大得有些夸张的房子是操作车间，里面传来刺耳的锯木头的声音。右边是一排低矮的平房，从进门的方向逐一是行政室，采购室，外联室。最里面的是董事长办公室，它的旁边像牢房一样，铁窗黑色玻璃的房子据门卫说是保管室。

和我聊天的门卫操着一口标准的湖南话，向我介绍他们工厂时说到兴奋处还煞有介事地说几句普通话，十分滑稽。

彭小青最早是我爸工厂的员工。前天晚上和我爸他们吃饭时，听完我的“奇遇”之后，我爸给我讲了不少他知道的彭小青的故事。

彭小青发家因为他老婆，因为在工厂不小心触电，他老婆失去了一根手指。后来他们一起回了湖南老家，开了家杂货店，兼卖彩票，因为一次收到了一张顾客刚从银行取出来的一百块，彭小青决定以上面的号码买一注彩票。因为他老婆手指的问题，打错了两位数，两个人并没有在意。当天晚上开奖，彭小青中了二等奖，一百万。如果那两位数不打错，四等奖，五千块。他老婆在看到结果后居然当场晕倒，之后再也没醒过来。

去兑了奖付给老婆家人五万块之后彭小青一个人又来到了广州，以五十万块的价格收购了一家家具厂。

马上两点半的时候，彭小青回公司来了。和徐叔几乎一样的造型，个子都不高，梳着大背头，头发油光可鉴。

随着他进了办公室，他整个人变得很严肃起来。

“李藤是吧？我工厂的采购需要一个帮忙的人，我决定让你去那个职位。待遇问题嘛，一个月底薪一千五，奖金另算。你住的宾馆每晚两百，我已经让会计在你工资里划掉了。具体事项去询问采购，我很忙，没有大事不要来打扰我。”

天上不会掉馅饼，我在为我那两百块钱心痛。

采购室里的冷气开得很足，我进去打了个冷战。在办公桌那里坐着一位扎着马尾，穿着黑色西装的女人，看起来让人立刻想起了学校那些让人不寒而栗的中年女教师。

“李藤是吧？今天早上你为什么没有来？以后你就是我的助理了，你要服从我的领导。”

“我昨晚失眠了，快中午时才醒。一定服从您的领导。”

“下面我们说说具体的事务。首先是你的待遇问题，每月底薪一千五，你早上迟到，扣掉一百。你住的宾馆每晚两百，从工资里扣掉。然后，是你需要干的活。我们是木器厂，需要大量木料。采购的任务是每天都到乡下去买木材。而你采购助理的任务是，管理好我的日常生活。到乡下替我安排住处，帮我联系买家，打扫采购室的卫生，与会计室接洽好，尽可能多申请资金。你有什么需要询问的没？”

“没有。”

“我们明早六点要出发去一百多公里外的南溪镇。我这里有电话簿和农户的基本情况，你负责去联系好住处，也可以先去和农户商量，我们要争取以最低的价格采购成功。做得好你会有奖金。”

她拿给我的电话簿很夸张，像砖头厚的书。上面写着“广州市所有乡镇联系电话”，下面的出版社居然是“彭小青木器厂”。

我的办公室在采购室后面，那里又是一排平房，左边的一块招牌上写着“助理区”。我在五间房子的第三间，门牌上写着“采购”。最里面的那间房果然是“保管”，同样的铁窗，黑色玻璃。

办公桌上有三部电话，分别标着“市区”“长途”“工厂”。标着“工厂”的那部电话上贴着的纸上印有工厂其他办公室的号码。

在那块“砖头”里翻了一会儿，找到了南溪镇，找到宾馆一栏，用“市区”那部电话把上面的号码逐个拨了一遍，对比后给最便宜的那一家再次打去电话订了两间房。

印有农户情况的那张纸上把农户的家庭人员情况，收入情况都详细列清楚了。我们要采购五十根柳树，每根农户要价 150 块，工厂则想 70 块之内拿下。

“你好。”接通电话后我学着说了句广东话。

“你好。你系？”

“我系彭小青木器厂的。”

“150 块一根。没得谈。”

“我们要现场勘察了木材情况才能定价。”

“#￥%￥&&%……”电话那边说了很大一段广东话，于我简直就像鸟语一样，我连忙挂掉电话。

二十三

出发去南溪镇的车上一共五个人，除了司机，我，我的上司，还有一位看起来很魁梧很像黑社会的人，另一位穿着白大褂。上司给他的称号是“广州市植物研究所研究员”。

早上八点左右抵达了南溪镇，上司带我们直奔农户家里。农户那时正在家里看电视，戴着很大的老花眼镜。上司和她说了一阵后农户便带我去树林。

我有一肚子的问题，但害怕“坏了大事”只好一声不吭。

那片树林里很凉快，树木长得十分高大，应该至少有两百棵树。那位

“研究员”到每根树前面又是摸又是闻的，还拿出放大镜对着树木不知道看什么。

“研究员”和农户交流一阵后，上司便带着我们去我已经订好房的宾馆了。五个人，我只订了两间房，上司骂了一顿后想到节约资金，让我们四个男的住一间房。

吃过午饭，估算着时间，下午三点的时候我们再次去农户家里。上司让我带上一份合同。

下午农户的情绪显得很低沉。最后签合同，以每根柳树九十元的价格成交，比我们预想的价格高出二十元。签完合同不过二十分钟，来了二十几个人，准备砍树装车拉走，司机、“保镖”、“研究员”我们四个也充当了劳力。

一切搞定回到宾馆，上司狠狠地教训了一次，“你看来是真的不懂事，还是根本脑子有病。知道为什么那个人涨价二十块我们也同意吗？你上午打电话的时候为什么把电话挂掉了。这是对别人极大的不礼貌。那个人很不甘心，还要求我开除你。最后我被迫同意涨价二十块，农户还答应帮我们找人来砍树。你自己好好用脑子想想，我们申请到的资金是五千，如果以每根七十成交，我们可以多得这一千五。就因为你挂别人电话这件事，我们损失了一千块。”

最后她决定从我工资里扣除三百作为处罚，现在我的工资只剩九百了。

司机我们四个人住一间房，晚上让明天要开车的司机睡床，“研究员”我们三个打算靠在沙发上解决问题。那位“研究员”向我说了他们拿下农户的“内情”，他是农业大学的大学生，而我的上司，是他的姑姑。他被姑姑请去“吓唬”那些农户，无论质量多么好的树木就往最坏的方面说，反正那些专业名词农户也听不懂。上午他和农户交谈时说，你的树木患了很严重的病，这种病可能会传染，进而危害植物的根系，如果不及时把那些树木砍掉，后果将不堪设想。

那之后我们回了宾馆，他让农户好好考虑考虑，我们下午三点再来和你协商，尽量为你多争取利益。

“研究员”给我上了深刻的一课，原来说瞎话也可以赚钱。他一脸正经地告诉我，这叫“知识就是力量，知识就是财富”。

“研究员”和我聊天聊到了半夜，他教了我很多和别人协商的方法。比如请人去唱“黑脸”，自己唱“白脸”。那位“保镖”其实也是同学，因为长得很黑社会也被他姑姑请来了。

“研究员”对于这些现象看得很淡，无所谓欺诈，人为财死鸟为食亡，如果一个工厂入不敷出，老板连一个农户都不如。一分钱难倒七尺男儿汉。

第二天早上五点多我因为一个噩梦很惊慌地醒来，旁边靠着的两人像两尊菩萨一样，床上睡着的司机正悠闲地打呼噜。

7 点钟，准时出发。在我们坐的这辆车后面的是两辆大卡车。上司在车上不停地念叨，“满载而归，我很高兴。彭总也很高兴，但是李藤的表现让我很失望。先扣工资，如果再犯这样的低级错误，就请他回家。”

二十四

回到公司后我不出意外地被彭小青教训了一顿，他说了“别以为你老爸当年是我老板，现在他狗屁都不是了，我让你来，是感恩，感谢你老爸当年的帮忙。你如果再出那些低级错误我就要请你离开了，今天是我脾气好，心情不好的时候我可以直接叫你滚了”之类的话。我还剩九百的工资又被扣掉三百。

如果再犯一次错误其实也没必要在这里待下去了。

下一个任务是一个星期后来的，去海南。不外出采购的时候我完全变成了采购的保姆，闲的无聊的上司还时不时骂我两句“没出息。打扫卫生都打扫不干净。”因为一份来自加拿大的订单。工厂需要去采购大量优质的黄花梨木。

这个任务涉及的价格至少上百万。上司很重视，给我讲这个通知的时候整个人神色凝重，最后不忘提醒我一句，“如果这次你再出什么纰漏，马上滚蛋。我们彭总人脉是很广的，你也甭指望在广州找到工作。”

这次去海南至少有五十人，上司让我去以最便宜的价格订好这五十张机票。然后要求我去订个最豪华的酒店，要体现我们工厂的“财大气粗”。还要求我先做调查，把海南所有卖黄花梨木的地方情况都收集来。

俗话讲，一分耕耘一分收获，这是我长这么大来第一次耕耘如此多，但我保证不再犯错的情况下我的收获为六百块，还要自己承担伙食费，住宿费。

在海南一下飞机就感到一股热浪袭来，我连忙给上司打好伞，彭小青不在，她便是这五十个人中的老大。

把上司在宾馆安排好之后我和工厂外联室，行政室的一群人准备去每个种植基地看一遍，他们作为依据的那张调查表是我查询了五个多小时才弄出来，我很想请求他们给我上司说点好听的话，给我加点钱。

行政室那些人在路上提醒我，和老板说话时不要说贵种植基地，要说贵植物园。

进到第一家植物园之后“贵”气扑面而来，那么多名贵树木，以我调查的最低 1500 块一公斤计算，这家植物园的老板是百万富翁。黄花梨木的香气很好闻，香气进入鼻腔之后顿然觉得这就是“铜臭味”。

和老板交谈就轮不上我说话了，他们让我在旁边负责观察细节，比如谈价格时老板脸上的变化。

“呵呵。老板是个爽快人。我们先谈到这里。因为鄙工厂规模小，资金紧，所以需要多看几家，对比下价格和质量。希望我们有机会再合作。”行政室的王建斌脸都快笑僵硬了。

“把这家划掉，木料不错，但老板嘴硬，价格最高不肯降一分。”出了植物园之后王建斌很严肃地和我说。

我们忙碌到了晚上 10 点多，我那张调查表还剩下七家，在已经看过的植物园中留下了四家。

第二天早上八点，从酒店准时出发，看剩下没看的七家植物园，我的上司下了死命令，最好四天之内搞定所有的事情，并且要以尽可能低的价格采购进来。

七家植物园都看完回到宾馆已是下午五点多，看了我的调查表之后，我的上司决定明早亲自出动，并且让我们去帮她请几个块头大的保镖来。

种植名贵树木的那些老板说话大多很实在，他们比喻种这些树就叫赌博，首先成本大，种树赚钱都来种，种的人多了价格自然下滑。收购厂家又尽力压低价格，还有一群人专门来炒热这些名贵树种。不小心谨慎一些有时候会赔光。

因为明天是涉及交易的大场面，上司不让我陪同去，担心我“脑子短路”说错话。她在房间里召集外联室和行政室的一些中年人，看起来经验比较多，笑得很专业的那种人。

最后上司指派了一些人明天随着她去谈交易，甚至连对话都排练好了。我和几位稍年轻的就待在宾馆随时等待电话。

上司带着人去交易了，大概上午11点时有人打回来电话，马上订机票，为两百公斤货物办理托运，越快越好。

下午六点多，飞机准时起飞。所有人都很高兴，和我一起待在宾馆的那些人也乐呵呵的，仿佛他们见证了一件大事一样。

“大家这次齐心协力，完成了一单大生意，我们比预算节省十万块，感谢大家的辛勤劳动。”上司说完这句话后扭着屁股进了她的头等舱。

夜里一点，货物被运到了工厂，整个工厂像过年一样热闹。上司吩咐我去找最优秀的木匠师傅来，高薪聘请，越快越好。

在网上查询，翻阅那本像砖头一样的电话簿，才确定下来几个号码。按照上司的指示，确定待遇是定金五千，任务完成后再付一万。

第二天上午八点，被我电话吵醒的一位广州当地的木匠师傅来了工厂，刚来就直接问：“料呢？料呢？”

上司对我请的这个人似乎还挺满意，也许是木匠师傅没有第一句就问：“工钱还可以多些吗？”

那之后的两个星期，陆续又来了两位年纪大些的木匠师傅。木匠们每天赶工期，工厂二十四小时不间断工作。

和我已经成为忘年交的门卫一直和我说："你小子会不会是福神附身了，你来了一星期咱们厂就接到这么大单生意。"

这么大单生意我去跑了两天腿，然后一分钱奖金没有，这样的福神当得实在有点太滑稽了。

二十五

星期五下午下班时上司递给我一个信封，"这是你这个月的工资，一共888块。"

"不是600块吗?"

"那多出的288块作为你的路费，我知道你家没在广州，你明天不用来上班了。888，祝你未来发发发。"

"为什么？我并没有犯什么错误。"

"有问题？请去董事长办公室找彭总，是他作的决定。其实还差一天你才工作满一个月，但我不想周一上班时再见到你。对了，提前祝你国庆节快乐。"

上司扭着屁股走开了，我很想上去狠狠地踹她一脚。

"彭总。请问您为什么让我走人?"彭小青还接我电话，我觉得很庆幸。

"给老子听好了。老子当初让你来工作是因为你爸以前帮过我忙。现在你工作满一个月了，你可以滚了。老子还多给了你288块，滚!"

我继续拨打上司的电话。

"是想问为什么开除你吗？很简单，给老娘学会说话了再来。"她说了这句话后迅速地挂掉了电话。

欲哭无泪，一切都突如其来。回到住处，准备去周叔那里。清算钱之后发现这一个月来花的钱接近一千块，去海南我还承担了不少上司的私人费用。代表着我这个月若不是有他们多给的288块要倒贴近三百多块钱。

谁都不知道你下一步怎么样，我突然间想起阿廷的这句话。我在海南时还在MSN向阿廷炫耀，我这个工作比原来的好多了，经常出差，我这会儿住在海南最好的酒店，窗外就是蔚蓝的大海。

三十年河东，三十年河西，不过这三十年来得有点太快了。

拨通了周叔的电话，他第一句话便说，“你小子很幸运，幸亏你在周六之前打电话来了，周末我是绝对不开手机的。我不愿意请别人吃饭也不喜欢别人请我吃饭，修车我们暂时也还不提供上门服务。”

周叔在韶关市，离广州还有很长的一段距离。周叔让我立刻去车站，反正周末没有事情他会去车站接我。

背上行李，询问了报亭的大妈，接着坐上了一辆人力三轮车。车夫很热心，当他知道我去韶关之后为我介绍了那里几家待遇比较好的工厂，说完后自己又叹息，我如果能拿到个高中文凭也进工厂了，就不会在这里辛苦地踩三轮车了。知道我是重庆人之后他又和我说，以前住我隔壁的那人就是重庆的，是我的好哥们……

半个多小时后到达车站。一小时后上了汽车，预计夜里12点左右能到达韶关。

“领导。我去韶关了。在汽车上，预计夜里12点到达。”上车后我给阿廷发了条短信去。

“你在那里待不下去啦？我们正在吃饭，要不要我告诉你老爸？你为什么不打电话来？”

“电话费贵。我这个月入不敷出，白打一个月工。你别告诉我爸，他会嘲笑我。”

“他没有嘲笑你，他已经知道了。等我回去后再和你聊，一路顺风，到韶关记得给我打电话来报个平安。”

汽车似乎驶入了大山，原来路边的楼房和街灯都消失不见，变成了黑漆漆一片，车灯像两只大眼睛永远不知疲倦地瞪着。

山野里同样在行驶的汽车像萤火虫一样很快闪过。

夜色渐浓，车厢里的谈话声也消失了，人们大抵都纷纷进入梦乡了……

“我回住处了。那位老板是不是因为你老说错话而开除你的啊？”我看到阿廷这条短信时汽车抵达韶关，手机显示时间为12：27。

和周叔通过电话，他让我到车站入口找他弟弟，一位穿着花短裤，背心，剃着光头的人。

那人锃亮的光头仿佛路上的红灯，清晰刺眼，又让人立刻肃然起敬。

“我叫于超。周哥让我来接你。”听口音他似乎不是重庆人。

“我叫李藤。去周叔店里打工。”我学着于超的口音说。

“你会斗地主或者打麻将吗？”

“会斗地主，但打得不好。”

“欢迎欢迎。赶快上车。”

二十六

于超一边开着车，一边不停地向我感叹，“你不知道周哥这个人，他脑子不知道怎么有那么多奇怪的想法。他周末不出门，不开手机，要么我们两人上网，要么就是斗地主，实在憋得慌了就走很远去钓鱼。”

对于我的到来，于超很高兴，斗地主凑齐人了。

汽车逐渐驶向一个很偏僻的小镇，路边都是各色的农家乐，每一个都亮着很多彩灯，似乎在迎接周末来乡下休闲的城里客人。

周叔的店在这个小镇很偏僻的地方，四周都没有了建筑。店和农家乐的布局差不多，因为灯箱招牌没有亮起，看起来黑压压的。把亮着彩灯的农家乐比作风情万种的女人的话，那周叔的店连丑小鸭都算不上。

“欢迎来到老周汽修店。”在屋子里坐着的周叔出来和我打招呼，还问我看到门口“老周汽修店”的招牌没有。

“于超，骑上我的‘宝马’，去买点东西回来，今晚我们给我的小老弟接风洗尘。”凌晨一点多了，这会儿“接风洗尘”，周叔脑子里的奇怪想法多看来是“名不虚传”。

从汽车上下来，去院子里捣鼓一阵后，于超骑上了一辆货架上有菜篮子的自行车，迅速地驶入了夜色中。

“周叔。你年龄明明不大。为什么要叫老周汽修店？”

“叫小周汽修店的话，客人会都习惯叫你小周的。我三十五岁，不可能客人都是三十五岁以下的，我宁愿被别人喊老一些，显得有分量。”

“那你为什么周末不开手机。于超在车上和我说你是个怪人。”

“哈哈……等那小子回来再收拾他。你还有什么问题？一块问了我一块回答你，年轻人就是好啊，好奇心重胆子也大。于超跟我这么久了也没敢问我这些问题。”

“你是什么时候来这里的？还有，你孩子呢？你回去过老家没有？”

“好小子。我挨个回答你。首先，我没回去过老家，我爸妈住的房子是我帮他们在韶关乡下买的，我每个月会拿两千块生活费给老人。然后，我孩子跟着他妈。孩子他妈以前嫌我没用，和我离了。后来我开店赚了些钱之后她又来找我，我没理她。我告诉她，孩子你给不了他最好的条件就我来抚养。最后，相信以前你也看到过，每天有人请你老爸吃饭，之所以请吃饭是因为那些人有事情求你。我们修汽车的，别人求我们都是要求免费或者其他，我不敢去发展那些人脉，吃人嘴短，拿人手短，我宁愿自己过得舒适一些。我四年前搬到这里来的。这栋房子是两年前修好的。还有什么问题没？你颇有老李的风范，胆子大。”

“那于超是你什么人？”

“我老弟。以前在你爸工厂时认识的，那时候他不过20岁，现在快30岁，姑娘嫌他不正经，没敢嫁给他，现在还是光棍一根。”

周叔接着带我参观他的“家业”。进大门正对着的四层楼房是他住的地方，进大门左拐像操场一样宽阔平坦的地方是修车场，进门的右手边那栋正方形的楼是汽配店，周叔上班的地方。

这块地方很大而且装修看起来都不错，大门极其容易让人产生这里很简陋，破落的错觉。

“大隐隐于市。”我拽了一句话来评价周叔。他听到后一个劲夸我，你小子就是有前途，未来一定会有成就，我是他认识的人当中，第一个说出这么有档次话的人。

周叔把我的住处安排在三楼，房间很大，我甚至觉得整个房间放好家具之后剩下的面积仍然能摆下三张床，从窗户向外看，看到了树木茂密的一片山坡，完全不像我老家那些死气沉沉，“掉毛”的小山坡。

周叔和于超占了四楼十间房间中的四间，两个卧室，两间游戏室，其余房间还空着，周叔准备留给愿意在这里住的员工。一楼是饭厅和饮茶室，还有一个小的篮球半场。二楼是台球室。三四楼被周叔设定为起居室。

将行李放好之后我同周叔去一楼的饭厅等待去买东西的于超。

“周叔。能不能问你一个我觉得不该问的问题？”

“觉得不该问就不要问了。”周叔很严肃地说完之后又哈哈大笑起来。

“那我觉得该问。你哪里来的钱把房子修的这么好。”

“哦。这个问题。很简单。看到那个正方形房子了吧，大多都是在那里面挣的。不犯法。”

于超回来了，带来了还冒起热气的蒸饺，烧烤。

周叔又去厨房搬来了一箱啤酒，决定今晚一醉方休。

“现在是9月30日凌晨1：35。来。咱们正式欢迎我的小老弟光临我老周的寒舍。”

我们三个人彼此拿起酒瓶直接喝。

周叔和于超说了好一阵我的“来历”。他的小老弟，我，是他李哥的宝贝儿子，李哥在他被老婆踹掉之后让他去工作，处处帮着他，他从来没有过那么讲义气的兄弟。听说韶关有一家汽修店准备转手，他李哥借给他三十万，让他去拿下店自己经营，钱不还。

周叔说的很高兴，其实我内心是疑惑，我为啥就没见证我爸那么爷们的时刻。

“阿藤。你有个好老爸。以后你也应该像他一样。”听完周叔的讲述后，于超用力拍着我的肩膀说。

“我其实来这里很幸运。完全还是沾了我爸的光。回老家拨打小时候电话本上面的号码，结果接到电话的有很多熟人。我相信他们让我这个高中毕业生去工厂完全是给我爸面子。我马上18岁了还在靠父母。”大家都说得兴起，我开始讲自己那个永远不会忘的电话“奇遇”，而且这个“奇遇”还在继续。

“老弟。话不能这么说，你还年轻，你未来前途无量。周叔敢打赌。你敢不敢!”

“周哥。周哥。今天高兴，咱不谈论什么狗屁前途的事。都是大老爷们，甭说多了。万一流点眼泪，多丢人。我去拿牌，咱们斗地主。牌桌上见。”于超轻车熟路地去饮茶室拿来了扑克。

二十七

上午7点多我们才散伙各自回房间去睡觉，一直说自己不经常打牌的我不小心赢了他们俩一百多块，周叔仍很开心，每次我赢了就夸我，“有你爸的风范，能成大事。”

四点多的时候，东西吃完了，于超撺掇赢了钱的我请客。最后把刚赢的一百多块让于超拿去买了夜宵。

于超的牌技很烂，输了之后喊得最大声，我和周叔连忙呵斥他，“有点出息行不行！娘们。”

下午六点多我醒来时听到了楼下“砰砰”的拍打篮球的声音。

周叔于超和一群人正在一楼那块小球场三对三。动作很不标准，看起来很滑稽。听到周叔很大声地在喊“防守！防守!”

大概是昨晚熬夜又喝酒的缘故，我这会儿感觉头非常痛。去楼下吃了点东西又继续睡，看到我起来后，周叔让我去陪他们打球，我连忙摆手，“不来。不来。老了，没以前那个身子骨了。”

我再次醒来时是星期天清晨五点多，那时天已经亮了。周叔他们还在睡觉。

像游客一样在周叔房子附近逛了一圈，发现除了周叔这里是汽修店，其余全部是××农家乐，××茶馆。小镇的清晨空气是非常清新的，但看到路边停着的汽车顿时觉得胸口堵得慌。

回去的时候周叔他们还没起来，我索性去游戏室上网。

阿廷7点40分的时候MSN上线了，我连忙给他发消息过去。“我到韶关了。半夜12点到的。1点多到的我周叔这里，忘记给你打电话了。”

“平安到了就行。给你说件事哦。那位秘书走了。我们现在上班没人监督了。徐总好像最近到澳门去过国庆节了。”

“为什么走了？国庆节应该放假才对。”

“好像。具体我也不清楚。我听办公室的人说，是那位秘书不满徐总找小蜜。我们公司只放春节假。加班费好像没发过，不过现在这样也挺好的。”

“那位秘书不就是徐国林的小蜜？你们这算是磨洋工？这样不好。”

“嘘。不谈徐总的私事。不是磨洋工，是风水轮流转，工作很辛苦，要抓紧时间玩。你在韶关怎么样？是不是特苦？”

“完全相反。过得小资极了。老板，我叫他周叔。他的房子一共四层楼，一楼是饭厅，饮茶室，加一块小篮球场。二楼是台球室，还有不少房间未来作为客房。三四楼作为起居室。我们昨天打牌打到天亮，我赢了一百多块，结果都被拿去买东西吃了。”

“我刚在纳闷。你打字怎么突然变这么慢了。那你具体做什么工作呢？”

“女朋友哇？”有人拍了我一下，接着我听到了于超独特的口音。

“有人来了。不聊了。”我连忙把窗口关掉。

“你激动什么，看来还真是女朋友。看不出来啊，你小子挺厉害。”于超阴阳怪气地说。

“我表姐。她们国庆加班。”

“什么时候带我去看看？正事，赶紧收拾好，我们钓鱼去，周哥已经在门口的车上了，我们刚刚找你一半天。以为你出门掉阴沟里了。”

“大清早的不说吉利话。你今天要小心掉湖里，鱼线断掉。”

二十八

周一是上班的日子，因为我不会修车，汽车知识也了解不多，周叔安排我去洗车，月薪一千，无奖金。让于超做我老师，带我熟悉业务。

上班后的周叔变得严肃起来，西装革履，涂满了发胶的一根根头发贴在头皮上像在休眠的刺猬。于超的职位是副总，他很忙碌。修车场和汽配店两边来回跑。

等待了很久，等到一辆长安车来了之后于超小声告诉我，“这个人好说话。”

于超脸上出现像弥勒佛一样的笑容，连忙去和长安车车主握手。“您好。您好。这是我徒弟，刚来，啥都还不懂。我在教他熟悉业务，想洗您这辆车时给他做示范。希望您同意。可能时间会比平常久一点，请您耐心多等一会儿，不过也就几分钟。”

车主很爽快地同意了，还不忘鼓励我，“小兄弟，好好学。自力更生。”

洗车的工具不多，能调压的水枪，几种不同质地的毛巾，两块海绵，刮水板，专用洗车剂。

“首先调整水枪的压力，冲车时从车顶的门缝结合线向另一侧冲水……”于超手上很熟练地操作着，他很快地说着各种“专业术语”，我发现我连汽车部件都还不是很熟悉。

“接着是打泡沫。要用汽车清洁剂。普通的洗手液很容易伤害车漆，专用洗车剂是弱碱溶液则不存在这个问题。然后将清洁剂倾倒至海绵上，注意，擦车身下部的海绵会带有大量泥沙，擦车身上部需要换另一块，不然容易划伤车身。”

我已经对于超完全是敬仰了，我原本以为就像洗澡一样，打湿全身，然后打泡沫，洗掉污垢，最后再冲水，擦干。

我想以后我一定会告诉我儿子，我孙子。你们永远不要自以为是，要虚心，做事情要一丝不苟，要记得你们的爸爸或爷爷当年的那个朋友于超。

将泡沫冲干净后，于超又拿起一个叫作刮水板的东西，在挡风玻璃上擦拭。

最后是清洁车的内室，倒烟灰缸，用毛巾擦拭方向盘和挡把。

“让您久等了。”于超去拿来一张发票交给了车主。车主很开心地走了。

“你为什么说他比较好说话啊?”

“他开的车比较普通嘛，那些开名车的人一个个都是牛脾气。不对，这么大半天，我说的话你记住了多少?”

于超接着拿来了一个秒表交给我，“下周一我要对你进行业务考核，洗车的全部过程务必保持在十分钟以内。咱们这儿属于小打小闹，很多专业性的东西我也不要求了。我还会询问顾客的意见，综合打分。如果不好，我会告诉周哥，说不定会扣你工资。”

“能不能别这么认真?”

“不能。你是来工作的，休息和工作要分清楚，该干什么的时候就干什么。”

给了我一张印有“洗车流程及注意事项”之后于超又跑去了汽配店那边，他留下的一句话让我觉得很无语。“三天后给我背诵上面的所有内容。”

二十九

第二天正式上班。洗到第三辆车时便出问题了。洗完车后车主发现车内满是水渍，要求我们给一个说法。因为我那句“你自己没关好车窗，这能够怪谁，活该!”车主更加愤怒了，要求我们赔偿他的精神损失费。

于超赶来后说了N句道歉的话，但车主始终是同一句话。“你也不用给我道歉了。本来我可以接受你们的道歉，把水渍擦干净也就行了。但是因为你们那位员工的话让我很生气，你们必须要赔偿我精神损失费。”

争执了很久都没有结果。最后周叔来解决问题了，我把水渍清理干净，然后向车主道歉，周叔还赔偿了那人一百块钱。

周叔没骂我，只是叫我做事不要太马虎，要认真点。

那个下午我一直关在房间里背那张“洗车流程以及注意事项”。

“阿藤呐？能背下来了吗？我欣赏你的认真。”于超没有敲门就进来了。

“能背下来了。现在下班了？”

“能背下来了那我就不检查了。相信你。还有一个多小时才下班，没事情了，我想找你谈心。”

听到于超说找我谈心，我情不自禁笑起来了。听到他说这话的感觉就像一个不爱学习的同学突然和你正经地谈哲学。

“你笑啥？上午发生的事情你有什么感想？说说。”

“我觉得我不该那么冲动。本来用不着赔钱的。”

“你现在知道我的一片苦心了吧。我让你背那张纸上的内容你还不乐意。现在知道了吧。”

“超哥。我错了。你大人有大量，不计前嫌，继续教育我这个没出息的小弟。”

“阿藤。我当你是兄弟，才打算和你说这些话。首先，我理解你。我不觉得这是多么不好的一件事。十五年前，我十五岁外出打工的时候，因为年少轻狂，自傲，始终说错话，得罪了不少人，为此挨过很多打。你还很年轻，性格很冲不奇怪。但请你记住，犯一次错误正常，犯两次错误就是傻。如果这次换成别人，周哥早让他滚蛋了。我和周哥都认为你很有前途，希望你路能够走得好一点，稳一点。我们愿意为你提供力所能及的帮助。”

于超的这些话让我脑子因为惊讶陷入了空白，我不敢想象于超会和我说这些话。

“超哥。我真的没话说了。我感谢你。我能听听你眼中的周叔吗？”

“怎么跟记者采访似的。”于超轻车熟路地去泡了两杯茶，“你也和周哥学的吧，喜欢喝茶。”

“我好像没同意你动我的东西吧……”

“我知道你心里默认，这么给你说吧，周哥对我来说比我爸还要亲，我二十岁时跟着周哥，他教我汽车知识，教我做人。没有周哥，我现在肯定被别人打死了。”

“我听周叔说，姑娘都觉得你不正经所以都不要跟你谈恋爱，所以你现在还是光棍。周叔怎么没教你正经一点啊，哈哈哈……”

“笑啥笑。严肃点。你甭听周哥说我坏话。我于超，这么说吧，我压根不相信什么狗屁爱情，狗屁婚姻。就说周哥吧，孩子都有了，因为他那时没钱他老婆坚决和他离婚了，后来周哥有钱了，他老婆又千方百计想来复婚。我反正觉得，女人们大多看重的是钱，她们为什么不嫁保险柜啊。我干吗要和那种娘们正经。话说上次和你聊天那个女的是不是你的女朋友啊？”

“不是。是在徐叔公司时我的领导。”

“我知道。领导，领导，你唬谁呢。领导，听着多么的暧昧。”

“超哥。问一个我一直想问你的问题，你看起来特别的吊儿郎当，为什么今天和我说了这么多很深刻的话。”

“藤弟。不，还是阿藤叫得顺嘴。我也问你个问题。你觉得给别人的感觉是严肃，心机很重好？还是傻傻的，没心机好？”

“我觉得是后者。”

“周哥和我说，那就叫做大智若愚。”

我看到于超的光头顿时变得明亮起来。

三十

于超给我的那张“洗车流程及注意事项”我已经烂熟于心了，也慢慢练就了看到客人就能很灿烂笑起来的本领。

来周叔这里已经有一个多月，我也拿到了自己第一个月的一千元工资。

平静了一段时间，意外还是来了。11 月 11 号，因为是所谓的光棍节，我记得很清楚。我在洗车的时候不小心把水花溅到了车主身上，那位车主立刻大声吼起来，“你他妈的瞎了狗眼，赔老子的衣服。”按照我原来的脾气甭管是谁我一定会和他骂起来，想到于超的“教诲”，我只好一个劲儿向他赔不是，说对不起说得舌头都快打结了。

“给老子去把你们老板叫来。别在旁边叫唤。”那人踢了我一脚。

看到这里有人争吵，于超连忙从汽配店那边跑过来，但他说了很多话依然毫无用处，那人依然很大声地叫嚷着，“甭给老子在旁边叫唤，快点去把你们老板叫来，信不信老子砸了你们这破店。”

我去到汽配店的时候看到周叔正在和别人谈生意。

“对不起。我店里有点事。我们下次再聊。”周叔直奔修车场的方向去。

看到周叔走过来后，那人又开始嚷嚷了，“看你的样子挺老的。你就是这里的老板吧？老子叫你个土鳖你他妈的还不来，给老子听好了，老子的西装一万五，四舍五入算你两万块，老子这辆车价值 37 万，四舍五入算你四十万。你的员工脏手碰了老子的好车，考虑到你这店又破又小，我只要你们赔千分之一，也就是四千块。一共两万四千块，赶快赔给老子，不然老子把你们的破店给砸了。”

周叔没有说话，令人吃惊地给了那人一拳，身手很好的周叔把那人撂倒了，那人被反钳着手，一动就痛得哇哇叫。

地上很多洗车留下的积水，那人四舍五入两万块的西装已经变成“泥装”了。

周叔叫于超扔了两块钱在地上，“地上有两块钱。从这里坐公交车回城刚好够。现在给你两个选择，要么拿上钱赶紧滚，要么让你的朋友来领人，并且赔偿我这么多员工的误工费。”

“去你妈的。赶快给老子放手，老子明天一定来砸了你们的店。”那人依然很狂妄。周叔用力扭了那人的手臂，杀猪般叫唤后他连忙说，“大哥。大哥。放手，我滚，我马上滚。”

捡起了那两块钱，那人迅速钻进了车里，很快把车发动走了。

"帅!"我很大声地喊道。

"明天还有好戏。你小子记住，这种无赖不用怕，他们诚心捣蛋就叫我来。"周叔说这话时爷们的无法用言语形容。

第二天上午 7 点多，还没有开门营业，听到外面有很多人在嚷，"快开门！找你们老板!"我以为周叔欠别人钱别人找上门来了，打开门后闯进很多拿着刀，钢管，染着五颜六色头发的人。周叔那会儿在饮茶室独自喝茶，那一群人嚷嚷着进屋了，但没过几分钟又很平静地出来了。

我对周叔的敬佩又增加了很多。

第三天上午，那群人又来了，带着那天放话要我们赔钱，不赔就砸店的人。最后那人在店里跪了一上午，不知道磕了多少个头。要吃午饭了，周叔让他回去。他整个人就像瘫痪了，最后被人搀扶着才离开。

我被这件事真的吓到了，实在像极了电影的黑社会，一个帮派的马仔在另一个帮派的地盘胡来，最后付出了很沉重的代价。周叔无疑是那位不动声色却最厉害的黑社会老大。

我问周叔为什么那人向你道歉还下跪磕头，为什么那么多人拿着刀进来结果你几句话说完他们就回去了。

周叔微笑着和我说，"个人魅力。"

三十一

于超给我说了周叔如此具有"个人魅力"的原因，这些事要追溯到周叔还在我爸工厂的时候，那时于超才二十岁。别人老是欺负周叔，欺负他是乡巴佬，不得已周叔去找了当地的黑社会，因为身手好加上讲义气，时常还向黑社会"进贡"，很快周叔便和黑社会成了朋友，地位也逐渐高起来，自然也没有人再欺负周叔。

我爸也因此认识了黑社会，逐渐迷上了赌博，公司的事务已交给别人管了，因为一次嫖娼，他“解救”了一名妓女，这名妓女就是我林阿姨。

于超在讲到关于我爸故事的时候提醒了我几次，“兄弟。你不愿意听，我立马住嘴。听完后我希望你不要恨你爸。谁都年轻过。”

于超讲完我爸那些事之后，我立刻大声地提醒他，“超哥。你说的人是我爸，别乱讲。如果是胡编的，这叫诽谤，小心我跟你急。”

“我于超对天发誓，我刚才说的有半句假话，五雷轰顶，不得好死。”

“你好好想想吧。其实我能理解你现在的心情。不过这些话周哥是绝对不可能给你说的，你认真想想吧，别去埋怨，向前看。”说完这句话之后于超很平静地起身离开了。

我爸从发家到落魄的故事我听过很多个版本，故事都不相同，但几乎都是一样的评价，我爸有钱的时候就是优秀的男人，落魄了就是活该，自作自受。

于超给我讲得这个版本应该是最真实的，首先于超绝不是那种喜欢编故事的人，或者势利眼。我爸发家因为徐国林那三百万没错，将工厂扭亏为盈是他的本事也没错。但我爸因为和徐国林合作而破产，这件事大错特错。他和周叔是铁哥们，周叔被欺负他当然不能坐视不管，于是去认识了黑社会。周叔变得像黑社会的大哥了，而我爸则沉迷在大额赌博里了，每晚的输赢至少是几十万。周叔想接手汽修店，钱是当时输的身无分文的我爸去借的三十万，因为义气，他不要周叔还钱。输得精光，厂里的货卖光了还债。无路可走，他以前的兄弟都消失了，最后是徐国林答应我爸去他那里打工。

周叔不想再和黑社会有瓜葛，便老老实实地在韶关经营汽修店。

因为义气，我爸把钱输得精光，还欠一屁股债的时候，还不忘把他那三个很吉利的手机号转让给他的兄弟。

周叔答应让我来这里也是因为我爸，他想报恩。三十万他还不了，想做些事情来补偿。

三十二

周叔和于超回去了，我马上要过安检。

今天中午下班后我向周叔辞职了，理由是回去复读，准备考大学。周叔很高兴，夸我有自己的想法，并祝福我一定考上重点大学。当于超不小心说漏嘴，周叔知道我要去福建后他依然很高兴，夸我很幸运，有能力，相信我一定会做出一番大事业。当我说自己准备坐车去火车站时，周叔很高兴地说："坐我的车去飞机场吧，机票钱我出。"

于超做司机，一路上很伤感。感叹着我在店里的时候很快乐，又夸我是个幽默而又有智慧的人。周叔除了答应帮我出机票钱之外，又给了我两千块钱，一千块作为我这个月的工资，另一千块作为周叔的"友情赞助"。

我问周叔你对我为什么这么好，周叔很平静地反问我，于超昨天给你说的那些话你相信吗?

那一刻我强烈感觉到自己是多么的稚嫩，我还一直嫩黄瓜刷黄漆，装成熟。

想起自己高中时和兄弟在一起瞎憧憬：未来我一定要尽快地独立，靠自己的力量做成一番大事业。现在也许彻底明白，即使做成大事或多或少都会有你父母的"阴影"，那位完全独立的人在笛福的小说里，他最后也是靠别人的帮忙才回到现代社会。

自己大概因为年轻，总喜欢用想象去填满还是一片空白的未来，在车上和周叔他们聊天的同时，我脑子里想象着在福建，自己帮朱宏把生意越做越红火……

从韶关到广州白云机场，沿高速路行驶至少也需要四个小时，周叔他们能亲自来送我，我无言以对。除了感谢就是感叹，感叹我爸虽然讲义气但常常不用脑子，虽然大多是酒肉朋友，但还是有那么一两个真诚真心一辈子的朋友。如果到福建之后，朱宏也和我说，李藤，我原来没告诉你，我让你来这里工作是为了感谢你爸当年的帮助——我会惊讶，自豪加害怕，我爸“势力”太大，我想“青出于蓝胜于蓝”压力会很大。

每过一处收费站，于超就把单据扔给周叔，“老板，报销!”

用周叔的手机给我妈和阿廷分别打了电话，我妈非常高兴，夸我有能力，几个月就赚了五千多块钱，知道我要去福建之后她没有其他反应，只是叮嘱我在外面一切都要小心，防人之心不可无。如果有困难就给她打电话。阿廷知道我要去福建而且老板我以前根本不认识，替我担心并教育我一顿，“原来我就说过你，要学会说话，不要耍小性子。你以前不就是觉得自己很成熟吗？我告诉你，你还幼稚的很，所谓成熟就是做自己不愿意做的事。听见没有，在福建你要学乖一点，机会难得要好好抓住，争取待到过年，到时候领导去看你。”

看到我和阿廷打电话说了很久，周叔连忙在一旁起哄，“你个臭小子，什么娶我女儿？这个人是谁？”

阿廷应该听到了周叔的话，连忙问我，“你旁边是你老丈人？你都快结婚啦？”

“你刚刚还教育我不成熟，我觉得你幽默感很缺乏，以后应该多看看动画片。”我抓住机会“反击”阿廷。

到达白云机场已是傍晚，周叔要求来开车，坐到司机位置上后握着方向盘感慨道，“老子没坐过飞机，开着车在机场转一圈也算过了下瘾。”

半小时后买到了机票，晚上 10 点 30 分的飞机。

还有三个多小时，周叔决定带着我们在机场周围溜达，美其名曰为“老周汽修店广州白云机场自助观光团”。

周叔让我把航站楼，登机时间，登机口记下来，以免忘记。让于超随时注意听广播，听到通知我坐的那班飞机请登机的消息立刻告诉周叔，防止我们“观光”误了我的“大事”。

给朱宏打了电话，知道我要去她那里，她像复读机一样说了很多个欢迎。知道我坐晚上 10 点 30 分的飞机，大约 12 点抵达福州，她的话立刻变得简洁有力起来，“好的。那时候我已经睡了，请于明早八点以后再给我打电话。”

熟人和陌生人始终有区别，半夜给徐叔打电话哪怕别人都认为他王八蛋，他会来接我。彭小青再怎么“冷血”他让我做了采购助理这个职位，还免费去海南旅游了一次。周叔愿意这么远来送我，来回的汽油费，过路费都要花几百，在周叔那里工作一个半月不到，闯了几次祸，周叔还给了我三千块钱。

失去了才懂得珍惜，虽然“如果”没有用，但我还是想用一大堆“如果”来表达我的失落，如果我当时谦虚一点，如果我当时好学一点，如果我当时不那么口无遮拦……

周叔我们正“参观”的高兴，一群穿着制服手里拿着警棍的人把我们拦下了，嚷着快点把我们赶下车，和我们走一趟，我们观察你们很久了。

车里最像罪犯的就是光头于超，我以为他就是通缉犯，警察跟踪很久后终于逮住了他。

说明情况后我顿时觉得周叔我们仨真土鳖，那群穿制服的人说我们乡巴佬说得对。

进出机场的汽车都很有目的性，接到人或送完人就各自回去了，很少有人开着车瞎转悠。巡逻的保卫发现，有一辆车很诡异，不停下始终在机场周围行驶，像是踩点的小偷，于是保卫便悄悄地跟踪……

我们第一次来机场，想四处看看。于超说完这句话后其中一名保卫很大声地骂道，“他妈的乡巴佬！浪费老子时间！”

被人骂过乡巴佬之后我们自然想变得像城市里人一样。把车停在航站楼外面后他们俩拉着我进了候机大厅，于超嘴里不停地说着，“你去等着上飞机。我和周哥看美女，看外国美女。”

“超哥。这里是国内出发，看外国美女应该去国际出发”我的这句话提醒了于超，他和周叔拉着我又往国际出发大厅走。

大厅里果不其然很多外国女人，看上去都还很漂亮。我旁边的周叔和于超眼睛快忙不过来了，他们俩看美女时的样子实在有些猥琐，我为有这两个朋友感到“羞愧”，我尽可能地装得“一身正气”。

“阿藤。你知道上飞机后怎样让人觉得你坐过很多次飞机?” 于超突然问我。

“飞机飞行途中让空姐把窗户打开透透气?”

“你扯淡。我教你，上飞机猛地去拍一下空姐的屁股，然后很惊讶很夸张地和空姐说，怎么又是你？最近很忙吧?”

我前面是一位穿蓝色裙子的女人，我在想着假如用于超教的方法，她会不会立刻转身用力地给我一耳光。

“你好。请出示您的身份证，机票和登机牌。” 负责安检的是一位和空姐一样看起来端庄大方，微笑不露牙齿的职业女性。

跟着我去了很多地方的背包从那个机器里出来了，它应该很高兴，不久它也将第一次坐上飞机。

接着去登机口等待，周叔打来了电话，叮嘱我看到空姐后要注意形象……

三十三

回到家行李都还没放，我妈扔给我一个牌子。上面的几个字吓死我了：新阳县作家协会。

我妈跟我讲，我托关系帮你入了作家协会，你既然喜欢写东西，现在有组织了就要加油。我立刻感谢了我妈，虽然我想跟她说，其实写东西，组织这个东西完全是没有必要的，因为组织跟写东西完全就没有关系。

等我收拾完东西，我妈让我谈谈感受，这一趟行程感觉如何。

我说：“如果给我再来一次的机会，我一定带一把枪，一定崩掉这些势利眼” 我妈立刻制止我说：“这么说很不好，不能这么说别人，应该感激别人给的机会。”

我不理我妈了，因为我累。要给阿廷和我爸他们报个平安，还要谢谢那些帮了我的人。我很难得有这么严肃的时刻，刚持续不到一会儿，一个光头闯了进来，跟我说：“明天是个大日子。”

这光头我很熟，以前认识的笔友，叫老为。我确认是他后，立刻拿东西砸向了他，我不是因为脾气不好，而是因为实在听过老为太多次说这句话。每次老为说完“明天是个大日子”，后面那句话始终是——有个姑娘不错，你们明天见面谈谈。说不定能成。

老为户口本上的名字叫范为。第一次和他见面时，他自我介绍说。“我叫范为，模范的范，为人民服务的为。”大概是他要把我这位人民的问题先解决好，然后再转移目标，最后争取做模范。

从去年四月份认识老为到现在，在他的“牵线”下，我已经和不下二十个姑娘见过面，聊过天，吃过饭了。当然，一个没成。

说心里话。我挺感谢老为这人的。作为朋友，他居然比我爸妈还操心我的终身大事。

屡次和姑娘不欢而散后，老为很严肃认真地找我谈了一次话。主要意思是，你丫能不能给我点面子，你能不能以后和女生说话温和一点。你知不知道我多么捧你。你知不知道在我媳妇婚姻介绍所的资料上我是咋写的你？二十岁，年轻有为，现为报社编辑，文笔出众，才华横溢，为人幽默和善。真诚寻觅一位年纪相仿，有头脑，愿意和自己一同打拼的女生。去征婚的女生觉得你很不错，结果一见面，你对人家不是挖苦就是讽刺。给我记住。以后记得绅士点，哪怕不成为恋人成为朋友也好。

老为填写的资料里，只有二十岁，报社编辑比较符合实际。鉴于老为如此违背良心地夸我，我表示愿意改，一定改。

之后见得几位姑娘都还好。但是她们嫌我穷，最后都是很得瑟地在我面前付了钱，接着扭着屁股走掉了。因为那几位姑娘我悟出了一个道理。所谓爱情，就是你不嫌她丑，她不嫌你穷。现在貌似大部分的“她”都不丑，但都会嫌你穷。

老为看到我“情路不顺”，心里也不是个滋味儿，说了一句让我差点哭的话：

“相亲咱还得继续，继续努力。好女孩少，不好的女孩多。咱们就要努力找出好女孩。咱们是写作的人，相亲首先当听故事了吧，万一找到合适的了不就算意外收获吗?”

老为现在的职业是心理咨询师，他老婆开了家婚姻介绍所，两家店紧挨着。通常去老为店里的都因为情，之后大多又去了隔壁，留下一份资料。他老婆店里来的大多都是不相信爱情或者忘记爱情但家人逼着早点结婚的人，填写资料后往往又都去了隔壁。

两家店生意很好，很和谐。于是老为便有了大把时间放在业余爱好——写作上面。

老为一米七三，光头，络腮胡子。人很黑。当听到他说自己爱好写作，是个文人时，我的第一反应是，这哥们真幽默。

当我听完老为讲完自己写作的故事。我莫名其妙地想到了一句话，“如此粗犷的外表下，竟然有一颗无比柔软的男儿心。”

老为今年三十六岁，十七岁外出打工。在工地扛水泥，推砖。因为家里穷，想改变现状，于是想到了读书。打工的第三个月，老为买到了一套心理学的书。至于老为为什么会想到买关于心理学的书，他自己说是因为小时候看了一部关于地下党与特务的电影。因为佩服地下党的聪明才智，从那时起他便对心理学产生了浓厚的兴趣。总之，用老为的话说，老天爷在你人生的几十年里一定会让你疯狂爱上一个人和一个事物。

老为那时在下班后就在工棚里看书，在打牌的工友都嘲笑他，有时候还欺负他。老为记在心里，那时候开始有了写日记的习惯，从那时起，埋下了爱好文学的种子。19 岁，老为又去报考了驾校。想去跑运输。21 岁时和一家运输公司签约，开始了他的司机生涯。

老为天南海北跑运输的日子在 29 岁时结束，这几年老为留下了二十多本日记，几乎写遍了全国各地。

33 岁那年，做个体户的老为和媳妇卖掉商铺，回老家县城发展。开了县城第一家心理诊所和婚姻介绍所。第二年，和一堆文友创立了“新阳县作家协会”。

老为的故事比较长。而我的故事则比较简单。我从小学到高三成绩都还行，所有人都希望我考上国内的名牌大学。但高三上学期因为胃溃疡退学了，之后便不再上学。好多看着我长大的人相当失望。17 岁到成为报社编辑的这段时间里，我去了沿海的几个城市，做了几个以前认为自己永远不会做的工作，最后灰头土脸地回来。当我没有办法打算外出打工时，一位叫唐亚的人让我去他的报社上班，并且主编报纸旗下的一部文艺杂志。

我去报社上班后，唐亚才告诉我，他为什么对我这么好。因为我和他是老乡，他听说过我的故事，还和我家里人关系不错。并且他在我身上看到当年自己的影子，想尽力帮帮这个现在很无助的小老乡。

为了表示感谢。我在杂志上的笔名叫“唐李亚”。

在报社的生活很快乐。我负责写评论。以及审阅叫做《新阳》的杂志来稿，并且在杂志上连载讲述我这两年经历的小说。而且策划了一次全县的写作比赛，不限体裁，不限年龄，请求唐亚去动用各种宣传手段来宣传。半年后，我们的杂志终于能在报亭和情感家庭类杂志放在一起了，这无疑是一个巨大的荣誉。那之后，每当我走过报亭，心里油然而生一种说不清道不明的自豪感。

也是在杂志火起来的那个月，县作家协会通过唐亚想邀请我加入。因为唐亚，我毫不犹豫地同意了。

加入作家协会后，我认识了老为，并很快和他成了朋友，每天下班后一起去打篮球，或者去吃饭聊天吹牛。那些日子想起来真的挺不错，用老为的话说，“我有明亮的头，咱们有透亮的心，这真他妈的是闪亮的日子。”

“给我文明点！怎么说话呢！不是让你去相亲，是真有大事。”老为把球砸了回来。

“集体相亲?”

“滚。是作家协会明天要去采风，去浮萍乡。要去一个星期，我已经帮你给唐亚请假了。这可不是一般的采风，浮萍乡要举行一个星期的盛大的旅游文化节。有来自全国各地的贵宾，据说还有外国人。而咱们作家协会的作家们，更是贵宾中的贵宾，代表了乡政府对于文化产业的重视。乡政府而且要重点推荐咱们，而我们要重点推荐你。高兴吧?!”

“浮萍乡？”

“就是那个牛肉干特别出名的地方。我吃过那儿的牛肉干，确实不错。”

我拿起衣服准备回去。“那咱们赶紧回去收拾吧。那里是我老家，我好几年都没有回去过了。”

“哎哟喂，是要见老情人呐，这么激动。”

老为之后给我介绍详细的采风计划。明天上午九点出发，下周星期天回来，每天白天都要去不同的地方，晚上写稿。最后把文章收集成册，由浮萍乡出资全市发行。

除去浮萍乡是我老家的因素，我仍然相当期待这次采风活动。

加入作家协会以来，其实就两项工作：开会和采风。采风大多是附近乡镇的邀请，因为作家协会的会员们大多有其他工作，采风基本都在周末。一日游，然后写稿，发表在报纸上，替乡镇宣传。每次采风感觉像小学生春游，风景看不到什么，但游记是必须写的。

因为县里暂时没有资金拨付支持文化产业，作家协会的经费都来自各个乡镇邀请采风所付的钱。每次我们去乡镇采风都有记者，然后隔天会看到新闻。“××乡镇，为了大力发展文化产业，邀请县作家协会下乡采风……”

看过很多次新闻。我至今没弄懂，到底什么是文化产业。

采风结束的第二个周一晚上六点到九点，是固定的开会时间。主要工作是评阅游记，并且由作协负责人交付报社。

我很喜欢我现在的生活，虽然有时为了写稿相当头疼，有时并不情愿跟着去某个乡镇采风，然后写一篇连自己都讨厌的所谓游记。

写稿的时候我会听一首老为推荐的歌，是罗大佑的《闪亮的日子》。

罗大佑唱出那些句子时，我都会立刻想到一个画面，老为和我在吃夜宵，老为说，“我有明亮的头，咱们有透亮的心，这真他妈的是闪亮的日子。”

三十四

回到家，很激动地告诉我妈，“妈，我要出差!”

我妈似乎没有听到我说话，专心地看着电视，若有所思的样子。

“我要回老家了。老家的乡政府请我们作家协会去采风，要去一个星期。下个星期天才会回来。你帮我找找阿波他们的电话，回去和他们聚一聚。”

我妈突然关掉了电视。转过头一脸肃穆地对着我，说：“嗯，这是好事，很好的事。去了那里不要只想着玩，作家协会布置的任务你一定要很优秀的完成。还有，记得要谦虚点，多和老为他们学习，对人也要有礼貌，知不知道？你年纪还不大，记得要做事，让别人对你的印象要好些，对你以后的发展有帮助，知不知道?”

我已经很习惯我妈这样语重心长地教育我了，现在已经由以前不耐烦的态度转变为现在的耐心倾听了，我妈有时候说完后还会夸我真的长大了，变得成熟了。

大概 10 多分钟后，我妈很深沉地对我说，“你去吧。你和阿波他们是很久没见了，到时候是该聚一聚，叙叙旧。”

阿波名字叫姚海波，比我大三岁，是我的老哥。小时候他经常带着我们四处调皮捣蛋，最疯狂的一次是我们偷了邻居家的香肠，然后被邻居家的狼狗追，最后我们五人用石头砸死了这条狗，接着阿波一人抱着这条狼狗去了邻居家，说对于狼狗的死表示很遗憾，因为狼狗要咬他，他必须自卫，造成狼狗的死亡他很抱歉，但是在法律上，狼狗的死他不需要负任何责任。那一年，阿波 11 岁，再次想起这个故事时，我觉得他应该是位法律天才。

那之后，阿波的地位得到明显提升。被老家的小孩儿封为“打狗英雄”。

在房间找了很久仍然没找到电话本，我去客厅问我妈姚海波他们的手机号是多少。结果又被她数落了一顿，“你朋友的手机号我哪里知道。自己不爱收拾，乱放东西，每次需要的时候就着急了吧，活该！你看看你自己，20岁的人了，像不像话，我20岁的时候出来工作好几年了，像你这样我肯定要被老板开除。不说了，不说了，赶紧回去找！”

其实这样的遭遇如同每天必须洗脸刷牙一样，已经成为习惯了。哪天没有遇到真的会觉得有点异样。

把房间差点翻了个底朝天，终于找到了那本有了些年头的电话本。电话本的扉页是各国国旗，现在我已经能全部认完了。扉页上还有几个认真但确实很难看的字——“李藤著”——呵呵，那时相当青涩相当天真，看到那几个字后我情不自禁地感慨了一下。

说起来很惭愧，我已经20岁，是相过很多次亲的人了，除了偶尔我妈忘记带手机时我代为接下电话，其他时候我都没有碰过手机。以前读书的时候我妈不准我用手机，她说手机除了谈恋爱没有别的用处。现在她又催着我去买手机，但是我坚决不同意，我觉得手机除了打电话之外没有别的用处。我妈时常感叹，“你小子啥时候能真正听我的话?！啥时候能不让我这么操心?！”

从第一个号码开始拨——

“喂，你好。请问是王康伟家吗?”

“谁?”

“王康伟！”我提高了音量对着听筒说。

“不认识！”我立刻听到了急促的“嘟嘟”声。

“喂，你好。请问是廖忠祥家吗?”

“嗯，是的。请问你是谁?”

“我是李藤，廖忠祥的小学同学。”

“哦，对不起。我是廖忠祥的父亲，现在他已经去同他妈妈生活了，目前我没有他的联系方式。抱歉，我挂电话了。”

“喂，请问是陈榕家吗?”

“对的，你是哪位?”

“我是李藤，是陈榕的小学同学，请让陈榕接下电话好吗?”

“我是她老公，有什么事情和我说吧。”

……

十多个电话号码全部拨打了一遍。只有伍琦家的电话是他本人接到的，而且他也在老家。在老家的牛肉干厂工作，目前每月工资一千两百块，偶尔有奖金。他讲到这里时笑得很真挚，我在电话这头都能想象到伍琦咧着嘴大笑的样子。

伍琦结婚了，而老婆是他小学时偷偷喜欢的女生，伍琦笑着和我说：“你不要羡慕我这段童话般的爱情。”

女生叫张舒。我对她还有印象。读书时头发很长很黑，人特别地腼腆。记得有次和她说话，她脸红得跟苹果似的，看到她如此害羞我也不好意思了，脸也跟着红起来。我当时就在想，如果张舒上台演讲，那整个会场一定会变成苹果园，而张舒会是最显眼最鲜艳的那颗苹果。

“李藤。好久没联系了。你结婚了没？嘿嘿，有女朋友了没？啥时候带回来给我们看看嘛。你回来了之后咱们抽空聚一聚，喝几杯，我可能酒量比你好哦。”张舒在电话里和我说了这句话，我明显感觉到她完全没有害羞，更没有腼腆，这应该就是传说中的女大十八变了。

从伍琦那里我才知道。姚海波也在老家，结婚了，老婆是湖南人，孩子快三岁了。我没有打通姚海波的电话，打了两遍，提示音都一样，“对不起，您拨打的用户暂时无人接听。”

大概他已经在为生活为家庭忙碌了，想到这里，顿然觉得自己还很稚嫩。

伍琦在电话里还说了一件让我感到很震惊的事情。“叶子也在老家。在从事特殊行业。”伍琦说这句话时语气相当平淡。

在我的一再追问下，伍琦告诉我，特殊行业其实就是做发廊妹。

叶子是我徐叔的女儿。徐叔和我爸是发小，他们的老婆也是发小。叶子又和我出生在同一天，徐叔家和我家的关系自然非常好，双方的家人还约定，以后长大了这俩小孩结婚。叶子比我早十多分钟出生，自然就成为了姐姐。

徐叔和我爸是老家最早外出打工的那一批人，徐叔最早辞职了经营电脑耗材，之后又去了成都经营房地产，身家上千万。叶子在小学毕业后就被徐叔接去了成都生活。但因为反对爸爸找“新妈妈”，生气的徐叔一怒之下把叶子母女赶出了家门，最后在叶子初一开学前，母女俩又回到了老家，叶子妈妈嫁了位卖水产的人。

关于叶子的这些故事是听我奶奶讲的。叶子家的故事在不大的浮萍乡人尽皆知。

我已经无法想象，我的叶子姐姐现在到底变成了什么样。我期待回老家后能见到她。

打完电话。开始收拾行李，一堆换洗衣物，几本小说，一堆稿纸全部塞到箱子里。

说来好笑。为了成为作家，我已经写了很多字，写完了很多张纸。但丝毫没有要成为作家的迹象。一次偶然机会，参加市里的书法比赛。我写的那篇《少年中国说》获得硬笔书法组一等奖，奖金一千元，市电视台还采访了我。当我和我妈一起看新闻时，她笑得很灿烂地说，“哈哈哈，我敢打赌，这将是你小子人生中最为闪光的时刻。”

我依然在坚持写，坚持用笔写，写作上成就好像还没有，但拿的书法比赛获奖证书已经有很多了。

晚上我很早就睡了，做了一个长长的梦。

我梦见自己变成了一只巨大的风筝，飞啊飞，飞到我们老家的上空。看到那时的我们还小，那天天气很好，伍琦还有刘明我们仨准备合影留念，在刘明家门前。我爸拿着相机，对着我们说，“看这里。这里有好吃的，笑！好的，再来一张！笑！”

照片从相机里滚动出来，我爸看到后哈哈大笑，“没一个人眼睛睁开的。闪光灯晃眼睛呐。再来！再来！你们先闭眼睛，等我喊到三的时候睁开眼睛。听到没？”

“一，二，三。睁眼！好的，这张应该可以。”

“哈哈哈，你们把眼睛睁得那么大干嘛。重来！重来！”

“一，二，三。好的。”

“哈哈哈哈，你们是不是天生眼睛小啊？眼睛好像始终睁不开，再来。”

“一，二，三。好的，这张应该能照好。”

“哈哈哈哈，眼睛又是眯着的，我服了你们了，不照了。眼睛以后就睁开了。”

三十五

上午八点起床，洗漱，吃早饭。到达作家协会是八点五十分。

此时大楼前大家已经排队站好了，每个人旁边都放着一个旅行箱，每个箱子上都有四个偌大的字，“作家协会”，让我感觉到一股强烈的文化人才有的气息。当我走进队伍时发现大家看我的奇怪眼神，我立刻明白了，我迟到了。

老为给了我一张很大的贴纸，让我贴在箱子的最显眼处，以表明作家协会会员的不同身份。将贴纸在箱子上贴好，看着让我地位顿时提高了很多的箱子，自己能够欣然站在这栋无比宏伟与众不同的大楼前，我心里充满喜悦。

大楼一共八层，外墙上有几个鎏金大字，“新阳县文化事业发展规划局”。大楼的一到四层是县电视台，在作家协会快一年了，我一次都没有看见过每层楼具体怎么样。前四层的每层楼梯口看起来十分坚固的铁门上安装着黑色玻璃，玻璃上有几个红色大字，“文化重地，闲人免进！”在新阳县待了有十年时间，我一次也没有看到过电视台的节目，可能真的“文化重地”里面全都是机密。大楼第五层是新阳县小学文化事业发展与改革委员会，第六层是县中学文化事业发改委，第七层是县成人文化事业发改委，第八层是作家协会。每次我去作家协会开会，走过一个又一个发改委，心里总是自卑的很，觉得自己对县里文化事业的贡献太小，居然又待在这样一栋文化气息浓厚的高素质大楼内。每当我开完会总是匆忙地下楼，迅速离开这栋大楼，每当走出属于大楼的范围心里总有一种无法形容的畅快。

大楼门口有一块石碑，是县文化事业规划局局长牛马的题词："文化事业，是一项关系未来发展，关系人民群众生活的重要事业，我们文化人要坚持以邓小平理论和'三个代表'重要思想为指导，以发展文化事业为目标，解放思想、实事求是、与时俱进、坚持以人为本，贴近实际、贴近生活。我们要紧密团结在县委县政府的周围，共同开创新阳县文化事业灿烂的明天。"

这块石碑我看过很多次，一直想弄明白一个问题。为什么上面的字到后面越来越小，我一度怀疑是不是因为字数太多刻不下了。

"大家都到齐了。现在集合，我准备点名并分配任务。点名之前多说一句，说是九点集合，记得提前半小时到，有的人下次注意啊!"说这话的是作家协会主席冉守刚，他留着寸头，肌肉看起来很发达，今天穿着一身迷彩军装，活脱脱一位霸气的军营教官。

冉守刚是一位诗人，他不让我们叫他冉主席，叫冉诗人，因为他觉得这样很亲切，我曾经跟他说，我觉得叫守刚比冉诗人更加亲切。

"呵呵。"他说。

冉诗人的事迹如果写下来能超过一部几十万字的长篇小说，用他自己的话说，我从出生开始人生就一直故事不断。

冉诗人今年42岁，先不说他的未成年时期，成年到现在据他回忆有这样几件标志性的事件：18岁成为了一名光荣的军人，20岁成为一名光荣的工人，25岁光荣地成为一名保镖，29岁成为光荣的个体户，34岁建立"光荣诗会"，35岁创立全市第一本旬刊诗歌杂志《光荣》，37岁光荣地成为多家杂志的名誉顾问。

冉诗人最喜欢用"光荣"这个词语，至于原因他表示涉及隐私不太愿意多讲。他发表的第一首诗是一首题目为《光荣》的藏头古体诗，"藏头"的内容是"我爱写诗，诗歌光荣"。

我凭阑干日向西，
爱似零陵香惹衣。
写乐聊发使君闲，

诗卖明时不值钱。

诗成千首语皆新，

歌伴酒徒零散尽。

光禄池台文锦绣，

荣枯无路入千峰。

这首诗的内涵我至今都不明白，据冉诗人自己解释，这首诗用借物抒情，寓情于景的方法表达了他的理想，和渴望成为大人物但又不能的悲伤心情。

从那以后，我不太敢和诗人聊天，和他们聊天很容易导致自己怀疑智商是不是没有达到及格线。

冉诗人将采风团分成两个小组。第一小组组长由毕叶任组长，四名组员是“四明律师事务所”的律师，第二小组老为任组长，组员是我，桂正红和两位女老师姚叶丹和易万怡，冉诗人本人任特别小组组长，小组的组员是两位将全程拍摄此次采风的记者。

分别介绍下他们。毕叶，原名毕子涛，原县第一中学语文教师，人不高，很黑，戴着一副镜片很厚的眼镜，留着辫子，因为“作风问题”被学校开除。无业迷茫时，恰逢老为他们准备成立作家协会，毕子涛很快加入，并成为了主要负责人，负责联系采风和稿件出版。他主攻散文，于是改了个稍微文雅点的名字，“毕叶”。

毕叶第一小组的组员都是作家协会的元老成员。冯朱明，李明光，张明署，雷明国。四人都有着似乎律师才有的特点，人细皮嫩肉的，好像从未经历过风吹雨打，他们大概只是读书，直到通过司法考试，没做过其他体力劳动，所以他们的手漂亮的让女人羡慕。他们四人合伙开了一家律师事务所，因为四人名字都有个“明”字，所以律师事务所叫“四明律师事务所”。四人还有共同的文学爱好，还结拜为兄弟。四个人都主攻诗歌，时常在上班的地方交流诗歌，让很多当事人颇感新鲜，纷纷赞扬这家事务所文化程度高。四人还集体上过报纸，报纸的大标题是《律师界的一道风景线——记四明律师事务所“文人四君子”》。

因为自己做老板，不担心请假麻烦或者被扣工资，去浮萍乡采风是最积极的。当知道老板们要出差一个星期。律师事务所的年轻律师们像中了五百万一样高兴，因为没人和他们抢案源了，他们终于可以拓展业务了。

有位年轻律师没有抑制住兴奋之情，对雷明国说，“你们去吧。随便去多久，最好不要回来，死在外面都行。”雷明国当即决定扣完那位律师这个月的奖金，没有理由。

老为也是作家协会的元老，但我至今没见过他的作品。他小组的组员，桂正红，原名桂正云，今年三十四岁，人长得很喜庆，他二十岁时按照算命先生的建议把名字改成了现在这样，以求得未来大富大贵，红红火火，他是写小说的，在县文坛出名是因为一篇讲述他从结婚到离婚的小说，被某些读者誉为“苦情作者”。两位女老师姚叶丹和易万怡，两人都是县第二中学的语文老师，都是从同一大学的中文系毕业，都被誉为才女，她们人很幽默，特别喜欢笑，但是因为她们特别催泪的散文被人称作“忧伤才女”，大概忧伤是年轻人才有的爱好，这两位属于80后年纪最大的那一批已经不再年轻的才女说自己最近正在“转型期”，打算变得深沉一点。

因为要去采风一个星期，作协会员们大多有求生的第一职业，所以还有很多会员没有来，我们正在大楼前集合的时候，他们应该都在忙碌地工作，忘记一切，为了生活忘我的工作。他们来自各行各业，有长途车司机，摩托车司机，公务员，个体户，面馆老板，殡仪馆火化工，清洁工……

能认识如此多不同的人是加入作家协会最让我高兴的事，或许有生活才有文学，我们专心致志地生活才能写出属于生活化文章或用文章打动每一个认真生活的人。

点完名后冉诗人看看表，发现离九点还有四分钟。打算在几分钟里给我们最后讲点事情。

他清了清嗓子说，“在汽车到来之前，我宣布几点要求。第一点，时时刻刻注意自己的所作所为，请记住，你代表的不仅仅是你自己，还代表咱们作家协会，还代表咱们新阳县的文化人。第二点，努力写好你们的文章，请记住，采风是我们发展文化事业当中特别重要的一项。第三点，任何时候请记住，你们是文化人。”

听完冉诗人的话我觉得自己体内仿佛有了一只写着“文化人”字样的热气球，不断膨胀，膨胀……然后我就飘起来了……

我大概已经飘到了空中，在俯瞰这栋文化大楼时，我听到冉诗人喊，“请大家有秩序上车!”

我看到路边停了四辆黑色小轿车，上面有巨大的横幅，横幅上有长长的一行字：

“重庆市新阳县文化事业发展规划局之作家协会赴浮萍乡盛大采风团”。

三十六

“李藤?”司机下车看到我后特别惊讶地问。

“嗯。我是李藤。您是?”

“唉……快十年了吧。我当初看到你才那么一丁点儿大，现在居然都已经变成大人了。看来我真的老了。不过，虽然你变化很大但还是看得出小时候的样子。”在司机感慨岁月的同时，老为和易万怡已经坐上了车。

“您是??”

“你这臭小子。真的认不出你汪叔啦？忘恩负义的东西！咱们以前是邻居，你小时候经常来我家下象棋，然后你输了我老是用胡子扎你。”

司机脸上相当干净，看不到叫做胡子的东西。看着我疑惑的样子，司机连忙说：“现在给乡政府开车，得注意点形象，不多说了，上车上车，等回家咱们好好叙叙旧。”

汪叔向车里的老为和易万怡隆重地介绍了我，“两位。介绍一下。李藤，我的老乡。我从小看着他长大，这小孩从小就比别的孩子聪明，脑筋也特灵活。小学六年据说还不知道得第二是什么滋味儿。小学最大的官儿都是他。这小孩还特别懂事，特别有头脑。他就是我们浮萍乡的骄傲。”

“哎哟不错哦!”易万怡怪腔怪调对我说。

“哎哟不错哦!”老为也学着易万怡的腔调说，“那我们的李藤先生这次算是衣锦还乡了？你看，家乡人隆重地迎接你回去呢。”

“咳咳咳……李藤先生有没有打算带我们去看看您的初恋情人呢？有没有兴趣给我们讲讲您的情感史呢?”

“咳咳咳……年纪轻轻居然就谈恋爱，太不像话了。要先立业后成家，知不知道，为叔教育你呢，听到没?”

易万怡和老为轮番地开我玩笑，在专心开车的汪叔也忍不住笑了，说：“咱们李藤先生可是相当不错的。他怎么可能小小年纪就谈恋爱呢，人家只是喜欢了一回老师而已，当时很轰动的。”

“停车！我要下车!! 我要下车!!!”

汪叔突然停下了车，面无表情地对我说，“下去吧。”

“……”

短暂地停了几秒钟之后，汽车继续开动。这时老为的手机突然响了，是冉诗人打来的，询问刚才发生了什么事。

“没什么事。小李想上厕所，但停车后又不想上了。”老为故意很大的声音说。

我当时心里的想法是，你们这三个王八蛋，欺负我年纪比你们小是吧，你们会遭到报应的。可能是心直口快这个臭德行，我毫不犹豫地把心里的想法吼出来了。

“哈哈哈！李藤你小子果然一点都没变，说话还是这么冲!”因为激动汪叔没有认真驾驶，汽车猛地一个急停，车里的其他人都撞到了头，夸张一点说就是差点飞出去了，等缓过神来后汪叔又专注开车，再也不说话了。车厢里开始寂静起来。

“李藤先生。你看你，说话不文明，你把汪叔都影响了，万一咱们飞出去了咋办，我等着去你家乡吃牛肉干呢。你的素质啊素质。”易万怡“指责”我的这些话让车厢里重新响起了笑声。

汽车离开县城了，原来路边还算繁华的景色开始变得荒凉起来。我不由自主地想起了，汪叔说我喜欢老师那件事里面的老师。

现在她应该三十岁。我小学二年级她支教来到我们学校，因为都喜欢打篮球，和她很快熟悉了。三年级我成为学校大队部大队长和她见到的更多了，周末打完球她会请我去吃饭，然后给我讲中学里，大学里的故事。大概是我五年级时对她说的，“老师。我爱你。等我长大我来娶你。”我清楚的记得她说，“嗯。老师等你。”

算算时间，她应该没有等我，现在估计她的孩子已经上幼儿园了，想到这里我不禁眼眶湿润了一下。如果这次回老家再次见到她，我真的不知道说什么。可能说一句好久不见或者你好都会脸红。

“按照这个速度。大概四十分钟后就能到达目的地——我们那里最好的宾馆，看到后绝对吓你们一跳。你们想象不到的漂亮，豪华。到时候你们看到就明白了，我汪中民从来不说假话。另外，你们没有来过我们这，我一路给你介绍下这边的具体情况，算一个免费的导游。其实这几年我们这些乡镇发展的都很不错。你们都是文化人，如果能为每个地方即兴做一首诗就最好了。”汪叔这样说道。

“李藤说完全没有问题。”老为和易万怡很有默契的一起说。

“……”我完全无话可说，只得怪自己交友不慎。

汽车缓缓驶上了一道山梁，视线变得开阔起来。汪叔说，那些星散在树林中的红点其实是农家乐，将外墙涂成红色，一是取红绿灯的原理，红色很远就能被人看到，比较吸引人眼球。二是寓意生意将会红红火火。这里是属于新津镇的地界，新津镇是去往各个乡镇的“交通要道”，所以这里农家乐的生意都特别的好。抓住交通便捷的这个机遇，新津镇大力发展旅游业，附近观音庙等景点都得到了很好的开发，每年 3 月不冷不热草长莺飞之时还会举办盛大的节日。

听完老汪的介绍，心里默默地告诉自己：叫你傻小子不好好读书。你看看，人家给乡政府开车的人都这么博学多才。

顺着这个思路想，一股凉意袭来，给县政府开车的一定是全市的活地图，给市政府开车的一定是地理学家的水平了，可能还需要研究生以上的文凭。

“汪叔。你咋知识这么丰富？比大学生都还厉害。”

“李藤。对你我就说真话了。没有能录音的东西吧。那我就说了。这些东西吧，他妈的都是领导要求背的，说是方便宣传咱们县，然后能促进咱们浮萍乡的发展。这些东西背着很头疼，我读书时背书都没这么用功过。孩子，记住啊，赚钱都不容易，记得节约。”

车厢里一阵沉默之后爆发一阵很诡异的大笑声。

“下面进入票市镇的地界了，票市镇是因为高速公路经过，这几年才迅速发展起来的。票市镇抓住了交通便利的优势，大力发展运输业。现在镇里的无公害蔬菜广销全国很多大城市。”

“下面要进入龙角镇的地界了，龙角镇是我们新阳县的老牌强镇，因为三峡工程，老镇被全部淹没了，抓住了这个机遇，新镇建设的很快很漂亮，现代化程度相当高，居民休闲设施也已经很完善了，歌咏比赛等丰富居民精神文化生活的活动也越来越多。”

“还有大概五分钟，将进入浮萍乡的地界……”

三十七

“过了那个牌坊就到我和李藤家乡的地界了。”一路介绍过来的汪叔继续介绍着。

“路边的那块碑刻的是我们乡党委书记的题词，内容我可以背出来。浮萍乡，正迎来它大发展的历史性机遇，全乡人民要众志成城，拧成一股绳，共同创造属于浮萍乡美好的明天。浮萍乡乡党委书记张浩东。”

“看见远处那很大的一片蓝色了吗？那里是乡里的无公害蔬菜基地，蔬菜基地不远处是乡里的经济林木基地，这两个基地提供了不少就业机会，但在那里工作的大多是妇女，她们不用再外出打工了。”

“看到那很大一片的红色了吗？那是乡里的樱桃园，这几天樱桃快成熟了，如果你们再晚几天来，就能碰上乡里一年一度的樱桃节了。”

“看到那一条小路了吗？沿着那条小路走不到10分钟，然后爬大概二十分钟的山，就能到达我们浮萍乡的主打旅游景点山顶桃源。大概明年，就会修建缆车。李藤肯定记得，那就是你们小时候经常去爬的古寨子，现在已经开发的相当好玩了。”

“我们不从前面这条路去。向右转，去宾馆。你们看到没，这条路旁边的商铺是不是看起来特别好，这里未来一定会特别的繁华。”

“这条路两边的商铺更加高档，地价是其他地段的两倍到三倍，虽然现在还没有什么人。”

“到了，请下车。”

终于下了车，也许是一路上都在听汪叔讲话，我头很晕。走路有点晃悠，觉得自己有点像奥特曼变身之前很不好的状态。

看到眼前的宾馆后我顿时有种在沙漠中看到海市蜃楼的感觉，但海市蜃楼是没有“五星级宾馆”这几个大字的，汪叔在耳边悄悄告诉我，那几个大字就是这宾馆的名字。

这宾馆真的能用豪华和气势宏伟来形容，而宾馆后面的山实在很荒凉，随处滚落的泥土发出很刺眼的黄色的光。

“热烈欢迎各位作家莅临我们浮萍乡。我是浮萍乡党委副书记熊建彬，张书记和刘镇长正在和贵宾商谈合约事宜，请原谅他们不能前来迎接。接下来请大家随我到敝宾馆的房间休息。”说话的人看起来至少有四十岁，应该是个兢兢业业的官，因为头上有太浓重的岁月的痕迹，和我们说这番话时他不停地拨弄头上仅存的几缕头发，将头发拨满整个脑袋，大概企图在自己头顶制造出一幅欣欣向荣的景象。

“作家们，请将行李给我，将由我为你们送到房间。”我们正准备进宾馆大门时，不知道从哪里冒出来一位推着行李架的服务生。

“哇。帅哥。你好。”易万怡突然说。

“你好。才女。”

“帅哥，可以给个电话吗?”

“对不起。现在是上班时间，请不要谈论这些事情。”

“你们把行李交给他就好了。”如果不是熊副书记说话打断，众人肯定还会继续一言不发地等待易万怡和帅哥服务生说完话。

“请各位不要在意，我们宾馆是国际化标准，上班都很注意的，更不会谈论私事的。你们是贵宾，可以例外，而且更能显示出我们的人性化。”熊副书记笑得像弥勒佛一样继续说道。

“各位，我们踏着的地面材质是优质汉白玉。不错吧。”熊副书记那样子像大地主炫耀自己家财万贯，看起来十分好笑又特别怪异。

脚踩在这地面上我感觉到一种莫名其妙地寒意，仿佛这汉白玉地面化作了一条蛇悄无声息地钻入了我体内，然后不断释放出特别寒冷的物质，让我思维陷入了停滞状态。跟着熊副书记继续往前走，我越来越觉得自己走错了地方，这里根本不是我老家。“这里太他妈的有钱了，我老家那么穷的，咱们是不是走错了。”我向老为感叹道，可能声音有些大，被大家听到了，然后齐刷刷向我投来无比惊讶的眼神，仿佛在说：土鳖!

我的房间在308，和老为一起住。我们隔壁是姚叶丹和易万怡，桂正红和第一小组的人住。

当我踏踏实实地躺在宾馆房间的床上后，我才相信不是一场梦。于是认认真真地回忆了一下刚才看到的梦境：宾馆一共八层，每层四十间房，每一层楼的楼梯间都挂着油画，旁边是精美的雕塑，每一层楼都是高级地毯，踩在上面像踩在了云朵上面，十分舒服，每层楼的装饰品都精致而豪华，大厅里有一幅巨大的万马奔腾图，天花板上吊着一盏像钻石一样晶莹剔透的水晶灯。

到达房间，打开窗户，看到一片荒凉，寸草不生，一模一样的房子，一模一样的街道……

“起来！干活!”我忽然听到有人在对我很大声地吼，接着感觉到被什么东西给打了一下。

很不情愿地睁开眼睛后，看到了拿着毛巾面目狰狞的老为。

“你小子还肯醒来啊?!我喊了你多少声你知道不?!结果你丫依然无动于衷！你要再不醒来，我就打算报警了。”老为有点歇斯底里对我说。

接下来便是干正事——完成二十分钟的发言稿。

老为已经把一堆关于浮萍乡近几年发展的资料放在桌子上了，让我记得引用一些数据进去。

资料里那些明目张胆的数字和百分号看得我这个数学从小就不好的人脑仁疼。

老为用力地将一只手表放在我准备写稿的桌子上，然后不知道是生气还是故作样子，说：“李藤。现在是上午十一点二十三分，下午一点我会端饭进来，并且验收稿子。如果稿子过关了你能吃饭。否则我会立刻把饭菜倒掉，你就等着饿肚子吧。”

老为气势汹汹地走出去了。

剩我一个人在房间里了，手表上的指针在义无反顾地向前走着。我整理了一下思路，打算先在那一堆资料中找出一些可以引用的东西。大概十分钟，正式开始动笔，没有电脑，一切归于原始化。

在疯狂写字时，我脑海里想到了很多，有小时候最早夸奖我字写得好，后来又批评我字写得很难看的老师，有在中考语文考试时写字动静很大的邻座，有获得作文比赛一等奖时傻笑的自己，有去北京参加作文比赛时，坐在我前面三小时没有动过笔的美女……

想到一位作家青春期时两小时两万字的故事时，我带着羞愧之情为这篇字堪比狂草的文章画上了句号。然后用房间的电话打通了老为的手机：

“死光头，上来验货!”

老为上来时很不屑地对我说，“现在是十二点三十分，这么快，你那手是机器啊?!你小子肯定是去借了电脑，然后网上直接摘抄下来的。唉，我说啊。做人呐首先是要诚实。你这次让我很失望啊。”

“你头上没毛影响了智商啊！你去试试摘抄和直接写哪个速度快?!”

“公事要紧。叔暂时允许你的无理。”

十多分钟后老为看完稿子，然后有板有眼地说，“小李啊。嗯，叔觉得你写得不错，但不太严谨。需要加一些话，叔就亲自来帮你写了。”

他拿起笔在稿纸的末尾写上了一段话：

“最后，感谢各位贵宾的到来，感谢浮萍乡乡政府的盛情邀请，感谢作家协会前辈们对我的无私提携，还有许多因时间关系无法逐一感谢的也一并感谢了。谢谢大家。我今天真的很高兴，我觉得今天是我人生中最辉煌的时刻。”

三十八

下午两点，服务生送来了唐装。

下午两点三十分，我们坐上了接我们来浮萍乡的轿车去会场。

下午两点四十五分，我们在预定时间到达会场。

会场很大，已经坐满了观众。主席台上一条十分显眼的红色横幅：“2011 年浮萍乡第一届山村旅游节开幕仪式暨项目签约仪式”。不知道为什么，看完那条横幅后我脚有些发抖。

汽车停在了等待区，等候主持人的命令再上主席台。

在这个等待的时间里，我把整个会场看了一遍。观众区中有两个很大的架子，两个人在上面摆弄着摄像机，他们是和我们一同来的属于冉诗人小组的记者。最远处的主席台上有三排长桌子，据说要在第一排就坐的是要和乡政府签约的贵宾，中间是外宾，我们作家协会的座位在第三排。主席台后面是宽阔的田野，土地早已经荒芜，一片衰败的景象，上面堆放各种建筑材料，看到这里我确定这地方不是我小时候来过的。

我们坐的汽车前面是观众区，他们都穿着一样的红色的衣服，从空中看去一定是一片“火海”，观众们应该等了一段时间，但看起来都很耐心。在很开心地聊天，嗑瓜子，吃东西。一位提着篮子的妇人在“火海”中穿梭，脸上露出喜悦的神情，这个情景让我第一时间想到了清洁工在开幕仪式结束后开始工作的神情。

汽车按秩序停着，那些要与乡政府签约的贵宾已经驶入了“贵宾专用车道”。

“大家请安静下来。大家请安静下来。我们的仪式马上开始，马上开始。”主持人的声音相当甜美，让我瞬间想起了客服小姐。

我们乘坐的车发动，驶向“贵宾专用车道”旁边的“作家专用车道”，并将直接驶到主席台边。想到即将要面对很宏大的场面，我紧张得更加厉害，手抑制不住地抖。

“你手抖什么？紧张？”我旁边的易万怡突然问我。

“对啊。相当紧张！怎么办？待会儿上台了可能脚也会发抖。”

这时主持人已经在让观众们欢迎贵宾上台了。

“你们难道一点都不紧张?!”我问淡定的像两尊佛像的易万怡和老为。

“不紧张啊，紧张干吗？我和老为只需要上台坐着就行了，又不需要念发言稿。据说发言稿要念二十分钟呢，还要面对三千多人，我的天呐!”易万怡的这番话让我十分想掐死她。

主持人在让观众欢迎八位外宾上台了，接着响起了整齐划一的声音，“Good afternoon，welcome to FUPINGXIANG”。

汽车停下了，我们已经到了主席台边，随时等待主持人的命令。我这时手心开始冒汗，手脚抖得更加厉害，活了二十年了，我第一次如此紧张，我手里的稿纸已经被打湿了。

“还紧张呐?”易万怡冷不丁拍了我一下，吓得直冒冷汗。

“废话。你见过淡定成这样的吗？我胆子本来就小，这次面对这么多人发言，而且还有很多是从小看着我长大的叔叔阿姨，可能还有以前的小学同学。”

“你有点出息好吗？你敢不敢待会儿晕给我看?”易万怡一脸鄙视的表情。

“你等着!”

“下车。”老为说着打开了车门，下车后我看到冉诗人已经走上了主席台，正在和观众们挥手致意，他接着朝主席台的第三排桌子走去，很快就淹没在贵宾和外宾的阴影之中了。

“李藤??！李藤！”我突然间听到有人在喊我的名字，先是疑问语气，后来变成了感叹语气，应该是浮萍乡那些认识我的叔叔阿姨。这个突发状况让正在主席台上和大家挥手的冯朱明十分尴尬，大概喊我名字的那些人意识到了这一情况，迅速把“李藤”换成了“欢迎”，这时我看到冯朱明的脸上露出了仿佛大家闺秀出深闺后看到另一个大家闺秀之后含义丰富的喜悦表情。

“李藤！李藤!!”我轮到我上主席台时，喊我名字的似乎人更多了，我听到了刚才比外宾上台时更大声更整齐划一的声音，我已经都忘记了紧张，差一点就热泪盈眶了。

这情景让主持人始料未及，她大概是不小心用话筒发出了长长的一声“呃——”。

在主席台坐下后，我认真看了下刚才喊我名字的那些人，心里迫切想说出来的是，“你们有的是我的叔叔，有的是我倾国倾城的阿姨，有的是我亲爱的同学，你们能不能不让我出这样的风头，我晕在台上了怎么办。”

“小子。请那些人花了多少钱?”坐在我旁边的易万怡小声地问我。

“不贵。每人五百块，包括喊名字。如果还哭，加五十。如果还满地打滚，加两百。”

易万怡突然间不说话了，一副从未有过的深沉样子。我感觉四周一下变得死寂起来，前面坐着个子很高的老外，他们的高大身躯几乎把光线都遮挡完了，几缕倔犟的阳光还是投射到了我面前的桌子上，我很快进入了自己的一种很缥缈的状态，发现那几缕倔犟的阳光变成了鸟儿，会哭泣的鸟儿，它的泪水变成了雨水，降临到浮萍乡，让开幕仪式没法进行，让会场四周的田野顷刻间变成了金黄的稻田，让已经光秃秃的山迅速长出了树木，让浮萍乡回到了青山绿水，山清水秀……

“嘿，听讲了！”易万怡拍了我一下，回过神来的我发现主席台的话筒前已经站了一位相当魁梧的人。

“尊敬的领导，来自远方尊贵的客人们，以及我们浮萍乡的父老乡亲们，大家下午好。”响起掌声，“我是浮萍乡乡党委书记张浩东。”响起掌声，“今天是2011年4月10日，今天是我们浮萍乡第一届山村旅游节开幕的大喜日子。”响起掌声，“本次山村旅游节将持续一个星期的时间，届时，将有许多丰富多彩的活动，一定会让大家流连忘返，高兴而来，尽兴而回。”掌声响起，“我不多赘言，下面请遥远大城市的贵宾们为大家致辞，大家热烈欢迎！”

张书记讲完话我确定他就是我小学时的校长了，那时他教音乐课，我们都叫他张校长，他在课上会教我们唱一些像“风在吼马在叫，黄河在咆哮”之类特别雄浑的歌，这种歌曲加上张校长的那副天生低沉的嗓子，让人会情不自禁想起电视里那些男低音。记得我们开过他玩笑，建议他应该弄一个和戴玉强一样的发型。张校长体育也特别好，曾经在职工篮球比赛里连续投进了惊世骇俗的十五个三分球，曾经一脚踢死了准备咬学生的狗……

上来发言的来自大城市的贵宾和老为一个姓，名字叫范凯，是山东的蔬菜商人，在半个多小时的发言里夸了浮萍乡的一切，首先是这里优秀的真心谋求发展的政府，然后是这里的地形地貌气候房屋特色旅游景点风俗习惯，最后夸这里的人热情豪爽，女人身材好很漂亮。

范凯下去是外宾代表发言。这位老外说很生硬的中文。他说他叫乐福·好乐迪，英文是Love Holiday，翻译过来是爱假期的意思。他是一位背包客，在全世界各地旅行。他很高兴被邀请到如此民风淳朴的浮萍乡。最后他教大家说英语。

“I love China！I love FUPINGXIANG！”

“下面请县作家协会的代表发言。”主持人很甜美的声音第一次让我感到害怕。

“李藤！李藤！！李藤！！！”看到我出来后又有人开始喊我的名字，我又差点热泪盈眶了。

再一次碰到这情景，主持人再一次对着话筒发出了长长的一声“呃——”。

我不清楚我当时走出来是什么样子，但走出来发现手脚都不发抖了，易万怡在主持人说完那番话之后似乎用尽了全身力气踩了我一脚，然后在我手臂上狠狠地掐了一下。

走到话筒前，站稳了，理了理思绪，想了想老为教的稳定情绪的方法。

“咳咳……下面大概二十分钟内由我发言。因为时间仓促，稿子背得不太熟，以防万一我特地准备了稿纸。”我努力展开已经和湿纸巾一样的稿纸，观众的掌声让我一激动把稿纸撕烂了，然后下意识准备拼好却将稿纸揉成了纸团。算了，索性凭记忆说。

“尊敬的领导，各位来宾。大家下午好。我的名字叫李藤，我是新阳县作家协会的会员，我代表作家协会的前辈们上来发言，前辈们的厚爱让我受宠若惊。”我停顿下来，等待掌声，现场寂静了大概两三秒才响起稀稀拉拉的掌声，大概大家还没有反应过来，其实应该事先彩排一次的。我继续说，“浮萍乡是我的老家，我的根在浮萍乡，我小时候很多很多美好的回忆都在这里。我十分高兴以这样的方式再次回到这里。今天在现场的有看着我长大的叔叔阿姨，有我很久不见的小学同学，我想说，我十分想念你们。”我又一次停顿下来，这次掌声响起的速度快多了，接着说，“我到现在都还记得，上小学后我问我妈妈，‘妈妈，为什么要给我取这个名字啊？’我妈妈告诉我，是家里人希望未来能像巨龙一样腾飞，但你是农村人，你不能忘记你生长的这片土地，所以用了草字头的这个藤字。”这次停顿后立刻响起了掌声。

“说得好！”我听到下面有人很大声地说。

“我今天能站在这里，我要感谢两个人。首先是唐亚，他是我们县里一份叫《新阳晚报》报纸的主编，在我走投无路打算去外地打工时，是他帮助了我。我也因此能继续我的文学梦想。另一个人是范为，我习惯叫他老为。他喜欢为我介绍女朋友，用他的话说，我是老为，老为人民服务。哈哈。老为是我加入作家协会之后认识的。说实话，我不觉得他像写作的，但成为朋友之后我才觉得，他这人生活的真的很有智慧。他是我师父，谢谢他教会我一些不容易学到的东西。谢谢。另外，作家协会的其他前辈们因为时间关系就不一一提及了，一并感谢了。关于写作，我一直喜欢写农村的人或事，那些故事和人物的原型都是我曾经生活过的土地和岁月。”这次停顿后掌声特别地热烈了，大概大家是把本准备分几次的掌声攒到一次了。

“说得好！”“加油写！”“我们支持你！”我又听到了无比熟悉的喊声，

我那一刻真的眼泪下来了，同时我想到该按规定夸一夸浮萍乡的发展了。

“坐车来到这里时，我被一路上美丽的景色所吸引了。碧绿的水，翠绿的山，以及美丽的田野，已经铺满沥青的公路。这几年来浮萍乡的发展很迅猛，在乡政府的正确领导下，全乡开展了‘经济大提速，打造西南旅游名镇’的活动，山顶桃源等一批旅游景点相继开发并推出，蔬菜基地经济林木基地等一批现代化基地也逐步建成完善，并投入使用，发挥了无比巨大的作用。”我觉得头有些晕，是那种晕车的感觉，想吐，“牛肉干生产已经建成从养殖到深加工的产业链，根据有关部门统计，浮萍乡今年比上年度人均收入提高了三倍，居民幸福感指数提高了30%，全乡总收入比去年增加了三百六十万……”

我只觉得眼前一黑，仿佛全世界在面前突然消失了——我醒来时，正坐在主席台属于我的位置上。旁边的易万怡惊讶地对我说：“大哥，你居然真的晕了，还真的说到做到啊！装的吧?”

“心诚则灵。”我在纸上写下了这四个字，然后把纸条递给了易万怡。她看到纸条后脸色明显变了，我知道，她很希望在这个场合打人。

老为起身向主席台的话筒那里走去，站在话筒前，指了下我之后说，“李藤已经醒来了，他刚刚告诉我，他是被大家的热情所感染，很激动一下晕倒了。他还让我说完他没有说完的话。最后。感谢各位贵宾的到来，感谢浮萍乡乡政府的盛情邀请，感谢作家协会前辈们对他的无私提携，还有许多因时间关系无法逐一感谢的也一并感谢了。谢谢大家。他今天真的很高兴，他觉得今天是他人生中最辉煌的时刻。”

三十九

现在是晚上7点30分，我在伍琦家刚刚看完《新闻联播》。

今天下午四点左右，开幕仪式开始前，台下的张浩东书记让工作人员请作家协会的人退场了，张书记和观众解释说，因为作家们要写稿，不想让他们太累，所以请他们先退场，回宾馆好好休息，休息好了才能写出优秀的文章。

在观众们的欢呼声中我们走下了主席台，留下一股浓烟迅速离去。

在车上老为语重心长地和我说：“小李啊，我看得出你不大高兴。我告诉你啊，思想不要太偏激，要正确看待事情，你想想，虽然我们也是乡政府花钱请来的，但我们终究还是靠一支笔来骗吃骗喝的，可现在那些留在主席台的人就不一样，外国人就不说了，显得国际化啊，那些贵宾可都是要和政府签合约的，而且还要给真金白银的，几十万，甚至上百万呐！说白了，咱们的作用已经发挥完了，再留在上面就是碍事，不识趣了。”

老为的话我表示听着有点晕，他很无奈，连忙大声质问我，“你几岁了？不要那么天真好不好！”

面对我的“愚钝”老为之后说了一句和我爸妈说过的类似的话，“等你到我这个年纪你就真正明白了，凡事都不是你想的那么简单。”我爸妈经常说的那句话是：“等你到我们这个年纪了你就真正明白当父母的良苦用心了，你现在还很稚嫩。”

我那时到现在一直觉得这句话很好玩。现在听了老为的话我觉得这句话很让人悲伤。

回到宾馆，我给伍琦打电话，打算约他出来聚一聚。电话是他老婆张舒接的，她说伍琦六点半才下班，她自己因为怀孕已经在家一个月了。

我计划六点半过后再去找伍琦，看到我这两个多小时没有事情做，老为给我布置了一个“秘密而光荣”的任务——写好明天将去采风地点的游记，字数为三千字。

我斥责老为人品有问题，连写作都作假。他又拿在车里说过的话质问我，“你几岁了？不要那么天真好不好！”

老为像唐僧一样给我讲了他给我布置这项任务的原因。第一，因为我年纪最小，精力最好，是作协里面最活跃的，其他人年纪都大了，采风很累会导致状态不好，这样就不容易写出优秀的文章。第二，是最关键的，每个采风地点的游记只有一篇会收录到最终出版的册子里，乡政府不检查所以没必要每个人都写了，太麻烦。第三，年轻人应该多做事，我是完成这项任务的最佳人选。

“无耻，作假也能头头是道。”说了这句话后我开始写稿，按照老为教的“小技巧”——多用数据和现成的景点介绍，再用一些很有文采的话串联起来一篇文章就大功告成了。

写完稿子是五点半，六点钟老为才看完稿子，然后大手一挥，“去吧，去找你的老同学吧，尽情地玩吧，但记得不要去某些不该去的地方。”

一个人走在浮萍乡的街道上，街边的房子整齐漂亮又现代感十足，地面的沥青路有了些城市的气息，似乎让人恍惚看到上面飞驰而过的各种车辆，构成城市的速度与喧嚣。这本应该是繁华人声鼎沸的地方，我走了很长一段路，却只看到一个人。这情景让人仿佛有种走到某个影视基地的错觉，四周是华丽的房屋，漂亮的城市，但是因为没有人显得无比死寂，只有群众演员的加入才变得像生活里的场景。

朝着张舒所说的新农村小区走，已经走了很长很长的一段路，仍然没有看到一个人，让我不自觉想到了某些鬼片里的场景，本来胆子小的我并不紧张，大概因为是紧张也没有办法了，只好装作淡定强悍。哪怕真的有鬼也相信是一位很有人性的鬼。

不知道走了多久，我已经看到来浮萍乡时汪叔说的樱桃园了，仍然没看到一个叫做新农村小区的地方。继续向前走，又走了很远，在一个分岔路看到了一块路牌，上面写着“浮萍乡社会主义新农村小区由此去”，沿着路牌指示的方向走，又大概过了几分钟，终于看到很多栋房子，如果那还不是新农村小区我就决定停住不走了，原地等待老为他们来救我。

逐渐走近，发现自己不用原地等待救援了。小区大门口“浮萍乡社会主义新农村小区”这几个字是我二十年来看过最美丽的字，那感觉就像在沙漠里严重缺水的人突然看到一口有水正在汩汩流淌的水井。

这个小区我觉得修建的很有特色，从小区门口的示意图上看，小区像两个对称的“八”，图上中心处的健身设施，使小区的整个布局变得像一个八卦阵。

伍琦住的地方在八卦阵的左边，一单元501。

上楼，敲门。

“哇！藤哥，您真的来了?！快进来，快进来……”伍琦看到我时脸似乎都惊讶的扭曲了，我当时真想给他一耳光，然后教育他，“瞧你那点出息!”

伍琦由小时候像一条缝的眼睛变成大眼睛了，小时候的鸡公头变成了现在的长发，很长的刘海几乎把眼睛遮住了。

伍琦家装修看起来不错，房子不大但看起来一切布局都很合适，给人温馨的感觉。

“舒。李藤来了。”伍琦对客厅里正在看电视的张舒说。

“Hi，Li Teng，long time no see.”张舒起身准备和我握手，想到她肚子里已经有孩子不方便走动，我连忙跑过去同她握手，并学着她的腔调说，“Long time no see too.”

张舒哈哈大笑起来，“李藤。你还是小时候那么爱搞笑，而且你的英语比我家这位说的好多了。”

张舒真的完全不像我印象里那个腼腆的女生了，原来的长头发变成了短发，还戴上了眼镜，还是很爱笑，但人看起来很憔悴，大概是被生活“折磨”的缘故。

伍琦向我抱怨，“兄弟。你是不知道。我家里这位祖宗多么地看不起我，她要学英语，让我每天陪她说，还规定，每天打招呼先用英文，否则就擦地洗碗。你是知道的，我连中文都说不溜，这外国人的话我咋说的好呢。你给评评理。”

“姓伍的。不要乱讲。你难道不明白我的良苦用心吗？现在的世界趋势是啥？全球化！未来，外国人会更多来中国，你不学英语怎么走向世界？我是在督促你要眼光放远一点，你明白不?”张舒顿时声音提高了很多，我顿时想到了那些骂街的妇人。

“好了，好了，我们不说了。我学还不成吗？兄弟，其实我觉得，咱们现在就行了，干吗要去国际化呢，再怎么国际化也比不过那些大城市的人啊。唉……”

“姓伍的。不，老公。你不为自己着想，也要为我着想。你是我的男人，我们有一个家，我希望咱们家变得更好，你应该积极支持，我觉得，你这样的态度很让我失望。”

“两位。你们每天都这么激烈地辩论吗?”我说了这句话后两人才停下来。

我在伍琦家坐下是六点五十二分，因为张舒正拿着手机在看时间，接着伍琦满脸愧疚地和我说，“兄弟。真的是很抱歉。我们家这位，每天有个除了停电其他情况绝对不会改变的一件事，就是每晚7点的《新闻联播》坚持看，而且看的时候不准别人说话，或者发出一点声音，说这样会影响她思考问题。你就也跟着看会儿，等看完了咱们接着说。”

“看来咱们俩觉悟低，很天真呐。你肯定压力大，这么厉害的一位老婆。”我和伍琦开玩笑。

张舒笑笑，没有说话。

在《新闻联播》开始前的这几分钟，张舒还是在和我们聊天，通过聊天得知，张舒在准备考公务员。

四十

《新闻联播》结束了，我看到张舒脸上那求知若渴，满脸红润的表情不见了，变成了一副苦瓜脸，老苦瓜的脸。

我提议出去吃顿饭，喝点酒，叙叙旧。伍琦连忙制止我，拉我到厨房，说，别去了，就在家吃点吧，我亲自下厨。

我问他为啥不去，伍琦一副和张舒一样的苦瓜脸和我小声说，“我们这位管得严。我去外面吃，肯定说我没本事还会享受，估计晚上回来得那什么，挨批评。比读书的班主任还凶。”

“呵，看不出来啊。我兄弟真的是好男人，千年难遇的好男人，还亲自下厨，这么为老婆着想。”我很大声地说，希望客厅里的张舒能听到。

“李藤！你看看我家男人厨艺怎么样。你们聊，我看《焦点访谈》了。”张舒也很大的声音说。

伍琦做饭看起来非常熟练，应该他们家里是男主外也主内，女主男。边做饭伍琦边给我讲这几年老家的变化，伍琦说这些的样子让我想起了我妈他们做饭时永远不停地家长里短。

“咱们这儿现在就剩下一些老人和找不到工作也不知道搬去哪里的年轻人，女人们大多去了蔬菜基地工作，因为离附近的龙角镇距离近，她们也大多搬到了那里，那一段时间不少人离婚，不少人因为故意伤害罪进了监狱，据说是女人们觉得自己男人没用，男人一怒之下打人了。我还听说，搬走的人乡政府还发补贴，还有荣誉证书。其实我觉得吧，说白了，就是咱们这些没文化的搬走了政府方便弄一些有文化的，能赚钱的来。碍事的人要走，换作我我也发补贴，发证书。再说那些大人吧，像我爸那个年纪的人，乡里是有地方工作，但是他妈的工资低得很，需要养老人养小孩，那么点钱，怎么活，万一生一场大病就只有等死了。唉……”

伍琦一下说了这么多，我一句话也插不上，只得跟着感叹，“唉……”

伍琦说话时一脸惆怅，我说了一句不太恰当的话，说伍琦看起来像一条满脸褶子还一头长发十分怪异的沙皮狗。

“对，你说的对。我就是狗，我现在活得连狗都不如，等张舒生下孩子了我这条狗不去抢银行就真的活不下去了。”我看到伍琦流泪了。

伍琦最先把黄瓜肉片炒好了，我尝了一口，还行，应该是经常下厨的人。伍琦这会儿突然笑了，说：“兄弟，别损我了。只要能吃就行，等你以后结婚了，你就明白我其中的辛酸喽！”伍琦故意很大声地说，客厅里的张舒应该是听见了，回应道，“姓伍的，老公。不要讲我的坏话哦，不要破坏了我温柔的形象。”

能说出这话说明张舒已经不温柔了，我在心里默默地替伍琦感慨。

张舒刚才的话萦绕耳旁，伍琦讲起了他和张舒的爱情故事，故意大声说那些夸张舒的话，客厅里的张舒听到后就喊老公，听得我觉得有点胃部不适……

伍琦和张舒的爱情故事有些曲折，如果改成编年史记录可以是这样：

2005 年，男主人公职业初中毕业，女主人公初中毕业。两人还没有交集。

2006 年，男主人公已在广州市某工厂打工，业余喜欢玩一款网络游戏。上高一的女主人公喜欢玩同一款网络游戏。

三个月后的某一天，男女主人公在游戏里组成了一队，从此开始一起闯荡江湖。

2007 年，男女主人公互相给了 QQ，他们便不再在游戏里聊天。巧合发生在他们用 QQ 聊天的一开始，再现一下他们当时的对话：

男："你老家是哪里的？"

女："重庆。你呢？"

男："我也是。能说具体地址吗？"

女："新阳县浮萍乡。你呢？"

男："那个牛肉干特别出名的浮萍乡？"

女："对啊。你呢？"

男："我也是！我叫伍琦。你真名叫什么？"

女："伍琦？真熟悉的名字，我有个小学同学名字和你一样，我叫张舒。"

男："张舒？这名字也好熟悉。我小学暗恋的一位女生也叫这名字。我在浮萍乡小学六年级三班毕业的，你呢？"

女："我也是！"

2008 年。女主人公高中毕业去了广州打工，意外和男主人公分在了一个工厂，两人正式成为情侣。

2009 年，男主人公去见了女方家长，女方母亲要求付五万块彩礼钱之后双方结婚，男主人公没有，只好放弃。

2010 年，男主人公买彩票，意外中奖，二十万人民币。他火速去了女主人公家里，要风风光光地娶她。彩礼钱，酒席，买房子，为爸妈买房子买保险，二十万花的所剩无几，从此，男女主人公幸福快乐地生活在一起了。

听伍琦讲完了他的故事，我仿佛听完了一个长达几百年的童话。

别人的幸福总是很让人羡慕的，回想自己一般都是不幸的。我带着复杂的心情回忆了一下在伍琦逐渐走向婚姻殿堂的几年里我在干什么：

2006 年，初中毕业。在游泳池当救生员，结果在发工资的前两天发生溺水事故，差点赔偿，工资一分拿不到，还晒成非洲人皮肤。

2007 年，高一，期待分文理科。得了作文比赛一等奖，语文老师对我的态度开始好起来。

2008 年，高二，文科班。认识了一群好兄弟，有各种远大理想。

2009 年，高三，读了六天后退学。两个月后去广东，前途未卜。

2010 年，几乎走遍了沿海的城市，一事无成。回到家是四月份，之后成为报社编辑，加入县作家协会。

2011 年，没有女友，没有金钱，继续生活。

把自己这几年想了想，更觉得伍琦和张舒真的很幸福。那句老话“人比人气死人”其实并不无道理。

“开饭喽！”伍琦把炒好的菜端去客厅。

吃饭时张舒突然变得十分健谈，谈日本地震可能造成的影响，谈世界形势和世界和平发展，谈农村中小型水库治理的可行性方针，谈如何更好地关心农村留守儿童……张舒如此心怀天下，知识渊博让不思进取，没文化的伍琦和我只得低头吃菜，“嗯……对……我觉得不错……你说的挺好的……”只得偶尔应承几句。

相对于伍琦的不知道未来，得过且过，张舒的未来详细宏伟得让人无地自容：

明年，考上公务员。争取五年内调往市里，二十九岁成为单位领导，三十一岁左右移民香港，三十三岁再要一个孩子。

现在已经有“80 后”高官了，张舒“90 后”高官的梦想应该能实现，我祝福她，只是担心伍琦会有各种不适应。

这顿饭我吃得并不太高兴，本打算和伍琦好好叙叙旧，然后发现完全改成听伍琦家这位有孕在身仍然强势的女人讲故事了。

看得出伍琦和张舒现在的感情并不太好，也许在理想远大的张舒眼里伍琦早就成为“糟糠之夫”了。

吃过饭，伍琦洗碗，张舒进屋看书。

“舒。你在家好好看书。饿了就自己做点东西吃。我和李藤去外面找同学聚聚，可能会回来的很晚。”准备出门时伍琦对书房里的张舒说。

下楼后，伍琦像完全变了一个人，变成了似乎对任何事都不满的“怨男”，完全没有了在家里的那副好男人形象。

怨妇因为生活不顺心不如意，“怨男”也是同样的原因。

在一起生活快一年了，伍琦说自己和张舒之间的矛盾越来越多，张舒嫌他窝囊，没本事，一辈子只能待在这穷山沟里，又觉得他文化低，平时张舒都不爱搭理他。

“那你为什么还要和张舒结婚?”我问不停倒苦水的伍琦。

“其实呢，我结婚之前真的觉得她特别的好，人长得漂亮，又关心我，又通情达理，我是真的想和她结婚一起过日子。可是，谁知道结婚后就……”

因为伍琦的这句话我想到了一句在书里看过的话：婚姻就像围城，城外的人想进去，城里的人想出来。也许伍琦那时候想，不过是一堵高墙，进去很轻松，但是等进到围城后，发现只有一堵高墙，出来却很难。

看着伍琦满脸愁容的样子我难受又高兴，为伍琦现在的境遇难受，为自己还没有进入围城而高兴。

伍琦给我说了他今年的“计划”：两个月后，房产过户完成。他们所住的房子到了伍琦名下。半年后，张舒爸妈返还一万块彩礼钱，已经返还了四万，那一万块伍琦打算不要了。之后，提出离婚。为此，伍琦花钱去为张舒整了一张“精神病鉴定书”，以证明张舒有精神病，从而法院会判决离婚。

伍琦的“计划”让我觉得一股令人恐怖的寒意袭来，我无法想象曾经拼命都要在一起的情侣可以变成现在这样，我印象里老实巴交的发小可以变成现在这样处心积虑算计自己老婆的人。

“这都是因为他妈的生活。爸妈把你生下来，你得自己活下去。现在张舒那个臭娘们快让我活不下去了，有时候我真的想一刀剁了她。”伍琦说这话整个人看起来十分地恐怖。

说起自己的这几年伍琦脸上开始露出些笑容了。他现在其实很想回到以前打工的那工厂里，里面虽然上班累，但下班后很快乐，和一群哥们喝酒，去吃夜宵，聊天，打牌，无忧无虑的。但是那里工资不高，消费水平又高，所以，那些日子只能是穷开心，能勉强养活自己。

从和张舒成为情侣后，伍琦的压力就开始大了。要照顾她，偶尔还要给她来点浪漫。以前连自己都照顾不好，现在却要照顾另一个人，还要无微不至的照顾。

伍琦说自己从开始谈恋爱就很累了，有时候想放弃但又放不下，所以一直累到现在了，他等着自己忍无可忍的那一天，那时发生任何事他都不害怕了。

我们晚上十一点回去的，伍琦我俩一路走完了整个浮萍乡的街道，街道空无一人，有零星的不知道哪里来的光线，偶尔传来几声不知道是什么动物的叫声。走在浮萍乡彩色的现在，我和伍琦却在回忆浮萍乡黑白的以前，回忆那些属于我们小时候那些调皮捣蛋被大人骂没出息，想起来有些快乐的日子。我和伍琦约定，这个周末召集所有还在老家的发小，同学聚一聚。也许，再过十年，我们也会再次见到，那时都已经被生活折磨得体无完肤了，已经根本无心去在乎所谓的友情，都是在轰轰烈烈的等死了。

伍琦说，“你小子，今天咋那么矫情？跟张舒以前看过的小说那作家一样。”

“我也不知道为啥。有感而发。等我有钱了大概就不会这样了，这一点我真比不上那作家。”

“说不清楚。很晚了，各自回去吧。周末再聚吗？周末了你应该会看到叶子。到时候记得不要激动哦。哈哈……”

走回新农村小区后，伍琦上楼，我往回走，可能要走半个小时才能回到宾馆，我将继续走过那些死寂的街道，在四月里有风吹得人惆怅的晚上。

四十一

从伍琦家回来半个小时的路程里，我回忆了一下我的小时候和那时的家乡。

那时老家的街道很笔直，像是洪水从山顶流下冲刷而成，街道分为三段，上街、中街和下街。如果我又变成了那只鸟儿，飞到老家 1991 年的上空，会看到这样一些事情：上午九点，下街的算命先生老牟起床，伸个夸张的懒腰，洗漱，然后给自己的“神牛”拿去饲料。

中街的麻将铺关门了，客人们一夜未睡带着黑眼圈出门往家里走，此时的副食铺，衣铺开门了。

上街的医院仍然有啼哭声，年轻的护士忙了一整夜。

下午三点，老牟家外面已经站了很多人，大人们带着不同岁数的孩子等待着老牟看相，老牟的“神牛”在旁边严阵以待。

中街的麻将铺迎来了一批新客人，熟悉的麻将声又响起。

上街的医院里没有病人，没有孕妇，医生们在一起打牌，年轻的护士们在一起聊天，幻想自己的白马王子。

以上这些是老家每天都会发生的，那年里还有一些我很难忘只发生了一次的事情，离新年还有 10 天，一个鹅毛大雪的凌晨，我一言不发地来到这个世界，貌美的护士像巫婆一样狠狠地打了我屁股几下，我哇哇大哭起来。那是我人生中第一次挨打。

同样在那一天，一岁的伍琦，三岁的姚海波，两岁的程桥，半岁的曾石，他们的爸妈带着大包小包从打工的外地回来。

时间向后两年，我和伍琦他们成为了兄弟。读幼儿园，伍琦和曾石考试时抄我的试卷，最后我考了八分，他们考了十分。试卷满分一百分，回家后，我爸妈问我，他们俩抄你试卷，你也不应该乱做啊，他们回家去肯定会挨打。

第二天，伍琦和曾石见到我后，立刻脱下裤子，给我看他们红肿的屁股。

从那以后，我们开始做诚实的人，诚实的好处是再也没考过那个分数。

在我快四岁的时候，乡里去外面打工回来见过大世面的李勇哥哥，为伍琦我们五个兄弟取名“F5”。李勇哥哥问我，你知道什么是F5吗？我说不知道。李勇哥哥说，那你听好了，记住了。F5就是刷新的意思。刷新是电脑里的词语，你知道电脑吗？不知道吧，电脑就是一个大机器，像计算器一样的东西，计算器你知道吗？就是一加一等于二，一加二等于三，它算的特别特别的快。这下明白刷新是什么意思了吗？不明白，假设一下，现在有一面墙，好高好高，很脏很脏，然后你想办法让他变得干净起来。你知道为什么给你们五个取这个名字吗？李勇哥哥是希望，你们五个，能刷新咱们这里鸟不生蛋的局面，以后能开一辆轿车回来，旁边坐着个漂亮媳妇儿。知道鸟不生蛋什么意思吗？就是特别地穷。

现在电脑我已经玩得相当熟练了，已经很少按“F5”键了，因为电脑的配置已很高不会经常死机了。伍琦我们这个“F5”也都成大人了，都很久没联系了，我没有轿车没有漂亮媳妇儿，不知道他们有没有。

在我上小学之前还做过几件比较轰动的事情。

三岁上幼儿园时，我在老是打我们手心的女老师坐的椅子上放了一枚图钉……最后，女老师知道是我干的之后，向我爸控诉，你儿子夺去了我的贞操！赔钱！

那时我并不懂贞操是什么，但我明白可能是对女生来说很重要的东西，于是我脸红了，那是我人生第一次脸红。

后来，我听了很多别人的故事，发现夺去女生贞操的大多都不是她们的老公。而面对没有贞操的女生，那位老公还要满足她有车有房的要求，越想越不明白，我决定继续回忆。

那件事最后我爸也没有赔钱，女老师调走了，我爸还跟我说：“儿子，你是个勇士，敢于反抗体罚小孩的老师。你是老爸的骄傲。”

我记得那是我爸第一次到现在也是唯一一次夸我。

另一件事现在想起来仍觉得很愧疚，那时我五岁。一个清晨我起的有点早，打算去街上找伍琦他们玩，可是到了街上发现没有人，所有的门都关着。正准备回去的时候，我看到了停在路边的拖拉机，于是坐上去，摆弄，这样掰掰，那样摁摁。突然，拖拉机向前跑了，我大喊了一声“妈呀”迅速从拖拉机上跳下来，我拍干净身上的灰发现拖拉机已经不见了。

那之后，乡里便流传开了“偷车鬼”的传说，家里有拖拉机或者货车，或者开大巴车的都纷纷建起了车库，让我家乡在那个年代已经领先城市。

在我六岁即将上小学的那个周末，我经历了乡里传的神乎其神的老牟的“看相仪式”。老牟，是我家乡的“名人”，我听爷爷奶奶给我讲过他，说老牟是活菩萨，能掐会算，经过他看相的小孩子未来一定会赚大钱，心诚的会光宗耀祖，老牟还有头神牛，如果能保存那神牛的一根毛发，会一生幸运，顺利。

我这次的看相仪式当然也是爷爷奶奶组织的，我爸给我说这件事时教育我，儿子，要孝顺，就是爸爸妈妈的话不要去顶撞，知道吗？

那天家里从早上开始就来很多人，他们看到我后就对我，“李藤，叫叔叔……”“李藤，叫阿姨……”“李藤，叫舅舅……”

这些叔叔阿姨舅舅来了之后就在院子里坐下，聊天，喝茶，打牌，吃瓜子。看到我之后夸奖几句。

我爸小声对我说，儿子，看到那些人了没有？那些是我们家的亲戚，以后长大了，记得不要和他们来往，他们都不是好人。

当时我不懂我爸的话，现在我后悔那时没懂。

快到吃中午饭时，我爸拉起了横幅“热烈祝贺李藤上小学，祝未来宏图大展。”

又过了一段时间，伍琦他们来了，姚海波给我说，上小学哪里哪里好，要注意什么。

算命先生老牟最后才来，牵着他的“神牛”，粗布衣服，布鞋，辫子，感觉像从一百多年前穿越过来似的。

“儿子，跪下。”我爸把我摁在老牟面前，那头牛的大眼睛直瞪着我。

“嗯。不错，不错，孺子可教也。”老牟说了这句话后示意大家安静，然后从口袋里拿出了一副镜片是黑色的眼镜，把自己整的跟瞎子一样。

老牟接着对我说，伸左手，伸右手，伸头。然后用他那光滑的像城市人的手在我手上，头上摸着……

老牟几分钟后摘下眼镜，清了下嗓子，然后摸了摸旁边的牛头，应该是要宣布“看相结果”了。

“令公子骨骼清奇，骨节很长，未来一定会很健康很壮硕很魁梧，令公子气度不凡，眉宇间露出一股王者之气，未来一定会成为大人物。”老牟的话让我爸频繁点头。

“起来吧。不用跪了。”老牟让我站起来，接着说，“看见它了吗？牛，但这可不是一般的牛，你问在场的人他们都知道这牛有多么神奇。它被称作‘神牛’。现在，请听清楚我说的话。闭上眼睛，去抚摸‘神牛’，按照你心里的感应去拔下它的一根毛发，然后捂在手心里。默念，我未来一定会成为大人物。‘神牛’的毛发会保佑你一切顺利，未来会光宗耀祖。并且，我看你有这个慧根，孺子可教也。”

按照老牟的指示，我闭上眼睛，然后走近那头牛，摸到牛尾了，心里突然有了感应，我本来想拔下一根毛，不料心急吃不了热豆腐，我狠狠地拉了牛尾一把。那头牛发疯了一样叫唤，一往无前地向前跑，撞翻了在门口的老牟，等我们把老牟扶到椅子上做好后，再去找那头牛，发现它跌进了一个水沟，在那里悠闲的洗澡。

“吉兆！吉兆!!”被撞伤的老牟对表示歉意的我爸大声说，“我为几百上千人看过相，从来没有发生过这种情况。一定是令公子的天才让神牛感应到了，所以它才如此高兴。令公子未来一定会成为大人物，下面请付账。五百元，谢谢。”

院子里的叔叔阿姨舅舅们在感叹，“李藤这小子未来真的不简单呐……”

我爸付完了账，接着老牟一瘸一拐地离开了，去寻找他的“神牛”……

老牟离开后，院子里的人，我爸妈，爷爷奶奶都对我说，“你要加油知道不，老牟都说了，你未来一定会是大人物。”

四十二

今天是四月十一日，星期一，天气不错。是我们到浮萍乡的第二天。

八点钟起床，冉诗人很敬业地挨个敲门，然后给每人发了一张采风日程表，当时睡眼蒙眬的我看了日程表再无睡意，迫切地想骂一句，这他妈的谁排的啊，这么密集，把我们当超人使唤呐。

不知道是谁制定了这样的日程表：

作家协会浮萍乡采风日程表

日期	出发时间	目的地	活动	随行领导
4月11日 星期一	9：00am	山顶桃源	自行车骑行游览	熊建斌
	3：00pm	樱桃园	采摘	熊建斌
4月12日 星期二	9：00am	文化长廊	游览	熊建斌
	3：00pm	蔬菜基地	亲手种植，炒菜	熊建斌
4月13日 星期三	9：00am	服务型行业	调研	熊建斌
	3：00pm	农家乐	调研	熊建斌
4月14日 星期四	9：00am	工厂	参观，记者采访	熊建斌，张浩东
	3：00pm	新农村小区	慰问，记者采访	熊建斌，张浩东
4月15日 星期五	9：00am	养牛场	参观	熊建斌，张浩东
	3：00pm	老街	拍摄	熊建斌，张浩东

续 表

日期	出发时间	目的地	活动	随行领导
4月16日 星期六	全天候	浮萍乡节	参观，游玩， 记者采访	所有乡政府领导
4月17日 星期天	10：00am	旅游节闭幕 仪式	略	略

这张密密麻麻的表格下面还有一堆密密麻麻的字：有俗谚说，计划赶不上变化。所以此表格只是初稿，旅游节盛大，难免出现差池，而且变动很大。一切信息以出发前的通知为准，请各位务必二十四小时开机。

我继续上床睡会儿，冉诗人要求9点钟宾馆门口集合，精神好的老为已经起床洗漱完毕，我以8点45分叫我起床为代价，把带来的书借给了老为看。

当我和老为走到宾馆门口时，看见了很多辆自行车，每辆车上都有一面小旗，走近后看到上面的字是，“新阳县作家协会盛大采风团”。名不正则言不顺，看来组织上真的很注意带着这个“名”。

“人都到齐了吧。下面听我安排。先点名批评一下，李藤，范为，你们又一次迟到了。你们难道就不知道提前半小时这个规矩吗？李藤小就先不说了，范为你都是近不惑的人了，难道不知道规矩吗？啊?!”冉诗人大概昨晚睡得不错，导致今天精神状态好，这么久以来我第一次见他这么饶有兴致地批评别人。

“好了，好了。公事要紧，下面我宣布今天上午第一站的采风计划。目的地，山顶桃源。交通工具，自行车，看到这面小旗了吗，这是我们的标志，以后每一站每个人都必须带上它，就像行军打仗的‘帅’旗一样，大家懂了没?! 出发！”

冉诗人和他小组的两名记者迅速钻入了旁边的轿车里。

出发后我们形成了一个自行车队，右边是冉诗人和记者乘坐的车，冉诗人对着我们不停大喊，“同志们，不要灰心！不要害怕困难！这才是原汁原味的采风！我们要学会享受！同志们，努力！加油……”

“喊什么喊。为啥你坐车，我们骑车?！你了不起啊?！”看到大家都一言不发地向前骑着车，我替大家对冉诗人说出了心里话。

“我是主席嘛，领导，我坐车方便监督你们。李藤，给老子说话文明一点，不，请说话文明一点。开个玩笑，哈哈……”说完话冉诗人对着记者的摄像机镜头微笑了一下。

左边是熊副书记他们乘坐的车，熊副书记把手伸到车窗外作指点江山状，对我们说，“作家们，看到没有，我们浮萍乡美丽的原汁原味的自然风光，我为浮萍乡感到自豪呐！”

我们自行车队前面是导游小姐她们乘坐的车，她通过话筒对我们说，“尊敬的作家们，这一趟旅行，将由我为大家全程作介绍。”我听得出，是昨天那位声音像客服小姐的主持人。

也许是汽车的速度被迫降到自行车这个水准，导游小姐乘坐的车不断冒出浓烟，骑在车队最前面的是四位律师，我猜想他们事后一定会拿起法律武器让司机赔偿人身损害和精神损失费。

熊副书记说的美丽的原汁原味的自然风光我没有看到，看到的是四周山上滚落的石头，正在修建和已经建成的水泥公路，树木被当作木材整齐地堆放着，不知道会被拉往何处，变成课桌，铅笔，一次性筷子……

熊副书记让我形容一下我看到的美丽风光，我脑海里的句子是，“那些山峦仿佛整容失败的女子，不成人形，留下的疤痕恐怖得吓人。”

说出来的句子是，“啊！大山，你真雄伟！啊！浮萍乡，你真美！”

“国家级水平！国家级水平！”熊副书记拍着手很大声地说道。

到达山顶桃源的山脚下是二十多分钟以后，易万怡和姚叶丹已经骑得面如土色，下车后整个人坐在地上，半天起不来。连忙对冉诗人说，“冉主席，主席哥哥，我们就不上去了，很多年没有锻炼了，今天突然骑车这么远，很是吃不消。这会儿真的没力气了，我们请假，请假……”

易万怡和姚叶丹被留在了山脚下，导游小姐走过她们身旁时，做了一个特别传神的表情，如果做成图片，完全可以贴到字典里“得瑟”一词解释的旁边。

“美丽的导游小姐，你也要跟着去山顶吗？你坚持的下来吗?”我想替易万怡和姚叶丹“出口气”。

“当然啦。我还要为你介绍呢。”

“你穿着高跟鞋，难道方便爬山？万一鞋跟断了怎么办？那样可就不美丽了呢。”

“方便啊。我习惯穿高跟鞋，而且穿着高跟鞋显得身材好嘛。呵呵……”

“呵呵什么？你不会笑就别笑。”

“你怎么说话呢？能不能有一点绅士风度啊?”

“对淑女当然可以绅士。另外，我能对你说一句心里话吗?”

“当然可以啊。我知道肯定是夸我的呢。”

“你真他娘的做作!”

导游小姐被那句话气跑了，往已经走了很远的政府领导那里跑，像落跑的新娘。突然，摔倒了，半天没有起来。

“哇哈哈……我说的准吧，活该!”走到导游小姐身边我对她说。

她没有说话，好像是哭了。我以为她是崴脚了，心里有了一丝歉意，结果她给我说，“鞋跟断了，两个鞋跟不一样高，鞋子穿着特别难看。”

“我靠，你还真的是做作啊。Goodbye，你等着鞋跟慢慢复原吧。”和她说了这句话后我准备继续往山顶走。

“你能去车里帮我拿下运动鞋吗？我这样真的很不方便走路。谢谢。”导游小姐的声音突然间变得不那么甜美了，当时把我吓了一跳，我以为她被什么东西附身了。

给她拿来了运动鞋，然后我们俩一起往山顶走。一路上她给我讲了很多她的故事，我就一个感受，我果然很天真，有的事情让你胆战心惊。

导游小姐叫秦倩倩，广西人，二十四岁。十八岁去广东打工，并认识了熊副书记的儿子，第二年，两人回来见家长，熊建斌那个禽兽强奸了她。并要求秦倩倩和他结婚，迫于无奈或者羞耻心，秦倩倩和几乎是自己年龄两倍大的熊建斌结了婚。

婚后，熊建斌当上了乡里副书记，对秦倩倩也开始稍微好起来，送她去学导游，因为浮萍乡打算发展旅游业，导游的需求量十分大。

逐渐有了自信心，秦倩倩变成了一位相当看不起别人，十分高傲的人。秦倩倩说到这里时让人觉得像一位虔诚忏悔的教徒。

熊建斌虽然名义上为副书记，但权力最大的还是他，整个浮萍乡乡政府几乎都是他的亲信，在县政府的一些领导面前，熊建斌表现得像一条哈巴狗一样。想要获得升迁，就必须做出政绩来，于是当上领导的熊建斌开始对浮萍乡"动刀"，几乎是用赶的方法让原来大多数居民都搬走了，这样就有大片的土地可供建设了。现在除了老街和新农村小区还住得有一些人，整个浮萍乡几乎成了一座"空城"。

关于熊建斌的故事，她不愿意多说，担心我听了会忍不住去打这个禽兽一顿。她问我，"你听到这里你有什么想法?"

"如果杀人不犯法，我马上去砍死熊建斌。"我说。

"哈哈哈……要是杀人不犯法，我早就去了。"秦倩倩说。

秦倩倩继续说，我们之所以被乡政府花大价钱邀请来，是因为乡政府想在那些外地客商面前表现特别重视文化，重视文化产业的样子，说白了，其实都是各取所需。你们来旅游一趟，他们获得一些好名声。下午，其他乡镇会有很多人来浮萍乡逛街，每人辛苦费五十块，他们是来制造人山人海假象的，让那些上门的客商们认为浮萍乡投资潜力巨大。

"真的像演电影一样啊，那么那些人都不买东西的吗?"

"买。但买完了会还回去。你不知道，每个月还开群众大会，就是讲各种细节。每次有客商要来，乡里就忙翻天啦。"

我和秦倩倩走上山顶时，老为他们已经逛了很久了。

"哎哟喂，李藤你这小子这么快就和导游小姐好上了?"老为一脸坏笑地说。

"他人不错。"秦倩倩声音不再那么甜美地说。

"我们已经看完了，要回去了。你俩去逛吧。留下一辆自行车，到时候你带着导游小姐回来，记得绅士一点。"老为说完和几位律师一起下山了，领导们已经走了很远了。

看到大家都走了很远了，我问秦倩倩，你刚才为什么要和我说那些事情?

“我觉得你挺不错。是值得信任的人。你未来一定会是位好男人。”秦倩倩说话斩钉截铁，像雷厉风行的女兵。

“我也是这么觉得，哈哈……”

“那你愿意和我交个朋友吗？好男人。我知道你肯定会觉得我脏。”秦倩倩突然开始流泪了。

“美女，能不哭吗？我最怕看到女孩哭了，看到你哭我也会忍不住哭起来的，哇哇地哭，哭的地动山摇。”

“那你说。你愿不愿意和我成为朋友。”

“求之不得。”

我打算认认真真逛一遍被汪叔形容得天花乱坠的山顶桃源时，秦倩倩给我说，傻子，我告诉你实情好了，陶渊明那篇《桃花源记》你读过吧？这个什么山顶桃源就是按照里面的描写来建设每个小景点的，因为这里以前是古寨子，所以不怎么需要平整地面，只需要像搭积木一样建造就行了。因为在山顶，建造成本特别高，所以票价很贵。成人四百，小孩两百，公务员等国家工作人员二百五。

我想起了《桃花源记》里面那句：其中往来种作，男女衣着，悉如外人。黄发垂髫，并怡然自乐。

我问秦倩倩：“那里面是不是真的有很多户人家，还有老人小孩呐。”

“群众演员呗，一般那个景点不开放，人多了才开放，因为群众演员价钱也不低。”

在售票处门口我听秦倩倩说完了这些话，接着我看到了大门紧闭的售票处和售票处旁边叫做“小口”的景点入口处，小口右下方刻着一句话：“林尽水源，便得一山，山有小口，仿佛若有光。”

然后视线继续往右，真的看到了一条小溪，但没有水。我猜想肯定又是人造的，有客人来了小溪里才有水。

秦倩倩问：“你怎么那么聪明。”

我脑海里在想象一件事情，如果陶渊明先生看到这样一个景点作何感想，如果打起官司来，到底是适用东晋的法律还是适用现在的法律……

我想象不出“小口”里面的景点能多么幽默、多么富有想象力，虽然不用花钱，但还是决定不进去。如果我是普通游客，花四百块钱进去游览之后再出来，肯定有一种进电影院看到了烂片又不能退票的让人极其不爽的感觉。

接着我们准备下山。

秦倩倩说她走累了，让我背她。

好嘞。出发。

背着秦倩倩下山的途中，除了抱怨她该减肥之外，我还给她说我们作家协会的一些趣事，以及乡政府要求我们游览完每个景点之后要写游记，而且还要求不低于三千字。不过上有政策，下有对策，我们已经提前写好这个景点的了。

秦倩倩让我回去后在游记末尾加上一句：

“今天真是美好的一天啊！”

四十三

下午三点十分，我们坐车准时到达采风的第二站——樱桃园。

熊副书记考虑到上午有两名人员因身体不适请假，放弃了骑自行车这样原汁原味的采风方式。

沿着像田埂一样的路走了一会儿，才到樱桃园门口，门口贴着一副白底黑字像挽联的对联，上联是：颗颗樱桃向太阳，下联是：项项政策暖人心。横批说明这真是挽联了，横批是：永垂不朽。

“这是为了怀念我们猝死工作一线的上一任乡党委书记。”代替熊副书记介绍说话的这位是乡里的农业委员。

随熊副书记一同来的几个人一直都不说话，我以为他们是故作深沉或者是真的丧失了语言功能。

我问农业委员，上一任乡党委书记叫什么名字？我是浮萍乡人，我可能认识，我回去想去给他坟前献花。

农业委员半天不说话，然后憋出一句，“请原谅，为了机密，名字不能透露。”

我靠，你连挽联都写了，名字都还不能说，这叫什么机密。这分明是掩耳盗铃。我又一次心直口快了，把这句话说出来了，周围的人听到了面面相觑。

“呵呵呵……逝去的人咱们就不说了吧，进园里吧。”熊副书记又是那副让人无话可说想骂又骂不出的笑容。

走进樱桃园之后看到眼前的景象后我下意识的“哇”了一声，觉得这片樱桃园真的好大好红，走近后发现，这些都是假树，那些塑料樱桃比真的樱桃好像还要好看。

众人都不说话了，农业委员弄了弄眼镜，又咳嗽了几声，说，“大家不要惊讶。下面请听我详细解释，把樱桃树换成假树有三个很重要的原因。第一个，大家都知道樱桃特别容易腐坏，而我们这么大一片樱桃园，采摘量特别大，但是我们的工人特别缺乏。第二个，大家都知道运输不慎很容易导致水果大面积腐坏，我们目前还没有建成良好迅速的运输网络，所以把树木都换成了假树。第三个，请大家跟我到里面来。”

众人仍然不说话，跟着农业委员进了樱桃园里的另一个门。

进门后看到一位妇女正在忙碌。

“这里叫百花齐放区。有各种各样不施一丁点儿化肥农药的无公害蔬菜和水果，应有尽有。大家可亲手采摘品尝。”农业委员说完话出去了，留下都不知道该说什么的只好默不作声的大家。

在休息区坐下后我认真看了一遍我眼前地里的那些蔬菜水果，我怀疑除了那位妇女是真的，其他的又是假的。

在地里忙碌的妇女邀请我们去采摘水果吃，老为、雷律师他们和熊副书记一起，我和姚叶丹她们一起。

当我把水果吃到嘴里后我才相信不是假的，但吃完后我怀疑会不会只有很少一部分是真的。

“大姐，平时来这里的客人多吗？”姚叶丹吃着草莓和那位妇女聊起来。

“除了领导偶尔来，加上今天你们来，平时没人。”

“没人？那这么多蔬菜水果一般都销往哪些城市？”

“政府。”

“政府？哪个城市的政府？”

“这里的乡政府。”

“那外面为什么要种一些假的樱桃树呢？”

“应付检查。不，说错了，说错了。上面说以农业委员说的为准。”

大姐的话让姚叶丹愣住了，半天也没想到问什么，只是说“哦，你们这儿水果真的挺好吃的。”不远处，老为和几位律师正在不顾形象的大快朵颐，熊副书记在不停地说着些什么，他旁边的几位仍然没说话，像几个提线木偶。

“大姐，您是哪儿人啊？我老家也是浮萍乡的。”我继续和这位妇女聊天。

妇女突然拍了我一下，笑着说，“李藤！你个小王八蛋，我是你云奶奶，叫我大姐，没大没小的。”

我盯着这位妇女看了几秒钟，脑海里闪过了各种画面：一个还是木楼的小旅馆，一位很漂亮的女人在灶台边炒菜，动作十分熟练十分好看。这位女人看到几位小朋友来了，笑得像花儿一样……

“哈哈，云奶奶，怎么在这里也能碰到您，原来的饭馆还在开吗？另外，我很不满呐，您刚才为啥不跟我打招呼？”

“我哪敢呐，没看到乡里领导在啊，而且是我的上班时间，不太敢谈论私事。”云奶奶的声音越来越小，眼睛频繁地看向不远处的领导们。

姚叶丹向易万怡感叹：“唉，合着咱们是名义上来采风，其实陪李藤先生回乡探亲来了，抠门的李藤先生，连一分钱劳务费都不给。”

我向姚叶丹他们介绍我亲爱的慈祥的云奶奶，“云奶奶，户口本上的名字是牟云霞。今年应该有50岁了。原来在乡里开饭馆，手艺特别的好，那时我们经常去她饭馆里偷东西吃，发现了我们的云奶奶没有责怪我们，每个星期还专门给我们做东西吃，还给我们讲故事什么的。我们都觉得她像慈祥的奶奶，于是开始叫她云奶奶，虽然那时她才30岁不到。”

乡里组织搬迁，知道云奶奶做饭手艺好人勤快，于是将她安排去了樱桃园，上午和其他几名妇女一起种菜，下午她一人种水果，打理整个园子。政府开会的时候她就会去帮厨。现在工资每个月三千元，云奶奶说起这些时特别高兴，咧嘴大笑着，脸上已经有了一道道明显的皱纹。

云奶奶的男人爱赌博，后来和别人打架打死了人，被判了十一年有期徒刑。于是云奶奶就以樱桃园为家了，她的那些同事上午工作完后就都去政府为人民公仆们准备饭菜了。

我问云奶奶，门口那副对联真的是为了悼念上一任党委书记吗？

云奶奶说，完全没有的事，上一任党委书记是熊副书记的老对手，调走了。整那么一对联，无非就是想让客人觉得这樱桃园耗费了很多人的心血，让来的人觉得这个樱桃园建成如何如何的不容易，那些建樱桃园的人如何如何的高尚。

云奶奶说话咬牙切齿的似乎要把别人吃掉。

至于为什么樱桃园都是假树，我怎么问云奶奶都不肯说，还一个劲儿说，“你个小王八蛋还年轻，有些事情你不懂，有些事情叫做祸从口出。”

老为他们享用完水果，我们的樱桃园采风之旅也就此结束了。

“云奶奶，Goodbye！”出门时易万怡、姚叶丹和我一起对云奶奶说。

在回去宾馆的车上，老为给我布置了一项新的极为特殊的任务——写十一篇不同的游记。内容，今天采风的两个地点。要求，字数两千字以上，每篇游记不能雷同。

“为什么冉诗人不亲自给我说？”我问老为。

“你脑子抽筋呐，他说合适吗？”

“那昨天我写得那三千字就没有用了？”

“没有用了。俗话说，计划赶不上变化嘛。原计划明天早上去的文化长廊有县里领导来调研，所以我们就不去了。改成‘游记交流大会’。不过同样很正式的，有乡里领导，有群众，有记者来拍摄。”老为说这些话的神情像极了冉诗人。

我继续问老为，“为什么你们不自己写？现在到晚上还有很早一段时间，时间很充足。”

老为说了他说过 N 次的话，因为大家年龄不小了，采风很累，没有很好的精力，很难写出符合作家协会的优秀文章，而你年龄最小，应该多做一些事。

最后加了一句话，为了组织，你应该不能抱怨，把这项任务漂亮地完成。

我脑海里瞬间冒出了明天“游记交流大会”的情景：冉诗人，四位律师，桂正红，姚叶丹，易万怡，老为。他们使出浑身解数“表演”，演技直逼奥斯卡最佳男女主角，群众被他们的演技折服了，不能自已地鼓掌，喝彩……

我差点把这句话说出来了，是不是该结束后评选出一位“最佳主角”，选出演技最好的那一位。

说出来的这句话是，嗯，我明白。为了组织，就浪费点时间嘛，写点字嘛，多大点事。

车厢里许久不说话的易万怡说，嗯，你小子成熟了。

在开车的汪叔说，嗯，你小子成熟了。

我就等待前面车里的冉诗人打电话来说，嗯，你小子成熟了……

回到宾馆，我和老为住的房间不知道从哪里冒出来了一台电脑和打印机。

接着老为他们和乡政府领导去调研乡里服务性行业了，之后去宾馆顶楼“共商大事”。作为年纪最小的，我却要在房间里完成两千字乘以十一等于两万两千字的稿子。想想都觉得手痛眼睛痛哪里都痛。

电脑与人最大优势就是快捷，知识丰富且便于查找。搜索“游记”，立刻出来了上百万篇包含“游记”这个关键词的网页，我点开了第一篇，它的题目是这样的："震惊！一百年前民国小学生的作文"网页有一段很短的文言文，读了几遍我便开始为自己的小学里的作文感到羞愧。文言文下面是一段很长的专家解析，看完专家解析之后，我觉得一百年前那位小朋友的作文写得真的很棒，最大的特点就是凝练，易懂。

想到大家明早要交流其实非原创的"原创文章"，而且每篇字数都很多。我打算也"非原创"了，如果被领导或者群众发现，我准备好的辩解是，"某个哲学家说过，互联网的精神在于共享，而21世纪是一个信息爆炸的社会，我们必须放眼世界，不能闭门造车……"绞尽脑汁想怎样能够更好的凑字数，我想到了自己辛苦的高中，几乎每次写作文，越王勾践都会出来，宫刑，卧薪尝胆，卧冰求鲤，舍生取义这一类的事情每次换一样做……阅卷老师也不是没文化的，发现勾践很受伤，毅然决然地给我打了几次零分，让我很受伤。后来我学聪明了，开始频繁的写外国人，我最喜欢写的是阿尔伯特·爱因斯坦，如果要整的有文化一点，我会写玛格丽特·尤瑟纳尔，陀思妥耶夫斯基或者维特根斯坦。

他们几个的名字如果写在一起基本能占去两排，离八百字的字数要求又近了。

想了一会儿后我理清了思路，开头先写题记，一句名言署上外国人的名字，接着讲述事情的开始，经过，一些有趣的事情，再然后复制网上别人写的游记段落，最后对开头的名言进行议论……

首先是易万怡的，她老欺负我，把她这篇写的绕一点，力争让她"表演"时出糗。

在这个一切都如同梦幻的世界上，永存不逝，那一定会深自悔恨。世上的万物，世上的万物以及人们的心灵，都要消失。它们的美有一部分本来就由这不幸所形成。

——玛格丽特·尤瑟纳尔

今天天气很晴朗，气候适宜，无风，天上偶尔有鸟儿飞过。

我今天又要再次骑自行车了，很害怕，担心我这几万年不运动的身体吃不消。如果骑不到目的地，拖组织上的后腿就相当麻烦了。结果，我骑到目的地了，之后像一摊泥一样软下来了，再也没力气走了，于是和姚叶丹一起请假了。唉，想着很不好意思。下次一定不了。

关于自行车，我印象特别的深，在我还在上大学的时候看了一部关于自行车的电影，电影讲述了一位不能说话的男生，他在大四毕业前想做一些事留作纪念，于是想到了骑自行车环岛旅行。我当时就觉得，这位男生真的值得敬佩的，从心底里敬佩的，他以后一定会是个特别好的男人。电影展现了他骑自行车旅行的全过程，所见所闻所感，有趣的，悲伤的，难忘的。这些都是让我印象特别深刻的，也许一生难忘的。

我们今天上午去的景点是浮萍乡最负盛名的山顶桃源。桃源取自我国东晋大文学家陶渊明的千古名篇《桃花源记》。约作于永初二年（421 年），即南朝刘裕弑君篡位的第二年。描绘了一个世外桃源。以武陵渔人进出桃花源的行踪为线索，按时间先后顺序，把发现桃源、小住桃源、离开桃源、再寻桃源的曲折离奇的情节贯串起来，描绘了一个没有阶级，没有剥削，自食其力，自给自足，和平恬静，人人自得其乐的社会，是当时的黑暗社会的鲜明对照，是作者及广大劳动人民所向往的一种理想社会，它体现了人们的追求与向往，也反映出人们对现实的不满与反抗。

因为请假我没能亲眼看到山顶桃源的美丽景色，但是我听了别人说了很久，很向往。据那朋友说，山顶桃源完全再现《桃花源记》里所描写的景物，和其他地方的桃源不一样的，浮萍乡的桃源建在山顶上，完全称得上是奇迹。上午的采风就这么结束了，让我们重新温习一遍《桃花源记》这篇文章吧。

晋太元中，武陵人，捕鱼为业，缘溪行，忘路之远近，忽逢桃花林。夹岸数百步，中无杂树，芳草鲜美，落英缤纷。渔人甚异之。复前行，欲穷其林。林尽水源，便得一山。山有小口，仿佛若有光。便舍船，从口入。

初极狭，才通人；复行数十步，豁然开朗。土地平旷，屋舍俨然。有良田美池桑竹之属，阡陌交通，鸡犬相闻。其中往来种作，男女衣着，悉如外人；黄发垂髫，并怡然自乐。见渔人，乃大惊，问所从来，具答之。便要还家，设酒杀鸡作食。村中闻有此人，咸来问讯。自云先世避秦时乱，率妻子邑人来此绝境，不复出焉；遂与外人间隔。问今是何世，乃不知有汉，无论魏晋。此人一一为具言所闻，皆叹惋。余人各复延至其家，皆出酒食。停数日，辞去。此中人语云："不足为外人道也。"

既出，得其船，便扶向路，处处志之。及郡下，诣太守，说如此。太守即遣人随其往，寻向所志，遂迷不复得路。南阳刘子骥，高尚士也，闻之，欣然规往。未果，寻病终。后遂无问津者。

下午我们去了樱桃园，吃了很多好吃的水果。跟着那里的工作人员也学到了一些种植常识，收获颇丰，我也算终于体会到了孔子的那句话，"三人行必有我师"。世界上所有的人都值得你学习，而一个终身学习、坚持学习的人必将是一个伟大的人。

关于樱桃，我凭着记忆写下一点听到的樱桃种植注意事项。首先，优质的苗木是大樱桃生产的基础，苗木质量的好坏不仅直接影响到树体生长的快慢、结果的早晚和产量的高低，而且对树体的适应性和抗逆性也有很大影响。种樱桃树的第一个问题就是要选择栽种季节。樱桃树不是什么季节都可以种活的，最好在冬末初春种植。种樱桃一般至少要种2棵，因为需要互相授粉，否则就会不结果。就如同一个小姑娘，别让她过早生孩子，等身体发育成熟后再说，一个道理。需要渗水好的肥沃土壤。樱桃树的根系发达，水分要求不是非常高，相对而言，根系要求透气。根部积水的樱桃树长不好。樱桃树喜好凉爽不潮湿的气候，春天不冷，初夏丰收季节不下雨的地方。我还专门搜集了一些古代文人墨客写下的关于樱桃的诗歌。

石榴未拆梅犹小，爱此山花四五株。斜日庭前风袅袅，碧油千片漏红珠。这首诗的作者是唐代的张祜。题目是《樱桃》。

记得初生雪满枝，和蜂和蝶带花移。而今花落游蜂去，空作主人惆怅诗。

这首诗的作者是唐代的韦庄。题目是《樱桃树》。

最后是一首来自李白写的诗：别来几春未还家，玉窗五见樱桃花。况有锦字书，开缄使人嗟。至此肠断彼心绝。云鬟绿鬓罢梳结，愁如回飙乱白雪。去年寄书报阳台，今年寄书重相催。东风兮东风，为我吹行云西来。待来竟不来，落花寂寂委青苔。

我一个人在房间里朗诵那些诗句时，被自己祖国灿烂悠久的文化所深深折服。

最后说说自己关于题记这句话的理解，我觉得人生首先不应该一帆风顺，正如同鹰妈妈要将自己年幼的孩子推下悬崖一样，父母不能陪你一辈子，父母的狠心有时候是为了促使你更好的飞翔。生活很艰难，我们要努力。当然，写这个题记的目的是因为看到这两个景点而生的感慨，在山顶建成那么美丽的桃源，还建设那么大的樱桃园，没有决心，没有恒心是无法完成的。

我很喜欢今天的活动，我爱每一天。我爱浮萍乡。我们的未来都不是梦。

全部写完，点击“字数统计”——2106 字。

第一篇完成，接下来如法炮制。

《桃花源记》已经用了一次了，为了追求新意，或者害怕文章雷同。决定改变搜索词，从不同角度做文章：“樱桃”“时令水果”“山村旅游节”“作家协会”“采风”“桃源”“土地”“采菊东篱下”“隐士”“千古名篇”“招商引资”“科学发展观”……

那些关键词像流水一样汹涌而来，我就差点自己哈哈大笑起来了。

在晚上 7 点《新闻联播》开始前，我完成并修改好了十一篇游记。看着布满字符的纸张从打印机里出来，我得意忘形地对自己说，“你真他妈的是个造假天才。”

在伍琦家里安静看《新闻联播》的时候，我拿着一叠还是热乎的稿纸去把它们交给老为。

在宾馆楼梯口的电视墙上我很敏感地看到了一条滚动新闻，首先是看到了一个“方”字，顿时觉得自己刚夸自己是造假天才很幼稚、很无耻、很没道德，等新闻滚了一圈，滚回来后我看到了整条内容：“不以规矩不成方圆？某单位负责人斥责揭露学术造假者不懂规矩。”

“砰砰砰……”

“请进……”

进门后看到的景象让我以为自己走错房间了——包厢里大家都正在喝酒，都已经面红耳赤了，男人光着膀子，红得像熟了的螃蟹。每个男子旁边都坐着一位穿的很少的女人，易万怡和姚叶丹此时看起来特别的显眼，端庄。两个人正在聊天，看得出包厢里的景象对于她们完全没有影响。

“我把大家的大作全部整理好了，请过目。”我郑重地把稿子递给冉诗人。

“呵呵呵……小伙子不错，挺敬业，未来前途无量。把稿子先放那里吧，快来吃饭……你别闹。”冉诗人和我说话时他旁边那女人突然亲了他一口，留下一枚鲜红的唇印。

“小李是吧。你未来前途无量呐。先吃饭吧，我替大家先感谢你的辛勤劳动。辛苦了。先吃饭吧。”满嘴酒气的熊副书记对我说道，他旁边的女人在认真地盯着说话的他。

“对，对，先吃饭，要不要给你找个漂亮姐姐来呢，他们很温柔的哦。”喝得满脸红晕的雷律师笑着对我说。

他旁边的张明署站起来扇了雷律师一耳光，“你他妈的说啥呢，嘴咋那么臭。你是作家还是律师，你这样像话吗?！狗东西!”

雷律师似乎被激怒了，准备站起来，被旁边的桂正红按住了。

“别吵了，别吵了。吃饭，咱们都是作家，作家。”桂正红说。

“亲爱的，你好男人哦。”张明署旁边的女人亲了他一口，娇滴滴地说。

四十四

天已经黑了，汪叔，老为我们三个正在山林中向前走着，手电筒的光线很刺眼，远远地形成一个巨大的光斑，像狼锐利的眼睛。

我手里还提着一些营养品，准备送给我们到达的目的地的主人。

此时我们还在山林里行走因为一小时前老为接到的一个电话，那会儿我们正在吃饭，老为接通电话说了几句之后满嘴酒气地对我说，“接电话，你老子。”

“你老子！你喝多了吧。”

“你咋说话呢，是你老子来得电话，快点，接，说，爸，你好！”老为用力地把手机往我耳朵上贴，然后我听到了这样的声音：“阿藤呐，在吃饭吧？”

没错，那声音是我老子的。

我老子然后和我说了很多话，我就一个感受，不知道他到底是真闲得慌，还是真的那么讲义气。

我回老家的消息是汪叔打电话告诉他的，然后他想联系到我，最后打通了我妈的电话，然后我妈告诉了他老为的手机号码。

他如此费尽周折，是为了叫我去看看爷爷奶奶和他兄弟杨超的家人。

当时包厢里很多人，我不好意思和他骂起来，只好很平静地问：“您打电话就为了这件事吗？还有其他需要吩咐的吗？”

“还有，你记得买点营养品，不能空着手去，这是礼貌。”

“那您还有什么要对我说的吗？”

“没有了。你早去早回吧。”

我当时有砸电话的冲动，很想歇斯底里地对别人说，你有这样的老爸吗？自己几年不回家，不打电话，每次都要求别人打电话回去。自己回家了又天天和那些狐朋狗友喝酒，喝到胃出血，结果还需要年纪已经很大的奶奶照顾。你有这样的老爸吗？因为讲义气，生意破产，几百万元一下子没了，还他妈的讲义气，结果那些狐朋狗友没一个认识你了，这个傻老爸还他妈的讲义气！你有这样的老爸吗？很多年不曾关心过儿子，却每次打电话回来要求儿子做这做那，理由是我是你爸爸，现在你也长大了。我靠，儿子长大了有你屁事啊?！你是我爸爸，你生我和我商量了的啊?！

老为似乎看出我的不愉快，把我叫到了包厢外面询问到底发生了什么事情，听完我的“控诉”，老为没心没肺地笑起来，对我说，“阿藤啊，这不算个事。你要知道，每个不争气的父亲都有个特别有出息的儿子。”

老为接着打了两个电话，语速很快地不知道在说些什么。挂掉电话后老为煞有介事地和我说，“藤爷，事情已搞定。我们马上下楼等车，你汪叔会送我们去，他说目的地在山上，我们要走很长一段山路，是晚上哦，我担心你害怕，所以申请和你一起去。藤爷，请批准。”

汪叔叔开车来接我们时，特地给我指了下后备箱，“现在不好买东西，我已经买好了。钱不多，我付了。”

宾馆前面的路灯亮起来时汽车出发了，汪叔学着赵忠祥《动物世界》里的声音和我说，去杨超家要走很长一段山路，晚上那些豹子啊，老虎啊都出来了，而且专门吃那种不太听话的年轻人。

汽车很快驶出了浮萍乡的地界，原来平整的沥青路面变成了布满石子崎岖不平的泥土路，路的一边是看不到底的山崖，汪叔把车速放慢了很多，他小心翼翼的样子让人不禁也集中起精神来，我和老为都屏住呼吸等待着汽车走完这一段有些凶险的路。

又过了一段时间，看到路边有房子了，走近后看到它们都被拆的支离破碎了，汽车走过，扬起漫天灰尘，仿佛制造了一场巨大的沙尘暴。

天色一点点暗下来，车速依然很慢，让人不禁产生这辆车真该逐渐驶入黑暗的错觉。

到了，请下车。

下车后看到的是我和一路上看到过一模一样的山，树木一样砍掉了大部分，还在生长的树木叶子也已经变成了泥土一样的黄色，山间小路弯弯曲曲地分布着，看起来极其狭窄——这里看起来根本不像有人住。

我问汪叔，你怎么知道从这里去杨超家呢？万一走错了呢？

喏，杨超在那儿睡着呢，顺着汪叔手指的方向，我看到了一个小土堆，上面挂着看起来还很新的魂幡。

汪叔走在最前面，手里拿着等会儿将派上用场的手电筒，我提着营养品，脑海里想着到时候送出这些东西时应该说的漂亮话。老为走在最后面，嘴里不停地念叨：“我想知道为什么，杨超因为什么走了？他和李藤的爸爸到底是什么关系？你们俩为什么都不说话……”

在走到杨超家里那段很长的路程里，老为听完了汪叔和我讲的关于同样的人发生的不同故事。

首先是汪叔开始讲的，他走在我和老为前面，看不到他的表情，只看到他说话时不停颤抖的肩膀，汪叔的声音不大，山风将他的话放大了音量再吹到我们耳朵里：

在我还是李藤这样的年纪时，我之前经历了这样一些事情：15 岁，和别人打架，打断了别人的腿，我爸在赔完对方钱之后差点打断我的腿。17 岁，我爸赌博被人追债，我和那群拿刀逼我爸的狗日的对砍，最后砍死了一人，自己也被砍了很多刀，住院半年后接着住进了牢房。故意杀人罪，有期徒刑 8 年。

在监狱里我很听话，从来没有过那么听话。经过减刑，在我 23 岁的生日那天出来了。杨超哥后来打电话给我，让我和他一起搞长途汽车运输，杨超哥还付钱让我去考驾照。一年后拿到驾照，杨超哥借我钱买了一辆货车，也是那时候，认识了李濒哥，之后我开始帮他公司运输货物。

后来我自己开了个蔬菜运输公司，日子逐渐好起来。我 31 岁的时候，听说了杨超哥被人打死后扔下山崖的事情。我找到了那群王八蛋，除了进去被判死刑的家伙，还有另外三个人没坐牢，我的兄弟们砍死了那三个狗日的。

四年，故意伤害罪。我又去了那个熟悉的地方。我的一个兄弟判了死刑，我托朋友付给他妻儿三十万元，希望能解决他们后半生的问题。原来积累的一些钱除了付给那些替我砍人的兄弟家人外，还有作为公司员工的遣散费。

出狱后，我又一贫如洗了。

李濒哥知道我出来的消息后，给我打电话说，他联系别人在浮萍乡政府帮我找到了一份司机的工作，还跟我说，兄弟现在没那个能力了，只能帮你帮到这些了，不要见怪……

我当时就告诉我自己，咱做人必须懂得感恩，人成熟了不要冲动，好好努力工作，不仅为了家人，也为了那些帮助过你的人，这话也许很啰唆，也许读书时老师说过很多这类的话，但我他妈的三十多岁才明白这个道理……

天完全地黑下来了，汪叔的话还不断地飘进我耳朵里，那些话仿佛一堆火焰，照亮我眼前的道路，在耳朵里熊熊燃烧，那种灼烧感虽令人难受至极但又令人永远难忘记。我很想看看汪叔说话时的表情，几次想请他转过身来，但始终又觉得那样很不礼貌。我猜想汪叔说话时的表情肯定很平静，从开始到结束都平静，之所以这样猜想是因为想起了我爸在我小时候给我说过的一句话："儿子，你想知道什么是成熟吗？听好喽，爸爸告诉你，成熟就是不管遇到什么情况都不能慌张，都要平静。知道吗？"

汪叔讲的最后一句话是："杨超哥和李濒哥在别人眼里是什么样子我管不着，在我眼里，他们俩就是我亲哥，没有他们俩，也许我之后还会打架，最后被判死刑，结束我这条狗命。藤少爷，下面您说说吧。"

"嗯。下面我说吧。

"我对我爸的印象不太深了，毕竟上次见到他是我初三的时候，和我记忆里的他没啥变化，永远把自己打理得很整洁，很像老板，永远少言寡语，随他一起的林阿姨永远都是他的'发言人'。林阿姨用我妈妈的话说就是破坏我们家庭幸福的不要脸的骚货狐狸精。我爸说，别听你妈说，她胡说。在这样的你来我往之间，两年时间过去了，我爸妈离婚了，那时我七岁。

"在我还小的时候就很难看到我爸，他几乎每年过年才会回来一次，每次都会给我带一些稀奇古怪的玩意儿，我还没把那些玩意儿琢磨明白时他就又走了。我爸每次临走都和我说同样的话：'儿子，要听爷爷奶奶的话，不要调皮，吃饭不要挑食，爸爸去赚大钱了，等爸爸回来时又给你带很多好玩的东西。'

"这句话我听了五次后再也没有听到过了，随之代替的是：'爸爸很忙，过年不回来了，有空再回来看你，新年快乐。'

"关于杨超叔叔，我记得他开长途汽车，去过很多大城市。每次回来他都会给我带些好吃的，给我讲大城市有些什么好玩的，那里的孩子每天都做些什么。

“关于我爸的那些朋友，我就想知道很多钱到底是多少钱，每年过年因为我爸，家里会来很多叔叔阿姨，让我叫他们叔叔或者阿姨后，他们便给我一个红包。之后红包被我妈全部拿去，她的理由是，‘这么多钱，你还小，妈妈帮你保存着，长大了你就能用了。’”

“哈哈……来让叔叔看看你的腹肌。”老为说着准备来脱我衣服。

已经看到一个有亮光的地方了，汪叔有点兴奋地说，目的地！终于到了！

我一手整理好衣服，一手提着营养品，一边威胁老为说，“你敢！你敢脱！脱了我回去就欺负你儿子去。”

和老为打闹着，走近了那个有亮光的地方，这是一栋木屋，看起来似乎有几十年的历史了，里面的灯光很昏暗，灯光在一片黑暗的山中亮起，营造出一种莫名地衰败的气氛。从屋子里走出来一位女人，不强的光线照射下也能看出这位女人的美丽，没等她开口汪叔先和她说，“王姐，准备睡了吧？那打扰了，不好意思。他，你还记得吧，李濒的儿子，现在是专门写文章的人了，他回老家时可风光了，他打算来看看你，我们就陪着来了。那位兄弟是李藤的忘年交，叫范为。也是写文章的。”

老为用力地打了我一下，小声说，“递上去啊，笨蛋！”

“王绘章，不，王阿姨，一点小心意，请收下。我不太会挑选，就买了最有营养的。”说完后大家很奇怪地都不说话了，我只好很尴尬地挠头。

王阿姨也摸了摸我的头，笑着说，“唉，你个傻小子，这种礼品肯定都有营养嘛，什么叫最有营养的。你小子，真的是长大了，我看了半天愣是没认出来，我以前看到的时候你就那么一丁点儿大。”我看到她的笑容很美丽，但我总觉得好像她笑对她来说是一件很艰难的事情。

王阿姨接着说，“我公公婆婆已经睡了，不方便请你们到屋里坐了，这样吧，如果没有重要的事情，你们就回去吧。记得路上小心点。”

“那行，我们先回去了。你也注意休息。”汪叔说。

“嘿，小子，你知道吗，这座山上很多豹子和老虎，它们专吃那些不听话的年轻人呢。”王阿姨的话让我瞬间背后一股凉意。感觉这个故事所有的大人都知道，并且习惯来吓唬所有的年轻人。或者，这是真事……

下山的途中，汪叔一本正经地给我和老为说了很多关于王阿姨的话：

王姐有精神病，是在杨超哥去世的那一段时间里得上的。乡里的人指责她克夫，是贱货命，有的说她在外面有野男人了，然后把自己的男人害死了，还有上门要债的，说是杨超哥以前欠他们的高利贷——这些事情一下子压到王阿姨身上，她整个人都崩溃了，开始变得有些疯疯癫癫，只要有人对她说话语气重一些或者提到杨超这个名字，她就会打人，不顾一切地抄起各种东西打人。后来，没有人敢来招惹她了，在杨超哥以前朋友的照顾下，王姐也渐渐好起来了。

平心而论，王姐是个大美人，很多男人都想娶她，但王姐看不起他们，觉得他们根本比不上杨超哥，也许这个原因，王姐愿意守寡，愿意伺候杨超哥父母亲的后半辈子。

汪叔的话让我认真回忆了一下王阿姨，第一次见到她应该是在我四岁时去广州的长途汽车上，司机是杨超叔叔，王阿姨隔一会儿就逗我，小伙子，看上哪个姑娘了啊？告诉阿姨，阿姨帮你忙……

“你!?”我正气凛然地指着王阿姨说，这个情景于我记忆特别深刻，好像就发生在昨天一样，之后王阿姨抱着我亲起来，还不停地说，“小伙子，阿姨喜欢你，你喜欢阿姨不?”

“你身上的味道好难闻，臭死了!”

“是香水味儿，你一点都不会闻，不喜欢你了，哼!”

汽车到达终点站下车后，王阿姨把我抱起来，咬牙切齿地问我，“你和爸爸说，阿姨不正经是吧？你怎么能够说阿姨坏话呢？哼！真的不喜欢你了。”

“爸爸说，喷香水的阿姨都是不正经的阿姨。”

在之后的十多年里，我发现没有阿姨是不喷香水的，没有阿姨是正经的。于是开始无比怀念那个不正经的王阿姨。

“能说说杨超到底是位怎么样的人吗？我觉得他有点像混混。”老为示意汪叔在路边坐下，想聊聊天。

汪叔关掉了手电筒到老为身边坐下，我们陷入完全的黑暗之中，连传说中能带来微光的萤火虫也看不到，它们大概早就洗洗睡了。我坐着一言不发，听到了汪叔和老为这样的对话：

汪叔：“你怎么理解兄弟这个词？老为，李藤这么喊，我也跟着这么喊了。”

老为：“两种，亲兄弟和表兄弟。”

汪叔：“这两种之外还有第三种，因为义气在一起的兄弟，这种兄弟好过亲兄弟和表兄弟。”

老为：“你请继续说。”

汪叔：“这么说吧。杨哥和李藤他爸是我们乡里最早外出打工的，也是最早赚到很多钱的，他们几乎帮助了我们乡里的所有外出打工的人，你怎么看这种人？这么说吧，如果不是他们俩我现在也许坟头的草就很高了。你觉得我该不该感恩？”

老为：“这些你说过一遍了。我个人感觉，杨超和李藤的父亲更像是那种暴发户，杨超可能平时为人很狂，不然不至于被人打死后扔下山崖。”

汪叔：“怎么说呢？对于农村人来说，不读书了，第一位的是赚钱，填饱肚子，然后养活家人。农村人干出一番事业不容易，杨哥和李哥奋斗期间肯定付出了很多，肯定也有人帮助他们。人必须感恩，不管你是什么人。任何人都可能得罪人，可能愧对家人，不可能面面俱到。所以杨哥和李哥他们也一样。”

老为：“这不还算是暴发户吗？”

汪叔：“你他妈的再这么说小心我跟你急！”

……

两人聊得很不愉快，我们起身都一言不发地往山下走，那种压抑的氛围让人浑身难受，我真的希望这时候有一只豹子出来把我吃掉。

回到宾馆是九点多，老为说他很难受想和我聊聊天。

“哎哟，怎么了？需要看医生吗？”

认识老为的时间不算短了，我从来没有看到过老为像这会儿一样表情严肃，他说了很多很多个“我心里有愧”。老为的儿子今年八岁了，一岁后便被送回了老家，让爷爷奶奶喂养。因为老为和他老婆工作都很忙，老为这些年只回去了看了儿子一次，并且在老家只待了一个星期。

我问老为，你想你孩子吗？

真心话，不想。

Why？说中国话，Why你妈个头啊。

因为我很害怕面对他，我觉得我不够格作为他的爸爸。这个世界很残酷，我不能给他好的生活，让他接受好的教育，我心里有愧。

你以后有什么打算？想怎么面对你儿子？

多关心他，多和他说话，向那些模范爸爸学习，我要把这些年我的不尽责弥补回来。外在的东西现在给不了我可以努力，内在的东西我一直有，但我却不给他，我真的是个混蛋。

内在的东西？

关爱，作为一位爸爸应该做的。未来你就明白了。其实是这一趟行程让我明白的，我年轻时我也那么认为，兄弟是第一位的，有时候甚至认为家庭和孩子是个累赘。可是，人是会老的，老了你会发现其实所谓的兄弟没那么可靠。而这时候孩子也长大了，但他根本不认识你，那真的是很令人伤心的，现在，我必须要开始做个好父亲，关心我儿子，教他如何去面对这世界……

四十五

上午九点，在冉诗人的带领下我们进入到宾馆顶楼的会议室。

会议室的门打开，我首先看到了那两位熟悉的记者正在摆弄机器，然后看到很多位漂亮的服务员正在倒茶水摆果盘。

在规定位置坐下后我看到对面居然还设置了一个“旁听区”，我当时心头“咯噔”了一下，不明白这旁听区到底是个什么意思，会不会是旁听区的人民群众要来揭穿我的“造假行为”，接着我心里特阴暗地想了一下，如果被发现造假，冉诗人肯定会严厉批评我，“你这个小伙子是怎么搞的嘛？怎么连写稿子都作假呢，这样太不诚信了嘛，太丢人了嘛。警告一次，下不为例啊！”同时他自己肯定又会这样说，“我们啊，这几天采风太累了，稿子可能写得不那么完美，如果丢人现眼了请大家海涵。”

我这几天来对冉诗人印象越来越不好，也无法想明白，为什么总是老为来给我布置那些“特殊任务”。我怎么琢磨这件事都琢磨不明白，我想到了老为曾经给我说过的一句话：

“你几岁了啊？还把事情想那么天真。”

冉诗人让我们耐心等待乡政府领导和旁听群众的到来，在我等的快没有耐心的时候，终于看到了慈祥的熊副书记和一群表情看起来很茫然的人——他们应该就是旁听群众了。

熊副书记的命令：让群众先坐。

几位穿着西装的人很不自在地站着，可旁听区那里的人迟迟还没有坐好，我能猜想到两边都是怎样的心理活动……

旁听区的人坐好了，安静下来了，接着又鼓起掌来，伴随着掌声领导们落座，掌声刚停，我看到秦倩倩款款走进来。

“各位，上午好。欢迎大家参加县作家协会采风团活动之游记交流大会。今天来了很多爱学习爱阅读的群众来旁听，还有政府领导莅临，今天必将是一次让大家难忘的大会。下面我们有请作家协会冉守刚主席致辞。”秦倩倩的声音恢复了我第一次听到时的甜美。

大家都鼓起掌来，冉诗人先是整理了一下衣服，又抹了抹头发，他认为一切合适了之后开始致辞：“感谢的话、客套的话就不说那么多了，索性直接进入正题。但在之前我必须要申明两点。第一，稿子可能不那么完美，因为作家们采风都很累，加上晚上又熬夜写稿。写作时精神状态没有办法保证很好。所以稿子的不足之处、丢人现眼之处还希望大家多多海涵。第二，稿子的内容可能太具有个人风格，我们设有与观众交流的环节，希望大家积极参与。”

都以为他要开始念稿子时他又继续说，“同时，我们将举办一个评选最佳主角的活动，评选的权利在各位手中，大家将票投给你认为文章写得最好的那个人，他将会是我们今天的最佳主角。”

冉诗人的话让我觉得就像是他为自己量身定做了这么一评选活动，我开始坚定不移地认为，冉诗人不去当演员真的可惜了，如果他当演员必定会是国际级影帝，一扫中国电影的颓势。

“大家好，我的名字叫易万怡，我的本职工作是中学语文老师。接下来，将由我为大家朗读我的拙作，写得不好的地方还请多多包涵。”易万怡朝记者镜头微笑了一下，那种笑不露齿貌似大家闺秀的笑。

易万怡拿着稿子向会议室中间的话筒架那里走去，她站好后冉诗人用教官似的语气说，“请面对着我们旁听区的观众，下面请开始你精彩的演讲!”

全场的目光都集中到了旁听区，我脑海里闪过了一个问题，这些群众是从哪里来的？会不会也是乡政府请来的群众演员？

易万怡念完开头尤瑟纳尔的那段话，我听到了这样的赞叹声，“真有哲理！才女！厉害!”“果然是作家协会的，有才华!”易万怡应该是听到了这些声音，点了几下头说，“谢谢!”易万怡看来是花工夫熟悉了稿子的，前面的内容她念得抑扬顿挫，绘声绘色，声调还上下起伏，我看到她还开始高兴地抖肩膀了。人不能太得意，念到陶渊明《桃花源记》那里时开始“卡壳”了，大概是易万怡高中语文没有认真学，根本不熟悉这篇文章，或者说只记得陶渊明，东晋文学家，有千古名篇《桃花源记》。最后那三首唐诗，她念得“极其艰难”，隔几个字就很长的停顿，看到她急的开始跺脚了，我心里突然变得很畅快，很想去告诉她一个哲理——出来混都是要还的。

易万怡最后满脸大汗地回来，对着我不停地龇牙咧嘴。她坐下后冉诗人立刻说，“大家为我们的才女易万怡鼓掌，我看到她因为演讲投入已经满脸大汗了，她这种精神值得我们夸奖。她的游记很生活化，返璞归真，引经据典，文采斐然。诗歌朗诵得停顿恰当，颇具特色。下面我抢过主持人的权利说一下，请大家为才女易万怡投票。”

旁听区的迅速齐刷刷举起了手，看起来阵势很大，但仔细看就发现了不少没有举手的人，他们一种仿佛即将英勇就义的表情。秦倩倩在旁听区前面计数，“27票。总人数三十人。票数很高，我们恭喜易万怡，下面的选手请加油，接下来有请姚叶丹演讲。大家鼓掌欢迎!”

姚叶丹脚步很轻松地朝话筒架那里走，这时候易万怡把一张纸移到了我面前，上面的字是这样写的：

“混蛋！你害我是吧？整那么多诗词你是准备念死我啊!!”

“哈哈哈！活该！报应！谁叫你老欺负我来着?”我忍着笑很严肃地写完了这句话，然后给易万怡递过去了。

在等待易万怡“回复”的这段时间我听了下姚叶丹的演讲，内容我很不熟悉，大概是她自己原创的，或者是我少年痴呆记性不好了。

“你在姚叶丹的稿子里都写得些什么内容？你是不是存心和我作对？你要保证她的票数不会高过我，否则，哼!”易万怡微笑地看着正在演讲的姚叶丹，左手很自然地把写满字的纸移到了我面前，还轻轻地敲了下桌子……

我装作没看到，继续一副认真的样子听姚叶丹的演讲：

人生由时间组成，时间是特别美丽特别神奇的东西，它创造了文学，文学亦创造了它，它创造了美丽的山村，如美丽迷人的浮萍乡，浮萍乡的发展亦创造了一段值得我们铭记的时间。它创造了陶渊明和他的不朽作品，陶渊明先生亦创造了浮萍乡山顶桃园这样一段令人神往并愿意等待的美丽时间，今天我结束了等待，我原来以为，人生在不断落空的等待中过去，留有遗憾，太多遗憾。而人生唯一不会落空的等待是必将到来的死亡，我无比高兴，我高兴我的等待没有落空。

听完姚叶丹讲的这段话我确定这篇稿子不是我写的了，因为我真的怎么也没法把文章写得深沉，对于姚叶丹不念我那篇稿子的原因我想到了三种可能。第一，她嫌弃我写得太烂，索性自己写。第二，冉诗人交代了“特殊任务”。第三，姚叶丹良心发现，发现这是欺骗，做人应该诚信。

最后姚叶丹获得了30票，易万怡似乎用尽了全身力气在我背上掐了一下，我感觉自己应该被她掐下了一块肉，很痛，想骂人，但考虑到现场还这么多人，为了仪态，我忍住了，而且脸上还有笑容，这时候如果有人来夸我一句，“李藤，你真成熟”，我一定高兴地晕过去。

“你自己写得这篇文章？”我示意易万恰把写有这句话的纸条递给姚叶丹。

“你写得不错，但我想自己写。这是做人的原则问题。”

姚叶丹的话让我想到了很多，想到读书那会儿，每逢考试的众生相，打算作弊的人神态看起来总是那么诡异不自然，坦坦荡荡打算凭自己实力考试的人神态都很轻松，并且往往考试成绩都不错……

领导们起身走了，原因是十点钟县里来的领导计划去参观文化长廊，需要有人陪同。

领导们刚走出会议室，观众交流环节马上开始，秦倩倩把话筒递给了两位看起来很年轻的观众，他们俩看起来很羞涩，结果说了一句话全场就鸦雀无声了，“求两位才女的联系方式。谢谢。”

“看来我们才女的魅力很大啊。都有人求联系方式了。”秦倩倩的话并没有缓解现场的尴尬，我旁边的两位当事人已经脸红得如快要落地的苹果。

老为带头鼓起掌来，大家也陆续跟着鼓起掌来。现场气氛开始变好了一点。

“下面我们欢迎范为先生演讲。在欢迎他的同时，我们欢迎四位律师去彩排，他们将在最后为我们奉献一个精彩的短剧。”秦倩倩在气氛变好后立刻说道。

我没忍住，骂了一句国骂。大家都纷纷向我投来“你干什么？不知道什么场合吗?!”的批判性眼神。

“刚刚我朋友知道四位律师表演短剧的优秀创意后，情不自禁地感叹了一下，有点失礼，望大家原谅。在律师们短剧表演之前，将由我为大家演讲。”老为的这番话让我爱死他了。

其实我是想感叹，“短剧？那四篇稿子不用了？八千多字呐……”

我把老为交代的十篇稿子的任务完成了，但我自己的那篇并没有写，老为演讲后将轮到我，在他演讲的时候我开始为稿子“打腹稿”，至于老为说了什么，我一个字没听。

我开始演讲了：

各位好，接下来将由我为大家演讲。首先介绍一下我自己，李藤，二十岁，老家就在这里，浮萍乡。这两天来我很高兴，我看到了很多位我小时候的朋友，邻居。那种重逢的感觉真的很不错。我想和大家说说我的老友们，但考虑到这演讲的主题是昨天一天的采风，这些内容如果后面还有时间，我乐意和大家说说。

昨天上午，和作家协会，乡政府领导，我们一起去了乡里的山顶桃源，我是个想象力很丰富的人，听到山顶桃源，我首先想到了，陶渊明，然后是他《桃花源记》里描写的美妙景色，最后想象自己进入到了那个美丽的地方。突然，一个声音对我说，浮萍乡的这个桃源是修建在山顶上的。山顶?这时脑海里想到了地理上面的那些板块运动，形成了高山形成了海洋。

我开始怀疑，这个山顶桃源，会不会就是陶渊明去过的那个地方经过上千年的运动，变成了现在这样，到了我的家乡浮萍乡。

乡政府想得很周到，让我们骑自行车前去，这样能看到浮萍乡原汁原味的景色，一路走过，我似乎看到那些无数个种子正在努力向上生长，它们将会萌芽出浮萍乡最美的明天。

前面的三位都仔细讲了陶渊明《桃花源记》的原文，我就不多赘言了。而且大家听到现在应该有些累了吧，我不啰唆了。说一些我自己游览山顶桃源后的感想吧。

首先我觉得，这个景点是上天对于浮萍乡人的恩赐，我们必须倍加珍惜，里面的小景点都那么富有创意，令人流连忘返。然后，我希望用自己的很微薄的力量，替浮萍乡宣传，让更多的人来浮萍乡旅游，来看美丽的山顶桃源。

上午的行程就这么愉快的结束了，很快迎来了下午樱桃园的采风活动。

樱桃园给我的第一印象是，面积好大，那些樱桃好红。我印象很深刻的是樱桃园的门口有一副纪念上一任乡党委书记的挽联，我顿时觉得眼睛湿润了，开始明白任何的发展都是无数人的付出牺牲换来的，我们必须向他们致以最崇高的敬意。

在樱桃园里待了半个多小时，我亲自采摘了好多新鲜水果，水果水分很足，很甜。樱桃园忙碌的人里有一位是我儿时的云奶奶，和她叙叙旧，拉拉家常，又吃着水果，我真的觉得这就是人生中最开心、最幸福的时刻。

我们离开了，依依不舍的走向远方的时候，我在心里告诉自己，努力，努力，为了那些我曾经帮助过我的人。

我的演讲不长，很像流水账，但都是我的真情实感，和自己以前写作一样，不懂语法，不懂写作技巧，但就因为想写，我开始坚持写作，就这样坚持，坚持，我坚持了十年，仍然没有成功，不后悔，因为每一个成功都是无数次失败的总和。

最后我想说说我的朋友。我很想念他们。刘攀，小学读书就很努力，他梦想考上北京大学

谢谢大家！

我演讲时看到他们茫然不知所措还装作一副听得如痴如醉的表情，开始坚定认为，这三十个人应该都是群众演员。我当时心里在想，这到底是怎样一个“游记交流大会”，一群“作家”还评选最佳主角，结果真正的演技派最佳主角却在观众群中……

观众投票，我获得了10票，比老为低五票。我觉得应该没有会和我争夺倒数第一了。

又到观众交流环节，这次秦倩倩把话筒交给了两位女生。那俩女生都笑得很灿烂，其中一个问，“请问范为先生，范伟老师和你是什么关系?”

“我喜欢他的小品，我也熟悉他。而且五百年前我们在一个村。”老为的答案不出人意料，提问那女生却笑得跟什么似的，好像有导演要求她，“等那男人一说完你就笑，哈哈大笑，狂笑。”

“请问李藤，你怎么看郭敬明?我觉得他的书写得好棒哦，好多句子都很棒。他17岁出了第一本小说《爱与痛的边缘》，同样在写作，请问你17岁时写了什么?”这女生看起来很温和，为啥提的问题这么让人无语。

“请李藤先生回答。要回答好一点哦。”秦倩倩也跟着起哄。

“嗯。我17岁时去了沿海，我接触了好多在学校接触不到的人，我学会了很多，忍耐，宽容和努力。郭敬明，他是个作家，商人，以及杂志主编。他的书我没看过。谢谢。”我第一次觉得自己可以那么虚伪，其实我真的想说，“你这个女的是故意砸场子的吧，有这么问问题的吗？我演讲你干嘛问郭敬明？看书看傻了吧。我靠……”

冉诗人没有演讲，一本正经地和大家说，“为了让大家不至于无聊，本人就不演讲了。我将和律师们一起表演节目。希望大家可以多给我鼓励一下。”

四位律师进来了，每个人头上都戴着一个车轮的头饰，张律师给冉诗人拿了一个头饰戴上，头饰上两个大字：“司机”。

冉诗人走到话筒架前面说，“下面由我和四位律师为大家带来一个节目。节目的名字叫《一直行走》，我饰演司机并担任旁白，四位律师饰演汽车的四个轮子，这个节目讲述的就是四个车轮一路上的见闻。”

短剧开始了

旁白：“我是个旅行家，我走过很多地方，看过了很多景色，但都不能让我真正感到高兴。我驾驶的这辆车是全世界独一无二的车，它也爱美景，看到美景它自己会说话，会放慢速度，会迅速查询到关于美景的一切信息。车灯会变成最好的照相机，定格下独一无二的时间。”

轮胎A：“这里的风景好美。我决定不走了。”

轮胎B：“瞧你那点出息，跟色狼似的。看见美女就不走了……”

轮胎C：“瞧你们俩那点出息，让我给你们俩介绍下，这里叫浮萍乡。有一条美丽的小溪流过，溪水十分清澈，这里山很多，长满了绿树。这里还有著名的旅游景点山顶桃源，一片鲜艳的樱桃园。”

轮胎D：“你们别走神，专心点，准备起飞，目的地，山顶桃源。”

【四位律师很整齐地迈着碎步，像四只被主人赶着飞快跑的鸭子，样子十分好笑，整个会议室自短剧开始后第一次爆发出整齐的笑声。】

旁白：“你们看，这就是我的这辆车上的车轮，它们无所不能，但它们性格不好，常常互相贬低以至于吵架，如果不是它们会伴我一直行走，我早把它们扔在路上了。有时候我迫切希望一台简单的齐心协力的车。”

轮胎D：“准备变身！”

【在现场的哄笑中，四位律师匆忙摘下头饰，迅速换上早已放在桌上的另一堆头饰，分别是游客、老人、年轻人、陶渊明。】

游客：“哇！好美的景色。我从来没有看到过这样的地方。”

老人：“公子您好啊，从何处来？”

游客：“我从21世纪来。请问您居住的地方是何处？”

年轻人：“我们这里叫山顶桃源，据这位老人说，我们五百年前就来这里了，我们世代生活，这里空气很好，很多长寿老人。”

旁白：“这是一段跨越千年的缘分，他们相遇在美丽的山顶桃源，成为朋友，成为忘年交。他们的故事被一位叫做陶渊明的诗人写下，是为《山顶桃源记》。”

陶渊明捋着自己的胡子，摇头晃脑地：“晋太元中，武陵人，捕鱼为业，缘溪行，忘路之远近，忽逢桃花林。夹岸数百步，中无杂树，芳草鲜美，落英缤纷……”

【五个人迅速摘下各自的头饰，站在一排，感觉像要开始表演一段群口相声】

冉诗人：“你知道为什么不说到樱桃园吗？”

张律师：“不知道。雷哥，你说呢？”

雷律师：“不知道。冯哥，你说呢？”

冯律师：“不了解。李哥，你怎么看？”

李律师：“看不明白。冉老大，还是您说吧。”

五个人一起说：“欲知后事如何，请听下回分解！”

“俗透了。”我心里想法是这样，但脑海里一个叫成熟一个叫心直口快的两个小人电光火石地对决了一次，成熟小人获胜了，于是我跟着大家一起用力鼓掌，用力地吼：“精彩！精彩！！有创意！！！”

最后最佳主角颁给了冉诗人，因为旁听区有一个人提议，这个最佳主角应当颁给忙里忙外，又表演的作协主席冉守刚。这人说完，旁听区的人立刻附合起来，对！对！实至名归！

这个我同意，奖颁给冉诗人绝对是实至名归，绝对的演技派。旁边的易万怡小声告诉我，之前订好的，给官最大的。

我很好奇，如果熊副书记没走，奖是不是应该颁给他，那颁奖理由该是什么？

我正在纳闷的时候，旁听区的人正在向会议室外走，这场无聊冗长的游记交流大会到此结束了。

走出会议室之后我顿然觉得空气新鲜起来。

四十六

下午两点半，准备出门去宾馆门口集合，老为拦住我，故作神秘地说，“阿藤呐，最近采风很累吧？想不想明天上午休息半天呢，在这五星级的宾馆里哦，很舒服哦……”

“混蛋，你说吧，又有什么事情要我做？”老为说话的那些“套路”我已经很熟悉了。

“哎哟，有灵性……有前途，不错，不错。”

老为很平静地和我说完了事情的来龙去脉：游记交流大会结束后，乡里的领导随县领导去另外的乡镇了，说是为了学习先进经验，去了很多人，政府就剩下几名值班的人了。按照采风日程表，下午去蔬菜基地，也就参观一下，然后象征性种点东西。于是，为了响应“节能减排，可持续发展，和谐社会”的号召，组织上决定，下午去蔬菜基地的采风，派我一个人去。

事情没那么简单，老为继续说，咳嗽了一声，“重点来了，按照组织上的要求，你还要写一篇不低于五千字的全程纪实稿，你知道纪实稿是什么吧，新闻，把里面的内容变成文字就是纪实稿。最后，最重要的要求，全文要以乡政府领导为主人公，并且要拍五张以上反映蔬菜基地精神风貌的照片。”

“我靠，不就是写一篇以蔬菜基地采风为背景、乡政府领导为主人公的五千字以上的小说嘛，你那么啰唆干啥？不知道时间就是金钱啊？这么大的人还这么幼稚，这么不懂得珍惜?!”

“是是是，您教训的是，您赶紧出发吧！”老为塞给我一个相机，然后把我往门外推。

汪叔在楼下等我，我俩将一起去完成这个“光荣而艰巨”的任务。看到一脸不满的汪叔意味深长地笑了，还说了一句，“年轻啊，年轻。”

坐上车后，汪叔边开车边教育我，阿藤呐，你心态要好一点。不要偏激，你要学会从不同的角度去看待这个问题。首先，他们都是人吧，人都自私，有句话怎么说来着，人不为己，天诛地灭，乡领导出差去了，采风又挺无聊，换我我也不去，使唤最年轻的去，哈哈……

汪叔的话让我很无奈很无话可说，那感觉好比你被欺负了别人正安慰你，别人让你都已经感动得快哭鼻子了，却突然说，换我我也欺负你……

汪叔之后说，阿藤呐，哈哈，你汪叔很幽默吧，你还年轻，要多学多做。

我就纳闷，为什么总有那么一些大叔总爱拿别人年龄说事……

车开得很快，七弯八拐，汽车在一个大棚前面停下了。汪叔喊我下车的时候我正在脑海里构思老为交代的五千字以上的“小说”。

大棚旁边立着一块路牌，上面的字快脱落了：“浮萍乡无公害蔬菜基地”。

汪叔很轻车熟路，在他的带领下进了大棚，又七弯八拐，又走过了很多个大棚，到了蔬菜基地的“统筹办公室”，我看到办公室里有一位很富态的女人，她正在上网，笑得像桃花一样……

“张总，这是作家协会的，中午已经打过招呼了。”汪叔突然变得很谦逊起来。

那女人把眼睛从电脑屏幕上移走，然后移到了我身上，我看到她眼睛先是慢慢地睁大，突然，一下眼睛仿佛爆炸了一样睁得特别大，接着嘴角浮起了一丝笑意，最后眼睛眯起来，变成了月牙儿。“月牙儿”“挂在”“天空”的时候，那女人猛地拍了我一下，很大声地问我：“李藤?！你是叫李藤吧？李濒的儿子?”

“是的。请问您是?”我也学得谦逊有礼貌了。

那女人跟领导慰问似的紧紧握住我的手，我感觉到一股金钱的力量，那女人很激动地说，“还记得我不？我叫张幸福，我是你妈妈的表姐，以前这里的牛肉干厂就是我开的，你还和你的一群哥们经常来买东西吃。还记得不?”

说起哥们和以前的牛肉干厂，我立刻就想起了：那时候还小的我们，凑齐对我们来说算天文数字的钱去买一包牛肉干，然后在门口你一点我一点有些可怜地吃着……然后张阿姨就又给我们拿了一包来，说送给我们吃。那时候张阿姨还很瘦……

问了我一大堆话之后张阿姨决定带我去她家里玩，吩咐他秘书和汪叔把事情处理好，她吩咐事情的样子真的像贵妇人，贵气逼人，就像儿时一袋牛肉干对我们而言。

和张阿姨走到了蔬菜基地后面的山上，又走了大约五分钟，看到让我怔住的一栋房子，豪华、贵气、令人惊讶、有品位这一类的词全部来形容都不过分。

“呵呵，这就是我的家。就我一个人住，就是显得有点太宽敞了。我觉得环境还不错，挺幽雅的。”张阿姨很“谦虚”地向我介绍。

我不知道说啥，索性不说话。张阿姨接着说，“说实话，对一个女人来说，爱情和家庭才是最重要的，可是，我现在，除了有事业什么都没有了。每天回来我都感到很伤心。”

“你离婚了?”我下意识地从嘴里蹦出了这样一句话，张阿姨也被我整的无语了。

走进了那栋房子，我更加觉得自己庸俗，层次低，没本事——这样的房子我只在那些关于豪门恩怨的电视剧里看到过。

“地是由风水师选的。装修是我一次做梦梦到的，基本和我梦里的差不多。花钱不多，不到两百万元吧。”张阿姨边打开灯边说道。

灯打开后我看到一面全是奖杯证书的墙，张阿姨告诉我还有上千张报纸没有贴，报纸贴出来有些影响美观。

我问：“张阿姨，您把我邀请到这里来有什么事情吗？”

“没什么事情。难得碰见你，我想和你说说话。因为我记得你从小就很成熟很真诚，不像我身边那些人。”

“那如果我完不成任务怎么办？”

“等会儿。我打个电话。让我的秘书帮你写，他可是大学本科毕业。人长得帅文笔好。”我找不到合适的词来形容张阿姨说这话时的神情……

“那您说吧。我听着。”

和张阿姨聊天直到她秘书把稿子送来才结束。我认认真真把稿子看了一遍，心里除了佩服没有其他。只得感叹张阿姨是位厉害的女人，秘书都这么有才。能把一件根本不存在的事写得跟自己经历且永远难忘一样。

已经到了饭点，张阿姨请我和汪叔去她的私人餐厅吃饭，餐厅在她房子的后面，看起来特别古朴，琉璃瓦雕花木窗。因为想到老为交代，还要拍几张反映蔬菜基地精神风貌的照片，我说了这件事，接着张阿姨又叫来了另外一个人，对他说，“去把员工都召集起来，像平时工作那样拍几张照。”

那人走后我问张阿姨，“他是？”

“我的第二秘书，帅吧，艺术学校毕业的，摄影和美术都特别好，平时也负责我们蔬菜基地的宣传。”

我又不知道说什么话了，敷衍了一句，“您眼光真高，身边的人都是高学历。”

一直闷着不说话的汪叔突然冒了一句，“这说明张总本身档次高，自然身边的人档次不能低。像我这种人能来张总家吃饭，真的有点不好意思。先感谢张总看得起。”

就这么互相聊着天，我和汪叔轮番夸着眼前这位有钱的女人，很快，那位第二秘书回来了，照片已洗出来，上面很多位妇女正在地里劳作，看起来认真极了。另外几张拍了蔬菜基地的远景，红黄绿颜色十分鲜艳。最后一张是蔬菜基地所有员工的合影，每个人都做着“V”字手势，都笑得很灿烂，牙很白，仔细看了看，我发现，除了那位秘书其他人我全部都很熟悉的样子。

接着这个话题，张阿姨又开始讲故事。讲她如何义胆忠肝帮助老乡的，如何排除困难建立如此大规模蔬菜基地的……

讲到她雄心勃勃开始建设蔬菜基地的时候，一些穿的像服务员的人端来了菜——盘子都很精美，盘子里的菜很好看，各种颜色——菜都摆到桌子上后让我想起了那个很著名的小品里那句很著名的话，“你这哪里是群英荟萃，分明是萝卜开会”。

看到我和汪叔都不说话，张阿姨开始介绍起来，“这是我们地里自己种的蔬菜，全素宴，我这个人比较讲究养生而且有点信佛，不杀生不吃荤腥。”

张阿姨的话让我觉得耳边有丝丝凉风吹过，我实在弄不明白，为什么吃素的人身材这么像吃肉的人……

担心吃饭之前张阿姨还要举行一个什么仪式，面对这满满一桌子五颜六色的素菜，我完全不知道从哪里开始动筷子，和汪叔面面相觑，一切尽在不言中。

那几个服务员又来了，拿来了三瓶红酒。张阿姨很熟练地打开。我们三个人每人面前都有了一瓶酒之后，张阿姨说，“动筷子吧。”

这顿饭吃了差不多两个小时，从傍晚到天已经黑透。这顿饭吃的我永生难忘，如果以后回忆起来应该是这样：

那个傍晚，以前很瘦现在很不瘦的张阿姨请我和汪叔吃饭，全素宴，全部是素菜，连素鸡这类的东西都没有。信佛的张阿姨吃素居然还喝酒，还是红酒。这些不重要，然后动筷子了，把那些花型的绿色的东西夹起一点放到嘴里咀嚼后，就一个感觉：极其没味。

把桌上的菜都差不多吃了一遍之后，还是那个感觉：极其严重没味。

我想说出来，想质疑张阿姨家厨师的能力，但又怕尴尬，也许这是她们有钱人品味独特的表现。就这样，坚持吃吧。张阿姨那边很频繁地让我们举杯，然后说很多话——最后我和汪叔都喝醉了，大概晚上十点多，老为才来接我们，开车和我们一起回了宾馆。

因为酒精的缘故，我睡得很沉。做了个梦，梦到了一部电影：

画面首先出现了一个低矮的房子，房子后面有很宽阔的空地——这是张阿姨最早发家的地方，在这个房子里张阿姨研究出了以后成为名优特产的“浮萍乡牛肉干”。

画面飞快向前，闪过的画面大多是张阿姨被各大媒体报道，然后获得各种证书以及登上各种报纸，张阿姨总是笑得那么灿烂。

到了浮萍乡即将拆迁的时候，乡政府的领导们去到了张阿姨家里，经过漫长的“谈判”，张阿姨决定把牛肉干的商标以及制作牛肉干的“秘方”都转让给乡政府，以供乡政府建设牛肉干的生产线。乡政府这边付出的代价是：蔬菜基地的经营权转让给张阿姨，以及付现金三百万元。

画面再继续往前，蔬菜基地已经建起，门口站着一大堆哭哭啼啼地妇女，张阿姨正在挨个给她们做“思想工作”，最后，妇女们笑着住进了张阿姨修好的房子里，同时她吩咐员工，在另一处开始修员工宿舍。

在蔬菜基地工作的这些女人们有一个共同点：都离异。

她们的丈夫都是好吃懒做的类型，对她们经常打骂，在张阿姨的“带领下”，纷纷与丈夫离了婚。蔬菜基地有个名字“女强人蔬菜基地”。口号是：“靠自己，做女强人，种幸福，收获美好生活。”

画面停住，发出“吱吱”似乎在倒带的声音：

画面切到一个画面，一个喝的酩酊大醉的男人，正在打她的老婆，那女人嘴里不停地骂道：“狗日的！去外面找野女人，还回来打我！畜生!!”

画面又切换，法院。法官判决张幸福和陈远离婚。

画面再次停住，发出“吱吱”似乎在倒带的声音：

出现字幕：下面十分钟里那些女人们所遭受的痛苦，谨以此祝福在座幸福的女人们一直幸福美好。

电影结束，以五颜六色的菜地定格。

四十七

又是一个早晨。闹钟八点准时响起。

老为痛苦起床的时候我正惬意地看着他："唉，能睡懒觉的感觉果然很舒服……"

老为一言不发地整理衣服，一脸怒气地看着我，我看到他脸上两个明显的黑眼圈，大概他晚上又惆怅了，那天真的就不应该带他去王阿姨那里。

老为出门去宾馆门口集合，我因为昨天完成了那个"全程纪实稿"，今天的服务行业调研我不用去了，这半天假期随我怎么安排。人有时候是很矛盾的动物，忙碌的时候像渴望发工资一样渴望休息，休息的时候又觉得无聊，度日如年。为了让这半天时间过得充实一点，我纠结了很久，然后想出了三个方案。首先去找找有没有篮球场，没有的话就去乡里的服务行业聚集地看看，最后去老街看看，希望能遇到以前的邻居。

宾馆前台告诉我，先生，篮球场在宾馆后面，您需要大约步行五十米。祝您愉快。

我走啊走，走了应该快一百米了，连一个形似篮球场的地方都没看到，继续走啊走，离宾馆已经很远了，看到了一个相当漂亮的篮球场，突然间觉得 NBA 球星家的球场也不过如此，我准备进去时在门口被拦住了，"对不起，这里不准打球。"

"不打球。就看看。"

"对不起。闲人免进。"门卫的眼神坚定而犀利。

"那你这球场修着干吗的啊？参观？"

"公用。你没事你可以回去了。谢谢合作。"

"公用？解释下，我好奇心重，不然我不回去了。"我准备开始"撒野"，但看到门卫的严肃表情立刻打消了这个幼稚的想法。

“政府停车场。”

“那这俩篮球架安在那儿干吗？摆设？”

“不方便透露。你回去吧。”门卫领导似的连忙朝我摆手。

我说我是乡里张书记的亲戚，门卫半信半疑，思考了很久，然后和我说，“我记得我看到过你，你住在乡里宾馆的，身份应该不会低。如果是张书记亲戚，那更是尊贵了。和你说说也关系不大。”（门卫的话让我明白我们作家协会其实和这篮球场一样，都是摆设。需要我们的时候，就各自代表了文化产业和全民发展体育运动，不需要的时候就是一群臭文人和成本高些的停车场）政府会不定期邀请其他乡镇的人来球场打友谊比赛，会来很多记者拍摄，然后每次都会在电视上看到几乎一样的新闻，“今天是×年×月×日，为了大力发展体育运动，积极推广全民健身运动，浮萍乡隆重举行友谊篮球赛……”

平时这块篮球场等于政府的停车场加私人运动场。

离开球场，我准备去“服务行业聚集地”。一路上看到了很多漂亮的房子，看到了整洁的地方，但是，这样的美景里看不到人，走了很远仍然没有看到一个人，让我不禁产生了一种自己正在拍戏的感觉，我小心翼翼地走着，生怕出差错，然后听到导演歇斯底里地喊，“咔！”

到了，这是一条很笔直的路，我站的这个位置似乎是这条路的进口，因为旁边立着一块巨大的制作精美的路牌：“欢迎光临浮萍乡服务行业聚集地。”这一排字的下面是一个内容看起来很有文化的表：

雕刻时光	深邃	岁月无声	爱缘
顶级区	高级区	中级区	初级区
	淡然	海阔天空	情难

表下面还有一些很小的字：“特色旅游，让你高兴而来，尽兴而归。”

这块路牌让我对这条街充满了期待，我好奇雕刻时光那样文雅的名字到底属于谁。走到高级区才明白，“深邃”“岁月无声”分别是每个区路边大楼的统一名字。

我一直走，走到高级区仍然没有看到一家店开门营业。这一条街快走完了我差不多明白“高级区”“中级区”到底有啥区别，除了大楼里面的店面不同，然后就是大楼的楼层按区的等级递增，初级区大楼都是四层，然后中级区五层，高级区六层。最后，大楼外墙的招牌因为区的等级而递减，从初级区开始的各种招牌到高级区很干净的外墙。

走到顶级区，眼前的景象向我展示了顶级的水准——返璞归真。路的右边是一栋二层小楼，看起来有些年头了，路的左边是一个小花园，看起来很复古，让人容易产生回到20世纪七八十年代的错觉。

走到“雕刻时光”这栋楼门口，立刻被一位很魁梧的保安拦住了，“对不起，请出示你的身份证、会员证等有效证件。谢谢。”

“我找人。”

“您找谁？我们先帮你查询一下。”

“周润发。”

“对不起，没找到这人。”前台小姐用很嗲的声音说。

“您请回吧。”保安虽然脸上很不悦，但说话还是很客气。

“错了。我找周星驰。错了，不是周星驰，名字我不记得了，但我记得姓周。他告诉了我这个地址，让我来找他。我从很远的地方过来。”

“滚！”保安拿出了电棍对我吼道。

我想在楼房周围转转，但保安又拿着电棍满目狰狞地威胁我，“滚！再捣乱信不信我打死你。打死你了也不会有人知道。滚！”

我只是好奇这楼里面到底有什么，我继续和保安说，结果他重现了刚才威胁我的样子。

算了。走了。好奇不仅害死猫，而且有可能害死人。

可能是巧合，我准备离开时，听到了这样一个声音，“谁在下面吵?！打扰老子的雅兴！”

这声音我很熟悉，它的主人名字叫冉守刚。

我脑海里迅速蹦出了很多画面，比如电影电视剧里黑帮在“娱乐”有些暧昧的画面……

接下来向宾馆走，然后又从另一条路去老街。我忍不住感叹自己，以前制订很多计划大多完成不了，今天的计划居然都能完成，我需要鼓励，需要大红花。

“对不起。请买票后进入。谢谢。”和我说话的又是一位门卫，他守卫着这个建的很有古风的城门，城门上几个鎏金大字：“浮萍乡百年老街”。我站在城门口朝里面看了一下，忍不住骂了起来，“我回自己住过的地方还要买票。抢劫啊！”老街的房子街道，甚至门窗都和我记忆里的一模一样。我感觉自己似乎进入了时空隧道，正当要到达目的地时，突然出现了一个人对你说，“对不起，请买票后进入。谢谢。”

和门卫争论了半天都没有结果，这门卫跟自动回复似的一直说，“对不起，这是规定。”

“规定就规定，你说票价吧。”

“您好。我们这里有三套不同的票供您选择。第一种，参观游，五十块。第二种，深度体验游，一百五十块。您选择这种在体验项目时将票交给表演该项目的居民即可。谢谢合作。第三种，农家居住难忘游，四百元。包您满意，绝对超值。”

门卫说完这么大一段介绍，我深感礼貌这个东西太约束人，让人很难发泄不满的心情。如果不考虑礼貌不考虑后果，我一定会狠狠地抽这门卫，他实在太啰唆了，而且太没原则了，居然很坦然地和那群制定建设老街制定票价的人为伍。

门卫递给我一个小册子，是“浮萍乡百年老街旅游指南”。他让我看完小册子后再决定是否买票进去。

小册子就一页，是这样写的：“亲爱的游客朋友，您好，当您拿到这一本饱含我们心意的小册子时，意味着您将会作出一个明智的让自己不会后悔的决定——买票进入浮萍乡最有历史底蕴的百年老街。参观或者体验民俗项目，或者在农家，体验难得的原生态自然的生活。”

这段话下面有一个很多字的表：

古法造纸	古法酿酒	古法篆刻	古法制衣	古法气功	
城门					
纸风筝	毛笔制作	木匠世家	糍粑	太极拳传人	风水

如果我没有记错的话，原来我家房子的位置现在是“古法气功”，我记得爷爷奶奶搬回老屋后那房子一直没人住，我很好奇，十分好奇，“古法气功”那房子现在住着什么样的人。

“深度体验游，请给我开发票。对不起，我没有带够那么多钱，我就住在乡里的五星级宾馆，我把房卡抵押在这里好不好?”

“不好。写个欠条并且按上手印。我看你很真诚才破例通融的。”

把欠条连同我身上唯一带的东西房卡交给了门卫，我两个口袋一样重，一身轻松地踏上了我曾经生活过十多年的地方。我心里其实很忐忑不安，担心遇到那些看着我长大的老邻居们，担心他们知道我两个口袋一样重，因为我小时候他们曾经教育过我，“李藤呐，你是会有大出息的人，以后你去外面了再回来了记得两个口袋一个要有装很多钱的钱包，另一个要有一盒名片，还要记得给我们带很多东西回来。如果你能真的这样，就代表你真正出息了，有钱了。”

我很羞愧，我没钱没出息没混好，连回来都还是写的欠条。

我像位从未到过这里的游客看着这条让我感到很陌生的街道，街道变化不多，只是每间房的前面都多了一块匾，上面的字分别是“古法造纸”“纸风筝”。房子后面是一堵高墙，高墙上面有像电网一样的东西——新式监狱，我最先想到了这个词。

“古法篆刻”这间房关着门，“毛笔制作”关着门，“古法酿酒”“古法制衣”关着门——走到“糍粑”这间房门前，看到一位穿着白衣看起来有些仙风道骨的老人正在认真比画着——我印象很深刻，张远灵老人，是以前浮萍乡年纪最大，太极拳打得最好的人——张老以前每天清晨都会在学校的操场上打两小时的太极拳，我们一群小孩儿在旁边跟着有板有眼地比画——如果没记错的话，张老今年应该是102岁了。

老人正打得兴起，我没敢去打扰，在路边的台阶上坐下，等待老人打完拳和他聊聊天。看了看周围，除了张老住的这间房其他的房子大门紧闭。

张老住的这间房隔壁的牌匾上两个大字：“风水”。这间房明显比其他房子要好看要新，“风水”再向里就是一堵墙，像城门一样的墙，墙的左下角有一道铁门，和牢房的门没有多大区别，隔着墙能看到一栋房子的上面部分，最高层外墙上三个让人有些莫名害怕的红色字：“居住区”。

我仔仔细细地回想了一下，现在的这条“百年老街”应该是老家原来街道的三分之一，属于下街的那个部分。没有规划到“百年老街”里来的还有中街和上街，浮萍乡小学，以及上街一条岔路通往的浮萍乡水库。

我不清楚乡政府是怎么规划的，我觉得这样的规划买票进来的游客应当举报乡政府涉嫌诈骗……

“嘿，藤小子，你怎么来这个地方了?”我坐在路边正在发呆心里咒骂乡政府时，已经打完拳的张老问我。

“我回来看看您，您最近还好吧?”

“挺好的。打打拳看看书，饭菜每天都有小秦姑娘给我送来，但我觉得不太好意思，因为人该懂得害羞，哈哈……”张老也在台阶上坐下，整个一副老顽童的样子，这情景让我脑海里冒出一个画面：一个小孩出生，哇哇大哭，时间飞速流走，小孩长出头发，个子长高，变成熟了，成为大人，有胡须了，时间继续飞速流走，小孩开始有了白头发，胡须也开始白了，最后头发胡子眉毛全变白了，但他仍然像刚出生时哇哇大哭，时间顿时停止……

我问：“张老，小秦姑娘是谁？还有，这街上好像没有什么人。”

心肠特别好的一位姑娘，她住在新街，好像是一位导游，我不知道导游是啥，她给我讲，导游就是向别人介绍咱们浮萍乡的人。我以前可真的没听说过导游这职业。

张老完全不像百岁老人，说话声音很大，听力也很不错，还不时发出很爽朗的笑声。

张老和我说了一会儿后我才知道他说的小秦姑娘就是秦倩倩，于是我同张老说了很多关于秦倩倩的“好话”，结果张老像弥勒佛似的笑着告诉我，“藤小子，争取娶小秦姑娘做老婆，必须完成我这个心愿，你要说到做到。”

“呃……那我不说了……我觉得做到很难……”

“不行。必须答应，必须做到。”张老斩钉截铁地说。

我答应了，必须娶秦倩倩做老婆。说完我的“人生大事”后接下来的聊天开始变得有些沉重，张老突然和我说起了他的遭遇，如果要把这件事写出来我会这样写：

张远灵老人，102 岁，目前住在自己居住了几十年的老房子里，无人照顾，一日三餐靠好人送来。本该是安享晚年的年纪，老人到现在的境地因为浮萍乡乡政府规划“百年老街”，以前浮萍乡街道的下半部分四周建起了围墙，然后乡政府要求下街的居民全部搬走，迫于无奈，大家拿着很低的搬迁费搬走了，有的回了老屋，有的去了沿海的城市打工，从此没了“根”。张远灵老人年事已高，虽膝下儿孙多，但都不在身边。在大城市工作的曾孙们打算接老人去一起生活，但老人实在无法承受长途奔波的痛苦，而且老人很不舍得离开自己生活一辈子的地方。

乡政府开了“特例”，允许张远灵老人不搬走，但要求他必须以后向游客表演太极拳，如果老人不答应，乡政府将会“不留情面”，最后老人接受了，于是老人变成了“太极拳传人”。

老人不搬走了，但为老人做饭的邻居搬走了……

我清楚乡政府有关人员对于老人的遭遇是什么感想，如果他们的爷爷像张老这样，老无所依，我不相信他们仍然会无动于衷。

请浮萍乡乡政府尽快给出好的解决措施。

“我年纪一大把了，死都死过几次了，还遭这样的罪。有时候真的想再死一次。”张老笑着感叹道，看着张老，我体会到一种无法形容但极其震撼人心的力量。

我看到张老身后的天空开始泛出金黄色，我知道那是太阳光带着温暖正在向地球进发。

张老继续笑着和我讲，有时候呐，我觉得做一个坏蛋特别好，别人欺负自己了我开始打他们，打死他们，用武力，特别干脆。藤小子，你不知道，现在乡政府的那些王八蛋做了多少该遭天谴的事情，我们以前的那些邻居都被赶走了，之所以说赶，因为乡政府给的搬迁费还不够车费和租房子的钱。邻居们从自己的房子里搬了出来，没有地方住，只好睡在路边了，藤小子，你知道我看到那个情景心里是什么感觉吗？我是经历过饥荒的人，那情景让我想起了饥荒那些年的遍地尸体呐！

和张老聊天不知道聊了多久，我们两人从浮萍乡的现状聊到搬迁，人生，学习，秦倩倩，结婚，艺术，艺术大师……

突然听到一阵“吱嘎吱嘎”的声音，顺着声音的方向看去，张老隔壁的房门开了，出来一位老人，年纪应该在六十多——老牟，算命先生老牟，我绝对没记错。

“呵，老张头，来客人了啊？不容易啊。”老牟打着呵欠问道，还不停地伸着懒腰，仿佛正在进行光合作用的植物……

“李藤。以前李濒的儿子，你应该给他算过命的。”

老牟过来和我握手，“你好。叫我老牟就好了。”

“不用介绍了，我早就认出您来了。您现在在做什么呢？您不会太忙，不记得我了吧？”

“是的。人太多了。做名誉顾问。”老牟特郑重其事地说，如果配上乐，完全就是戏曲演员在表演，说话字正腔圆，表情有板有眼……

老牟说的“名誉顾问”其实就是为乡政府新建的楼房看风水，平时就每星期为政府的领导看一次近期运势，并且还制作了一些护身符准备送给或者想办法卖给来浮萍乡的人。老牟还在为人算命，但现在找他算命没那么容易了，需要重金，预约费五百块，按算命结果后续收费不等，不光有钱，还得碰上老牟心情好——老牟说现在找他算命的人已经预约到2020年了。

我好奇老牟为什么还住在老街，他的原因和张老完全不一样，他说自己觉得这世界越来越让人烦躁，而老街能让自己的心灵感到宁静。

“不说了，换个衣服上班去了。”说完老牟转身往屋里走。

老牟再次出来时的样子让我立刻愣住了——大背头，油光可鉴，西装笔挺，皮鞋锃亮。

老牟递给我一张名片，“以后找我请按照名片上的地址。谢谢。”

名片印得很“霸气”：

浮萍乡乡政府名誉顾问

牟连荣　先生

联系电话：55323111

【友情提示：上门之前请先电联。谢谢合作。】

老牟朝城门那个方向虎虎生风地走着，我看到张老脸上一种说不出的表情。

“您在想什么呐?”

“藤小子，你说我要是也会算命该多好。”

“您为什么这么说?”

“你看呐，老牟小我30多岁，因为会算命，他过得特别好，没过什么苦日子。你不知道，他平时还奚落我，说我什么老东西，不中用，还活着干什么。现在乡里那些人好像都还争着给他钱呢，就因为他会算命。乡政府把他请去了，每个月还给他发工资……”

“算命不难，您也可以去学啊。”

“可是我不信呐……”

四十八

老为他们从服务行业回来个个面色红润，并宣布了一个振奋人心的消息：“今天下午的采风活动行程改了。”

原定于下午三点去农家乐，改成了下午六点再去，这多出来的三个小时由我们自由安排。

老为他们在自由地惬意地看电视，我在认真地毫无怨言地完成老为交代的任务——写完这次去农家乐采风的全程纪实稿，老规矩。

几天来对于这种任务我已经习以为常了，每次都用“这些老王八蛋当年也是这么过来的”这种话来安慰自己。

我一边写稿一遍听老为念经：“小伙子啊，好好写哦。等会儿去农家乐可以看到好多好多漂亮的女服务员，她们的年龄都和你差不多，到时候给你介绍几位，万一就成就了一段美好姻缘呢……你看看，看看，别那么一副模样啊，要笑，笑，懂吗？这样给人的印象才会好……来，面向我，笑一个……”

我无话可说，一脸微笑，心里感叹自己交友不慎并发誓要报复老为……

按照惯例，老为给我拿来了一堆资料供我参考或者“摘抄选段”，我摘抄的一段是这样的：“据有关专家研究表明，未来农家乐有极其良好的发展前景，被誉为‘朝阳产业’。因为在城市化的今天，人们纷纷涌入城市。从而引发了一系列的问题，竞争压力大，房价高，工资低。因此各种心理疾病发病率变高，自杀的人数增多。在这样的现状下，农家乐无疑是一片世外桃源，城市里的人们可以周末驱车去农家乐，呼吸呼吸新鲜空气，看看美丽景色，吃吃农家菜，钓钓鱼——实在是人生中的一大快事。”

因为用电脑打字速度比较快，我把稿子打印出来并交给老为审阅完，离六点钟还有半个小时。

在这半个小时里老为给我讲了一大堆关于他们早上去“调研”的见闻，听完后我惊讶但是又很平静，好比憎恶王八蛋但王八蛋出现太多导致自己已经麻木。

所谓浮萍乡服务行业聚集地，其实说直接点就是“红灯区”。因为生活很困难加上这里工资给的高，浮萍乡年轻的女孩子都愿意来这里工作。因为来工作的太多，对待外乡来的女孩子还要层层考核……

服务行业聚集地那条街一共分为三个部分，最高端的是“雕刻时光”，这里是领导们专用休闲的地方，闲人免进，还还原了领导们青春时期的景象。其他部分用老为的话说就是“低端！庸俗！”去那些地方的都是些单身男人或者品德有问题的男人……

我听的正起劲，道貌岸然的冉诗人进来了，说，“下楼。五分钟之内。”

农家乐离宾馆很远，汽车随着山路仿佛蜿蜒了几个世纪才到达目的地，路上看到的景色立刻让我想到了一个词：荒山野岭。

这样的荒凉景色里出现了几幢很华丽很扎眼的建筑——农家乐的房子，修得像城里有钱人的别墅。

来迎接我们的是一位穿着旗袍看起来很漂亮端庄的女人，她让我一下想起了那些飞机上的空姐，优雅，笑不露齿，细声细语……

“空姐”向我们介绍：“这是我们农家乐的特色贵宾区——流觞曲水。诸位都是文化人，对大书法家王羲之的《兰亭序》肯定不会陌生。诚如诸位所见，这是我们贵宾区的古代部分，完全还原了《兰亭序》里流觞曲水的样貌，饭后，诸位可以在树下小憩，或者前往我们贵宾区的现代部分。”

“什么是现代部分？在哪儿？”我问。

“就是利用到我们现代科技的一些地方，和古代部分是绝对不一样的体验。”“空姐”说话仍然很温柔，仍然让人会不由得想起客服小姐。

在溪水边的椅子上坐下，老为悄悄告诉我说：“现代部分其实就是 KTV，桑拿房，按摩房……”

溪水呈“S”形分布在这片空地上，每个大的空白区域摆上了桌子。一共三张桌子。我们作协的两张，加上乡政府领导的一张，很是热闹。

菜还没有端上来，熊副书记开始宣布游戏规则：“游戏的名字是首尾相连，例如，第一个人写出‘千金散尽还复来’，将纸条装入小船，顺溪水流走，接到小船的人要写出来以‘来’或者其谐音字为首的七个字句子。若写不来请主动喝酒三杯。”

“王羲之如果看到了今天的场面，肯定气得吐血，心想我们一千多年前就玩过的游戏，你们现在还玩，而且还玩的这么俗……”我对老为说了这些话，老为一脸微笑地看着我，一句话也不说。

因为几张桌子之间的距离有些远，熊副书记很周到地去拿来了扩音喇叭，一是作互相说话之用，二是输掉游戏后唱歌之用，三是玩歌词接龙游戏之用。

这些全部准备完毕，第一道菜“水晶翡翠”端上来了，盖着很漂亮很精美的盖子，继续等待其他菜上来的这段时间里，熊副书记像卖货郎叫卖一样拿起扩音喇叭宣布：“十分钟时间，每桌商讨对策，十分钟之后，游戏开始！”

我，老为，易万怡和姚叶丹一桌，他们三个不停地对我唠叨：“快点想！快点想！我们都靠你了啊！等会儿你就是我们的代表！”

游戏开始，所有人的目光都聚集在熊副书记那里：在纸条上写着什么，写好了，将纸条折好放入小船。

船来了！熊副书记大声喊道。

我把手伸向溪边准备抓小船。船要到了，老为突然在我耳边喊：“别抓！”

船继续向前，被冉诗人他们抓到了。然后看到他们那桌人好一阵不说话之后连续喝了三杯酒。哈哈哈！！老为我们大笑起来。

“该你们了！”冉诗人放走小船后拿起扩音喇叭说。

像上次一样，故意不抓，领导们接到船也是好一阵不说话，然后连续喝了三杯酒。哈哈哈！！我们照例大笑起来……

来回了三次，我们一次也没抓到。他们每次都连续喝了三杯酒，每次都被我们嘲笑。结果他们“罢赛”了，不来了。熊副书记只得说：“先吃饭，稍后继续，我觉得游戏规则有必要改一下。”

把那些精美的盖子打开，一股清香味儿扑面而来，接着看到了盘里的食物，真的很“天然”——所有的食物全部是素菜，全部都是水煮的。

第一道端上来的“水晶翡翠”其实就是水煮白菜……

那位“空姐”过来了，对我们说：“各位，这是我们农家乐菜肴里的最高规格，全素，全天然的烹调方法，也是城里人最喜欢的。”

“你为什么不去领导们那一桌也说下呢？这位小朋友让我问你，他害羞，不太好意思问。”老为指着我对“空姐”说。

“领导们的菜肴规格较低，而且领导们事先嘱咐过了，不要太张扬，让我们不要前去服侍。”

“他们的菜肴规格具体有些什么菜呢？”老为继续问。

“以肉类为主，辅以一些蔬菜。肉类容易导致肥胖等原因，所以菜肴规格较低。”我看着“空姐”的脸，看着她认真的表情，我相信她说这些话并不是在开玩笑。

“能把我们的菜肴规格换成领导那样吗？”我问“空姐”。

“抱歉。不能。谢谢。”

不能就不能，开吃吧。你们要知道，我们可是吃的是最高规格的。老为像“怨妇”似的说着这些话。

我们边吃边喝酒，他们在听我昨天下午去蔬菜基地的“奇遇”，以及同样吃“全天然”菜肴的遭遇。

听完后他们得出了一个结论：我们永远很难赶上有钱人的品位。或者有钱人永远都在带领我们改变品味……有钱男子汉，没钱汉子难……

我决定，从今往后，时时刻刻要拿有钱人的标准来要求自己……

“各位，吃好了吗？”正在吃饭，突然听到了这样的声音。

放下筷子，假装吃好了。我仔细地回味了下，喝的那啤酒真有味儿……

游戏开始前，熊副书记宣布了新的游戏规则，基本和原来一样，只是要求必须按顺序接住小船，否则罚酒五杯。

“数风流人物。”我抓住小船，打开纸条，看到了这样的一行字。

物是人非只有四个字，不行。物是人非事事休，字数又太多了。老为当机立断，写上了“物事人无非”。然后把纸条放入小船，我们在心里默默祝愿冉诗人他们再次喝酒五杯……

看到冉诗人他们很快写下了句子，接着小船回到了熊副书记他们那里，过了很长时间都没有看到动静，然后熊副书记说，“游戏结束，我觉得这个游戏容易造成冷场，进行下一个游戏。”

“看到没？这就叫领导水平，明白没？”老为对我说。

“看到了，明白了。”我说。

下一个游戏是歌词接龙，地点在农家乐的“现代部分”——KTV。领导们去往了桑拿房，舒缓压力。

进了KTV之后，陆续进来了很多位姑娘，个个年轻漂亮，浓妆艳抹，花枝招展……

她们去了冉诗人他们身边，先亲了一口，留下一枚红艳艳的唇印，然后俩人宛如热恋中的小情侣。作为她们的同性，姚叶丹和易万怡此时显得十分尴尬。

老为说："阿藤，你和她们俩出去玩吧。随便去哪儿都行，记得晚上10点前回宾馆。"

出了KTV，顿时觉得空气变得清新起来。我想到了来浮萍乡之前伍琦在电话里说的关于叶子的事情。我打算去找叶子。

去询问了那位"空姐"，她告诉我，我们作协待的那间包厢里就有位叫徐叶子的姑娘。

又回到包厢，问了一圈，一位化着很浓妆的姑娘对我说："阿藤，又见面了。"

我认认真真地盯着那姑娘看，确实认不出了，我心里在给自己说，这他妈不是电影，是生活！但是，生活绝对没有这么戏剧化！

叶子被冉诗人搂着，看到这样的情景，冉诗人对叶子说："你去陪这位年轻人吧，出去替我找一位比你还漂亮的小姐来。快去！听见没有?!"

我像电影里演的那样和冉诗人打起来了，结果我被军人出身的冉诗人打得鼻青脸肿，最后扶着我出来，我们俩坐在农家乐空地的溪水边，聊天，讲这些年的故事，偶尔哭，偶尔笑，偶尔都沉默着不说话……

"睡醒了？你小子昨天喝醉了，在KTV包厢里睡着了。"我眼睛睁开后看到了老为，我并不知道自己在什么地方。

"你在宾馆，你的房间，你以为还能在什么地方?"老为拍着我的头说。

"谁把我带回这里来的?"

"除了你老为叔还能有谁，你小子该减肥了，跟死猪似的。"

老为给我说了事情的来龙去脉：吃饭时我喝了很多酒，然后在KTV也一个劲儿喝酒，喝醉了，很快便睡着了，然后跟中邪似的，不停地挥舞拳头，大概是累了，又睡了，睡得好像死过去了一样。

哦，这只是一个梦，我根本就没有碰见叶子。

晚安，我继续睡觉了，希望把刚才的梦换成最好的开始和结局。

四十九

老为说今天上午采风的排场很大，很正规。让我穿的正式点，注意点形象。

今天采风的目的地是浮萍乡的工厂区，我们去采风一共有两项任务：第一是协助记者很好地完成拍摄任务。第二是老规矩，写游记。保留最优秀的一篇最后与其他几天写的游记集结成书。

作为一位脑筋很灵活的年轻人，我明白。第二项任务将由我独自完成……

上午八点，冉诗人我们已经在宾馆门口集合了。接下来要做的就是等待。几位记者来了之后，接下来等待乡政府领导的来到，乡政府领导来了之后，最后等待县政府领导的大驾光临。

领导们总是那么守时，刚好约定的九点钟时到达。一切就绪了，采风活动马上正式开始。

我今天穿得很正式，西服，皮鞋，一条以前我爸的领带。老为还在我头上抹了点啫喱水。如果再粘上个小胡子，拿根拐杖，会不由得想起一部电影——《摩登时代》，以及他的男主角——卓别林先生。

我们作家协会的站成一排，乡政府领导站在一起，县政府领导和旁边的女秘书站在一起。

首先是冉诗人讲话："尊敬的领导，亲爱的来宾。今天我们将迎来我们在浮萍乡采风的重头戏，参观浮萍乡的'经济命脉'工厂区。我谨代表作家协会全体成员，感谢所有到场的领导和人员，谢谢！"

掌声！

然后是熊副书记讲话。他重点感谢了县政府领导。

最后是县政府的一位领导讲话。这时候旁边扛摄像机的开始拍摄了，我当时心里就骂：你们怎么做事那么不靠谱，现在才开始拍摄为什么不早点说，害我一直演得那么正经，你们不知道好演员一直不停地演也是会笑场的吗？下次注意点啊！

讲话的这位领导向我们介绍自己："我是县委书记的秘书，书记他很想光临现场，但书记日理万机，实在是分身乏术，故派我前来。"

这位讲了很久，差不多半个小时，这期间太阳一寸寸地出来，周围开始热起来。穿西装觉得更加热，我不停地冒汗，汗水流淌到眼睛旁边，别人看到肯定觉得我被这位秘书的讲话感动了……

"谢谢大家，大家请先回房间换个衣服吧。"书记秘书讲完了，接着就坐进了旁边的轿车里。

"换衣服？"我们异口同声地问。但没有人回答我们。

"走吧，走吧。"老为老好人似的大声地对我们说。

上了楼，老为给我说了原因。因为为了贯彻"低碳环保"理念，我们采风所以要骑自行车去。

"那领导们为什么不去换衣服？"我问。

"他们不用换。"

"为什么？他们就不低碳环保了吗？"我继续问。

"他们这会儿应该出发了，你刚才也看到那讲话的领导上车了。"

15 分钟后我们又在宾馆门口集合了，领导们也许已经到达目的地了。几位记者给我们讲解了等下骑行过程中的"注意事项"。一共三点：

第一：骑车时要放松，当镜头拍到你时要显得更加放松，丝毫不拘束。

第二：镜头拍到你时，切记，表情要自然。

第三：未被记者拍摄到时，要注意与正在被拍摄的人保持距离，防止破坏画面。

记者讲完，我向老为小声感叹，"采风也是需要技术含量的啊！"

老为说："是啊！"

到达工厂区大门口是上午 10：35，比预计的时间迟了 15 分钟。在路上因为我们的"演技欠佳"，常常一个画面拍了三四次才拍好。

我们心里满是愧疚和自责，记者们不断抱怨，重拍，重拍，终于还是完成任务到达了目的地。

姚叶丹和易万怡不出意外地又请假了，又原地休息。也许从今天以后，“骑自行车”将会和“减肥”一样成为她们俩最痛恨的事情。

“正式开始!”一位记者举着手大声地说。

按照记者的要求，县政府领导们走在最前面，乡政府熊副书记他们走在略后处，作陪同状。作家协会的走在最后面，使整个队伍有声势浩大的感觉。

这次一遍就过了，我们顺利走进了第一家工厂，是摩托车厂的装配车间。首先看到了巨大的传送带和认真工作的像机器人一样的工人们，然后看到了穿得很端庄大方的秦倩倩，她接着向大家介绍自己：“各位尊敬的领导，亲爱的来宾，我是你们这次工厂参观的导游，将由我负责为大家介绍，我叫秦倩倩。”

在秦倩倩的带领下，我们往传送带边走，人密密麻麻地站在了传送带旁边，根本看不到领导们到底在干什么，据说是在慰问正在忙碌的工人。我觉得很无聊，很烦躁，和老为在那里小声地聊天。

“我肚子疼，我想请假回去。”

“其实我也想肚子疼。”

“那我们回去吧。请假。”

“不成，咱们得跟着从头走到尾。其实根本没我们什么事，但我们就不能走。”

“Why?”

“直说吧，嘘！小声点，你知道什么叫凑人数吗?”老为说这话时一脸的紧张。

“你说吧。我听着。”

“你想想，如果你是记者，你拍领导肯定得拍出大部队的感觉，如果我们走了，拍摄出来的画面肯定显得人有点少，有点冷清。你明白?”我盯着老为的脸看，第一次觉得他如此的奸诈和睿智。

这时听到了那位拿话筒的记者说了这样的话："我们不便多打扰了，以免影响他们的正常工作。我觉得，就是因为拥有这样朴实而敬业的工人，我们有理由相信，浮萍乡的明天会越来越美好。"

走了，下一站，玻璃厂。

我们依然走在队伍后面，继续起到"壮大队伍声势"的作用，乡政府领导与身边为其撑伞遮阳的美女们同行，县政府的领导们早已不见了踪影。

老为告诉我，那些县政府的领导们已经乘厂区的电动车走了。

"你为什么这些事都知道?"我十分好奇地问老为。

"啊哈，你知道怎么做一个有心人吗？这么说吧，其实冉守刚就是一个傀儡。"

我们一起望着正在和记者交流些什么的冉诗人，然后不约而同地笑起来。

"你们笑什么？无聊呐?!"听到笑声后冉诗人转过身来"质问"我们。

"嗯。"我们又不约而同地从嘴里同时挤出了这个字。

走到玻璃厂，门口的员工告诉我们："活动已结束，请前往下一个地点吧。谢谢合作。"

在我们发牢骚不停抱怨的时候，和冉诗人说了很久话的记者开始向大家解释："各位，抱歉。我本来应该先和大家说明白的。我先替领导们给各位说一声抱歉。因为是和玻璃厂高层的一个会谈，所以并不需要其他人，所以没等各位到达便开始会谈和节目的录制了。"

走吧。下一个地点。家具厂。再下一个地点，针织厂。记者很肯定地和我们说，下面绝对没有和高层的会谈了。

"以后要争取当高层啊，小子。待遇好啊。"老为很小声地和我说。

这两个地方走完花了差不多一个小时，首先在家具厂，按照记者的安排，先是县委书记秘书与厂方指定的三名年轻人聊天。聊天实录如下：

县委书记秘书【以下简称秘书】："你好哇，觉得工作辛苦吗?"

第一名年轻人【以下简称1号】："您好，我觉得不辛苦。"

秘书："啥时候来的厂里工作呢？喜欢这项工作吗?"

1号:“半个月前。十分喜欢。谢谢您的关心。”

秘书:“那你要努力工作哇,该说再见了。”

1号:“谢谢。再见。祝您愉快。”

当听完第一名年轻人和秘书的聊天,我心里最大的感受就是:这他妈的哪里是年轻人,说话像老年人,神态像机器人。

然后秘书和第二三名年轻人也聊完天,心里最大的感受是:这三人是三胞胎吧,说话好像都一模一样,连语气都那么像。

和年轻人聊天完毕后,在熊副书记的带领下,县政府领导们和厂方高层进行了长达三十分钟的会谈,并签订了一份具体价值保密的采购合同。

领导们会谈的这段时间我们前往针织厂等待。

领导们到达针织厂之后,一场表彰大会立刻开始,表彰大会的主题很长:“男女平等,靠自己制造美好明天”。一些年轻的女孩子陆续上场接受了荣誉证书,然后面无表情地说了一些跟明星获奖感言一样的话。

结束时我专门看了下时间,是11点55分。

记者和领导们嘀咕了好一阵,然后记者向我们宣布:“各位,目的地,工厂家属区。”接着领导们钻进了汽车里,车尾冒出一股浓烟,领导们走了。

然后记者又过来和冉诗人嘀咕了一阵,接着记者又钻进汽车里走了。

再然后,冉诗人去和老为嘀咕了一阵,接着冉诗人钻进汽车里走了。

整个队伍就剩下我和老为,以及四位律师了,我们打算回去了,先去工厂区门口接两名“病员”姚叶丹和易万怡。

我问老为,“领导们去干吗了?这么神神秘秘的。”

“乡政府的送他们回县城啊,然后吃饭啊,档次不能低了!”老为故意很大声地说。

回到宾馆。老为向我交代了任务,还说不完成任务不准吃饭,因为该任务关系重大。

任务其实不难,就是写一篇通讯稿,主要意思是领导们亲切看望浮萍乡工厂家属区的人们,赞扬工人们为集体为家乡艰苦奋斗的精神。

我回忆起了自己高中当小记者时写过的校长亲切看望高三同学的通

讯稿。

我认认真真地回忆了一遍，觉得按照那篇稿子“改写”，很快把任务完成了：

今天，阳光明媚，县委有关领导在浮萍乡乡政府领导的陪同下，去看望了浮萍乡工厂区的工人们。领导们被工人兄弟的敬业精神所深深感动，给他们送上了发自肺腑的温暖人心的祝福的话，勉励他们要认真工作，做21世纪的“五好青年”。

之后领导前往了工厂家属区，与每家住户亲切交谈，拉拉家常，让住户们感觉到了春风般的温暖。

临出门的时候，领导们握着住户们的手，语重心长地说：“你们要好好生活，好好工作。我们以后再见！”

如此充实的几个小时飞快结束，我们希望能有更多像今天一样的美好日子。

五十

中午的时候我给伍琦打了个电话过去，打算告诉他下午要去他住的小区采风的消息，结果一接通电话，伍琦特别激动地和我说，“你们能不能以后多来几次？”

因为下午有领导要来，记者要来拍摄，伍琦他们家作为“被采访户”上午就有人来给他们交代注意事项了，伍琦所工作的工厂也特别放了他一天假。伍琦说张舒觉得这是个好机会，然后要求伍琦到时候别说话，全部由张舒一个人说。

为此，张舒破天荒地下了一次厨，给伍琦做了一顿丰盛的午餐，是伍琦自从结婚以来第一次享受这样的待遇，伍琦心里说不出的高兴……

“不说了，下午见，你能不能到时候让记者多拍拍我？”伍琦似乎在很认真地问。

“你到时候不说话就能多拍你了。”

“哈哈，好的。下午见。”

我有点迫不及待挂掉电话，我开始有些害怕听伍琦说他和张舒之间的各种纠葛，也开始隐隐担忧我未来结婚后的日子。

下午两点冉诗人给我们一张“注意事项细则”。列出了很多条条款款，主要意思是采风很快就要结束了，越临近越应该保证不出乱子。要求我们都按照表上的条款来约束自己的行为。

对于今天下午的新农村小区采风来说，注意事项一共三点。第一，一切行动听从安排。第二，有任何疑问请询问各自小组组长，出岔子了小组组长负有责任。第三，最重要的，说话要慎重，一定要慎重。

今天下午的任务是协助记者拍摄好新农村小区的十位“优秀住户代表”，在之后的写的文章里面要重点写到优秀住户代表的不畏艰苦勇于奋斗的可贵精神。

下午三点，宾馆外四辆汽车车尾同时冒出浓烟，出发了！目的地，浮萍乡新农村小区！

在车上老为和易万怡一个劲儿开我玩笑，问我当年和她们有没有一段故事之类的话——要采访的十位“优秀住户代表”里面其中有六位是我同学，有一位是我发小伍琦，另外三位是以前的邻居——我感觉这次采风像我的老友会。

易万怡故意装作很尖的声音问我，“李先生，您能不能讲一下您这些女同学当年谁更漂亮呢？您更喜欢谁呢？不要害羞嘛……”

老为接着又拍了我一下，他开始和易万怡一唱一和：“唉，阿藤呐，其实我特别理解你现在的心情。即将看到了自己的小学同学，也许那就是初恋呢，也许初恋就变成人家的妻子呢，也许初恋变得更漂亮呢。那种心情实在会很不安，很忐忑……唉，多么美好的青春啊，可惜我的青春早已经随风飘走喽！”

“李先生，请您讲一下。请不要害羞，再严重警告一遍，不然等会儿我去给你初恋说你的丑事。哼!”易万怡仍然“不依不饶”。

老为和易万怡就这样像说相声似的开着我玩笑，汽车很快抵达了新农村小区。在门口我看到了统一服装分列两边的女生，我觉得特别惊讶，因为在我的印象里新农村小区是个冷清至极的地方。

我们下车后，那些女生开始喊：“欢迎！欢迎!! 热烈欢迎!!!”然后，熊副书记很大气地向她们挥手致意。

这情景让我不由得想起了自己的小学时候，某某某领导要来视察，提前很多天就会被老师拉去排练，力求整齐万无一失。等到领导正式来的那天，就很早去门口站好，时刻准备着喊：“欢迎！欢迎!! 热烈欢迎!!!”

我走了一阵，最后在小区中间的花园长椅上坐下，长椅已经被摆成了相对的两排，优秀代表们已经坐在了靠花台的那一排，笑得很灿烂，从远处看去肯定像十盆盛开的向日葵。记者在协助摄像师在两排长椅之间架设机器，另一位记者在跟已经等待多时的优秀住户代表交代拍摄时的注意事项，我隐隐约约地听到一些话：“你们注意，不要乱说话，因为在录像，之前发给你们的东西都背熟了吧？严格按照那个上面来，我们争取早点完工……”冉诗人吩咐我们先站到一边，等正式开始录制了，迅速站在优秀住户代表所坐的长椅后面去……

我站的这地方能很清楚地看到优秀住户代表们的表情，我看到伍琦和张舒都很高兴的样子，虽然令他们高兴的事情可能不一样。曾荔，长大了，还是那么漂亮，杨林伟，也长大了，更黑了。三位老邻居蒲书柏，蒲书瑜，蒲书云，他们还是和我印象里的一样，永远不苟言笑，一脸严肃。其他几位我看了很久也想了很久，真的想不起来他们到底叫什么名字，只得在心里默默告诉自己：“你还很年轻，你记性很好!!”

十五分钟之后，拍摄正式开始。

最先是记者在人群中间拿着话筒说：“各位观众，各位观众。您即将收看到的是浮萍乡乡政府领导与新农村小区优秀住户代表的座谈会。今天，我们不分官民，不分穷富，我们像朋友一样聊天。”

记者飞快跑到了一边，我们在镜头拍领导们时迅速站到了优秀住户代表所坐长椅后面。

开始！

张舒率先向熊副书记提问："请问熊副书记，咱们乡里对于年轻人就业有没有什么扶持政策？另外，您能说一下乡政府今年招公务员具体有哪些要求吗？"

我看到了坐在对面的领导们全部愣住了，全部都欲言又止的样子，应该是他们在诧异为什么这个女人不按照事先安排好的来。

"重拍！"摄像师突然大喊了一声，也缓解了现场的尴尬气氛。

"开始！"隔了一会儿摄像师又大喊道，领导们和优秀住户代表立刻收住了表情，一脸严肃，看得出又迫切想挤出一点亲切或者喜悦。

"你们好啊！"熊副书记说着起身去与优秀住户代表握手。

"挺好的，谢谢领导关心。"我听到和领导握手的十个人都说了这句话。

熊副书记回到座位上之后又说："作家协会的作家们，我就不和你们握手了。你们也辛苦了！"

我很弄不明白，他们举行座谈会让我们来到底是做什么？我们来了也至少应该安排个座位吧，万一站着睡着了怎么办？

我正在纳闷的时候，他们的对话正式展开了：

熊副书记："你们不要拘束，就当和朋友拉家常一样，越放松越好。你们在生活上有什么需要帮助的，政府一定尽力做到。"

张舒率先说话："没有。但我想问其他的问题。"

其他人除了伍琦一起说："没有。"

熊副书记似乎看见了没有说话的伍琦，问："那个小伙子，你为什么不说话呢？是有什么困难吗？没事，有困难就大胆说出来，有政府帮助你。"

看着这情景我真想出来说："他觉得现在就挺好的，记者在拍他……"

张舒："他说没有。他是我老公，他不善言谈。而且他最近声音嘶哑了，无法说话。有什么问题我可以替他回答。"

熊副书记："声音嘶哑了？他是艺术队的吗？唱歌一定很不错吧？"

张舒："不是。他唱歌比我还难听。其实是我们俩吵架沙哑的。"

熊副书记："呵呵，姑娘你真幽默。"

"停！停!!"摄像师突然很大声地吼，感觉很生气的样子。

"你！出去!"摄像师指着张舒吼道。

最后，两位穿黑衣服像保镖一样的人把张舒架了出去，替代张舒的是秦倩倩。

拍摄继续。领导们和优秀住户代表跟演话剧对台词似的说了很久很久，我觉得自己站着都能睡着了。

其间重拍了一次，因为伍琦和蒲书云的表情不到位，表情太严肃了，没有笑。

我快睡着的时候，突然摄像师宣布"停!"接着我们被通知任务完成了，可以离开了。优秀住户代表被安排站在了一排，像要接受检阅的士兵。

"开始!"摄像师又大声地喊道。接着那位拿话筒的记者又出现了，对摄像机镜头说："各位观众，各位观众，浮萍乡乡政府领导与新农村小区优秀住户代表的座谈会到此结束。接下来是向优秀住户代表发放奖金的时候。每人一千元。"

记者迅速跑开，发放奖金仪式立刻开始。摄像师扛着硕大的机器紧紧跟着熊副书记。

"继续努力……继续努力……继续努力……"熊副书记递上红包的时候给每个人都说了同样的话。

优秀住户代表也是说的一样的话："谢谢，谢谢，一定继续努力。"

发放完奖金，那位记者又冒出来了，要对秦倩倩进行采访，询问她的感受和想法。

"首先，我要感谢领导们对我们的厚爱。让我们感觉到了世上还有那么多人在爱着我。然后，我在以后的生活和工作中，一定继续努力，为了自己，为了父母，为了明天。最后，再次感谢领导们和所有在场的朋友。"秦倩倩的话说得很好听，领导们很满足地用力鼓掌。

我很不解，为什么记者要采访一个完全和优秀住户不相干的人，为什么秦倩倩要去换掉张舒——我向老为问了这些问题，他意味深长地对我说：

“等你长大了你就明白了。还有，记住，祸从口出，有些话憋在心里不说，不会死人的。”

冉诗人大概听到我和老为说的内容，一个劲拿像审判犯人的眼神看着我。我不问了，不问了。

“停！录制全部结束了！各位去好好休息吧！”摄像师的话像足球比赛裁判的终场哨一样让人终于解脱了……

“各位观众，各位观众，我们的采风活动到此结束，我们期待以后常来美丽的浮萍乡，我们预祝所有人未来都一路顺利。观众朋友们，再见！”

记者对着摄像机刚说完结束语，伍琦他们都跑去把手里的红包交给了另一位记者，然后记者又给他们每人发了五十元钱。

“这是在干什么？”眼前的情景让我感到十分惊讶和不解。

“你怎么那么多问题？回去！”冉诗人对着我吼道。

“你怎么那么多问题？回去！”老为学着冉诗人的腔调说。

在车上我把肚子里的问题全部问了出来，我一直认为无所不知的老为没让我失望给我全部解答了，他说的最多的一句话就是：“等你长大了你就明白了。还有，记住，祸从口出，有些话憋在心里不说，不会死人的。”

他的原话我觉得相当有文采，相当有水平：“阿藤呐，你小子还太年轻太幼稚，有些事情等你长大了就明白了。记住一句话，祸从口出，有些话憋在心里不说，不会死人的。我这么给你解释吧。你肯定看过电影，电影里除了主角还有配角和群众演员。电影里还有很多道具，比如钱就是其中之一，当然这个钱你肯定不能装进自己的腰包，因为这钱拿了就是犯法的。你能合法拿的只有属于你的那份酬劳，明白我的意思了没？”

“明白了，那等于我们这次当了一回不要钱的背景？”

“也不能这么说。再厉害的演员也是从最底层的做起的，比如周星驰以前演的宋兵。请不要叫我跑龙套的，我是一位演员。哈哈哈……送你一句话，失落时绝不丧气，得意时绝不傲气。明白我的意思了没？”

“明白了，那等于我们这次不花钱看了一场好戏？”

“算了，有空再和你详细讲。你还是完全没有明白的意思，你还太年轻太幼稚，先替你总结出一个词，就是生活如戏。明白我的意思了没?”

“明白了，真的是生活就像演戏啊!”

“你明白了个屁!!”

五十一

出发了，去浮萍乡养牛场，然后去牛肉干加工厂。我对这次采风活动无比期待，因为冉诗人说厂方会给我们每人送牛肉干礼盒。

哈哈，有得吃做事才会更加有动力嘛——易万怡说出了我的心里话。

在车上我像前几天一样，问了老为很多问题。老为不负我给他取的“百科全书”的绰号，一一为我解答了问题。我们的问答如下：

问：“为什么不直接去牛肉干加工厂，去养牛场干吗?”

答：“你吃鸡蛋之前是不是该去见一下下蛋的鸡和养鸡的那些人呢？并且我们这一切都是不需要花一分钱的……”

问：“那养牛场有什么值得参观的地方?”

答：“我看到资料上说的，特色有几点。第一，纯天然，绿色，无污染。第二，最环保的养殖方式。第三，最科学严谨的管理。”

问：“在养牛场参观大概会耗费多少时间?”

答：“最多一个小时。”

问：“我们就只是去参观?”

答：“你还想去做什么事情？你想做其他的事情别人还不让呢，据说养牛场有极其严格的管理标准。”

……

在一个完全陌生的地方，冉诗人通知我们下车等待。我顿时有种即将被运往秘密基地的感觉。大概是十分钟之后，浩浩荡荡的电瓶车大部队向我们驶来，看到那些车我立刻想到了景区里的观光车。冉诗人和其中一位司机说了半天话之后通知我们坐上车去。

又浩浩荡荡地出发了。

司机和我们说，之所以要换乘电瓶车是为了环保，防止汽车尾气对牛生长环境的污染，所以养牛场方圆一公里之内不允许汽车进入……

听完司机说话我心里一个劲儿在嘀咕，总结起来就两句话：第一句，老为说得很对，这个养牛场绝对是纯天然绿色无污染。第二句，这司机和接我们来浮萍乡的汪叔一样，也肯定是接受了专门培训，说话十分顺溜，水平绝对不比一般导游低。

电瓶车开得很慢，看着路边的已经变成一片废墟杂草丛生的房子，远处没有了绿树只有刺眼土黄色的荒山。我仔细地回忆了一下，确定这个地方我真的没有来过，或者，我来过这里但它已经像女孩子一样，“十八变”变成了我完全不熟悉的模样。

电瓶车继续向前行驶着，老为像一尊石像一样靠着一动不动的，像是在思考着什么。我其实心里也特别地感慨，感慨着岁月的流逝和那些已经不复存在的儿时记忆。我不知道此刻自己是个什么样子，但肯定是一脸迷茫不知所措。眼睛暗淡无光。想起了以前语文老师的话：“我的学生们，在你们以后的岁月里请记住，在任何时候都要微笑，因为任何时候任何事情都值得你微笑。”

我正在心里默默忧伤感慨矫情的时候，眼前出现了一道很宏伟但是看起来很破旧的大门。脑海里电光火石一般，出现了结果——这是我母校浮萍乡小学的校门。从校门进去是老教学楼。从老教学楼外的大阶梯而下，能到达新操场和新教学楼。

我很纳闷，为什么我的母校会出现在养牛场附近？电瓶车继续向前行驶着，我离那扇大门又近了一些，看清楚了大门右边的教师墙，墙上的那些面孔我都非常熟悉，可我不明白，为什么十多年了，他们的照片仍然在这面墙上呢？是因为他们一直在这里教书？还是因为换照片的人太懒？

电瓶车开始走下坡路，我越来越觉得这就是要去我的母校，因为去往我母校的新操场和教学楼的那条路上有一个“超级下坡”。

“请下车!”司机停下车之后说道。

下车后我看到了自己熟悉的不能再熟悉的场景——我们站在了我母校的新操场上，只是以前的水泥地全部变成了泥土地，并且长满了很多草——视线所及的最远处很多头牛正在悠闲地晒着太阳。

司机带我们先去养牛场负责人的办公室。

沿着一条新修的公路，司机要带我们去的办公室就在那幢蓝白色相间的大楼内——那幢大楼以前是新修的教师宿舍。

这条路不长，视线很开阔，边走可以边看看四周的风景——到处都一片荒芜，有种很衰败的感觉。牛儿们在悠闲地吃着草，晒着太阳，更像是这一片天地的主人。我们以前打篮球的篮球架下此时三头牛正在一起，应该是在计划什么大事情……

到达办公室后，我的第一反应是：修得真他妈漂亮啊!!

接待我们的人叫邹前仁，他说他认识我，他是看着我长大的。和大家说了很多我小时候的事情之后他终于开始说正事了——他先去拿来了几本资料交给了冉诗人，冉诗人又交给了老为，老为最后又交给了我，老为还轻声地对我说，“老规矩。”

老为说的老规矩就是像前几次采风一样，写一篇游记，介绍采风的地方……

邹前仁接着带我们出门，去参观整个养牛场。

“你们看，那是我们的放养场。我们利用了这里以前是运动场面积大的优势，花费不多将之改建成了放养场。据专家研究表明，放养的动物比圈养的动物肉质至少鲜嫩五倍。另外，你们看，我们将原来的水泥地全部铲除，使之变为了泥土地，并隔了一定距离种上了优质牧草。”

“请随我来。这幢四层的大楼是我们养牛场员工平时工作的地方，第一层是放置牧草的地方以及强对流天气时作为牛儿们的临时住所。第二层是配料室，因为涉及商业秘密，就不请各位进去看了。第三四层是员工的办公室。”

走到四楼，邹前仁领我们进了左手边的房间，进入房间之后所看到的景象让我差点哭出来——他们全部都是我在浮萍乡小学读书时的同学，他们的样貌变化都不大，一眼就认出来了！

邹前仁指派刘秦辉向我们介绍了整个养牛场的具体概况，看来我们都长大了，以前连背课文都很艰难的刘秦辉居然不看稿子还绘声绘色地说了那么多话。听完刘秦辉的介绍，我们准备下楼了。我向冉诗人申请就不去牛肉干加工厂了，和老同学很久不见，想叙叙旧。

“准奏！”冉诗人笑着说。

“准奏！”老为他们学着冉诗人的腔调说。

他们笑着下楼了，我心里正在思考到底该怎么和同学说一句话以及怎么更好地展开话题……

卢林最先问我：“你现在在做什么工作？待遇怎么样？现在还经常打篮球吗？结婚了没有？”

我不知道该如何回答，想了一下，决定挨个回答：“在县城的一家报社做编辑，待遇还行，能养活自己并且还能存下一点钱。不经常打篮球了，要么凑不齐人要么没有时间，而且现在身体素质也不如以前了。结婚还早吧，争取三十岁左右结婚。”

卢林让正在写着些什么的丁中秋过来了，挽着她说：“给你介绍一下，我老婆。丁中秋，你应该不陌生。我们的孩子现在一岁，由我爸妈在抚养。你得抓紧了，也许等你结婚的时候我孩子都快小学毕业了。”

在我们旁边那张桌子工作的冉新也加入来聊天了，问我：“你现在应该混的还不错吧？我记得刚才来的那一群人是作家协会的。你也是那个协会的，应该也很厉害了。”

我真的想把老为他们每次“压迫”我写游记的事情给说出来……

大家都坐在一起来聊天了，逐渐地都开始变得适应了，大家话开始多起来，我开始有种回到小学时下课聊天时的感觉。和他们聊了很久，始终围绕着一个话题：钱。

他们这间办公室里一共十个人，正好五对夫妻。全部都已经有了孩子……

卢林他们对于这个工作都挺满意的。每天上午把牛的牧草和饲料放到指定地方，其他时候都在办公室里，下午派一个人去检查牛的身体情况和进食情况，有变化立刻报告技术人员。晚上睡觉前，再派一个人去检查铁门是否锁好，防止牛夜里跑出。

我问他们每天在办公室除了工作其他时候都干些什么。结果每个人都变得一脸笑容，那种狡黠的笑。卢林给我说他们工作之外可以做的事情不太多，可以上网，看电视，打牌，聊天……

被他们这样一说，我也有点想做这份工作了，这工作怎么看怎么比当编辑要轻松一些。问刘秦辉，来你们这里工作具体需要些什么条件？

“条件不多。首先户籍要在浮萍乡。然后要肯吃苦，最后脑筋要活络。”刘秦辉像客服为顾客解答问题一样说了这句话。

虽然刘秦辉说的已经很清楚了，但我还是有一大堆问题不明白：

第一，刘秦辉他们为什么会来这里工作？什么时候来的？

第二，学校被改建成了养牛场，那么现在的学校在什么地方？

第三，养牛场为什么选在学校？为什么不选在其他地方？

第四，这里的员工都按照什么标准来发放工资？

为我解答这些问题的是刘秦辉他们办公室楼下的李启荣。

李启荣是我发小，比我大四岁。他小学五年级的时候和爸妈一起去了外地，今天是我自那之后再次见到他，和印象里相比，眼前的他看起来稳重至极，成熟至极。

找到李启荣是因为我问了那几个问题之后，刘秦辉说你去找我们老大吧，这些事我们不太方便说。

刘秦辉告诉我，这幢楼的 3 楼一共两个房间，每个房间里有五个人办公，每个人都是会养殖技术的，是我们领导，负责管我们的，每个月工资也比我们多很多。

去到李启荣办公室的时候，他正在和同事说着些什么，我和刘秦辉只好在一旁等待。等了一会儿，李启荣满脸笑意地朝我和刘秦辉走来，说：“对不起，对不起。有点忙，所以怠慢了。不好意思，不好意思。”

我心里立刻冒出了个问号：楼上楼下为什么一个闲死一个忙死？

发现是我之后，李启荣连忙说："等我十分钟，就十分钟。我给他们把事情交代清楚，然后咱哥们去好好叙叙旧。太多年没见了。"

我和李启荣说着话，刘秦辉上楼回自己的办公室了。李启荣说完后继续去忙了，留下我一个人站在这个楼道里。

这楼道我像熟悉自己家里一样熟悉，小学三年级时的教室李启荣他们现在的办公室。那时候下课了就会在楼道里和同学打闹，或者趴在栏杆边看操场上打篮球的人，幻想自己以后打篮球如何如何的厉害。上了五年级，自己也开始打篮球了，也开始经常下午放学后和六年级的打篮球比赛，每次都能看到教学楼的栏杆边趴满了人在看着球场上发生的一切。作为在球场上奔跑的我们会觉得很满足，有成就感。

在我上四年级的时候来了一位很漂亮的女老师，她很爱打篮球，她在操场打篮球的时候，我们班男生下课后会整齐地趴在栏杆边看她打球……

"久等了。"我正在回忆的时候李启荣出来了。

李启荣带我往会客厅走，他给我说会客厅就在以前的教师办公室那幢大楼内，大楼现在被改建成了"展览大楼"。二楼摆放着各式各样的成品牛肉干或牛肉干礼盒，主要用于送给来访的客人。三到四楼是领导们的办公室，以及养牛场的会客厅和会议室。一楼是那些电瓶车司机们休息的地方，他们在大楼外的空地上调试电瓶车。大楼的顶楼全部是领导们的寝室，里面的设施特别好，我们这些打工仔除了羡慕还是羡慕……

李启荣就这么给我介绍着，我们走到了那幢大楼前。李启荣拿出钥匙，开门，然后像主人一样对我说："进来坐，不要拘束，随意点，喝茶还是喝果汁？"

"喝白开水。谢谢。"我学着电视剧里去别人家做客的那种腔调说……

"哈哈，你小子还跟我来劲了不是。要喝白开水自己来倒！"李启荣"愤怒地"把纸杯砸在了饮水机上面。

"就聊天何必那么郑重其事的啊？还跑这么远，你减肥呐？"我把一直憋在心里的这些话给说了出来，之前担心说了会让两人觉得尴尬，虽然以前很熟但毕竟也十多年没见了，说话必须得注意一点——中学时我妈经常对我进行为人处世说话方面的教育……

“哈哈，我就知道你肯定会这么问。其实你小子还嫩。咱俩在其他地方聊天，如果被领导看见了，怎么解释？你来养牛场参观我给你介绍？那为什么只在一个地方聊天呢？你是那什么作家协会的，但和你一起来的那些人都回去了。如果说就是在聊天，那么我这个月的奖金就不准备要了。所以来这里是最保险的。你小子懂了没有？”李启荣说这些话时的样子让我有种很想抽他的冲动……

我们俩像作报告似的说了各自这些年的情况。李启荣活得比我有目标，并且还在为之奋斗。他在广州和父母打工时听说老家要建养牛场，因为知道牛肉干很贵推测出养牛场工资不低，然后去报名了夜校。两年后，养牛场建成开始招人的时候，李启荣第一时间回去应聘，很顺利地过关了。用 15 天转为了正式员工，每月底薪三千元，奖金按每月业绩而定，最多的一个月李启荣拿了八千块。

“嗯。我觉得我就像个无头苍蝇，到处乱撞。幸运的是，我不断遇到了贵人，他们告诉我，跟我来，我能帮助你。只要你自己努力你就能以后过的好一些。最后，我就到了现在这样。好了，我说完了。”

说完各自的经历，李启荣很郑重地回答了我的那四个问题：

第一个问题：养牛场三年前正式改建完毕。第二个月开始招人，员工分三个类别。第一类高层管理人员，要求 40 岁以上，有管理经验。第二类是中层技术人员，要求大学专科以上文凭，畜牧专业毕业。第三类是底层经营人员，只有一个要求，就是户籍要在浮萍乡。

第二个问题：现在没有学校。适龄孩子分两种安置方法。第一种是政府补贴一些钱让有适龄孩子的家庭去有小学的乡镇。第二种是政府补贴大学生钱，大学生利用业余时间或者周末教孩子功课。因为搬迁等原因，现在浮萍乡没有该上学的适龄孩子。

“为什么要让他们搬走？有具体的国家政策出台吗？”我打断了李启荣。

“国家政策？别扯了，在这种山高皇帝远的地方乡政府领导的话就是政策，你不遵守你就没有好日子过或者干脆早点滚蛋。”李启荣变得有些愤怒。

“唉……那你继续说吧。”

第三个问题，把学校改建成养牛场有几点原因。第一，学校的面积大，适于放养。第二，老牟说，就是那算命先生老牟说，这里的风水特别好。第三，学校很多现有的建筑只需要稍稍改建即可变为养牛场的设施。因此不需要投入太多资金。

最后一个问题，和招员工的类别是一样的。钱拿得最多的是高层管理人员，他们每月底薪一万，加上奖金之类的每月至少能有两万块钱。不过，整个养牛场这个级别的员工不到五位。他们都是乡政府领导的亲戚。然后是像我这样的中层技术人员。具体的前面说了。我每月最多能拿到八千。最后是底层经营人员。他们的工作很繁杂但都不难。像卢林他们，每月底薪一千五，加上奖金之类的最多能拿到四千块。

问题回答完了，李启荣在喝水，我脑子突然冒出很多想法和问题，但不知道怎么把那些想法和问题给表达出来。

“那你怎么评价乡政府的这些政策呢?”我突然从嘴里冒出了这句话。

“四个字：断子绝孙。”李启荣斩钉截铁地说。

“兄台，可否告知您出此言的缘由呢?”我学着京剧里的唱腔说，李启荣突然笑了起来，我也笑了起来……

“李藤兄，且听我痛陈乡政府‘大老爷’们的罪行。”

“兄台请说罢!”我觉得应该配上一个京剧旦角的眼神……

“其实这些就是乡政府无耻追求政绩的罪证。没了学校，该上学的孩子们就没有地方念书了。不念书不学习就没有文化，就更别谈去改变家乡现在落后的现状了。如果都不学习，那我们的后代，后代的后代，跟原始人有什么区别呢? 现在的乡政府为了金钱毁了教育。你说这是不是断子绝孙的政策呢?”李启荣忽然变得歇斯底里起来。

“兄台，小声点罢。小心隔墙有耳。”

我问李启荣的长远打算是啥。他很平静眼神很坚定地给我说：“我现在准备报考中国农业大学的研究生，现在我辛苦点，以后孩子能幸福点。”

整个气氛开始变得有些凝重的时候，李启荣的手机响了，接完电话后他对我说，“阿藤，我得去工作了。这个周末你不回去的话咱们聚一聚。”

跟李启荣一起下楼，他在一楼的柜台里拿了一包牛肉干送给我，说：“算送你的礼物。我钱不多，就只送得起这个了。希望别见怪。”

“别整得这么伤感，要不要我马上掉眼泪呢?”我说。

“阿藤。有些事情你以后就明白了。”

“再说一遍，别整得这么伤感，不说了，拜拜。”

“哈哈。古德拜。”

李启荣向他的办公室那里走，我往回走。

一个人走在刚刚坐电瓶车来时的路上，我想到很多。想到小时候我们在张阿姨家门口等待吃牛肉干的情景，以及张阿姨给了我们一包刚包装好的牛肉干之后我们狂喜的心情。想到小学时在学校和同学的各种调皮捣蛋，以及现在我们长大了各种没法调皮捣蛋。

走着走着，我看到路边的围墙上出现很多条标语：“百年大计，养牛为本”“养牛能开拓人的智力”“十年树木，百年养牛”……

所有原来为“教育”的词语都被人改为了“养牛”，那些改掉句子的人将原句的“教育”打上了一个巨大的“×”。

视线越过围墙，我看到远处教学楼楼顶有一排很显眼的标语：“一切为了孩子，为了孩子一切，为了一切孩子。”

五十二

下午要去的是浮萍乡百年老街，记者会去拍摄，并且会去很多游客，场面会特别热闹。我很期待下午的采风活动，很期待看到那些“古法造纸”“古法制衣”传人的真面目，以及期待看到我去时冷清至极的百年老街到底变成了一幅怎样的热闹场面。

上午我回到宾馆的时候，老为正靠在床上边看电视边吃牛肉干，看起来十分悠闲。看到我之后故意发出“唉，怎么这么好吃”的声音……

“老规矩，写游记。写完了我的那份牛肉干礼盒就归你了。你的那份我送给开车的司机了，你看我多么地大方啊，哈哈，你应该向我学习……”老为坐起身噼里啪啦地对我说了这些话。

因为之前李启荣说的那些话，我对这个浮萍乡养牛场极其反感，极其不想去写所谓的游记。

我问老为，你们从办公室离开之后又去干了些什么？

老为提高了声调，“做了太多的事情了。我从头到尾给你说一遍啊。最先是走路，走路，走到了展览大楼，然后等礼盒。接着又走路，然后坐上了电瓶车，接着下电瓶车。然后走路，坐上汽车，下了汽车。走路，上楼梯，走路，拿钥匙，开门，关门。OK，结束。”

“你们从办公室离开之后去了展览大楼拿礼盒，然后就回去了？没去牛肉干加工厂？”

“是啊，你小子怎么突然变得这么聪明了？”

“……”

“老实点啊，写游记。”说完话老为继续悠闲地看电视……

我实在不想写这个所谓的游记，但目前的情况看，不写基本是不可能的。我先把从养牛场带回来的一叠资料翻了一遍，把需要用到游记里面的内容标出来。然后开始用电脑打字，把那些资料像拼图一样组成一篇文章……

我全神贯注盯着电脑屏幕，手指飞快地动着，恨不得长出三头六臂以最快的速度把这篇文章敲完。

一小时二十分钟。文章完成，准备交给老为审阅。

靠在床上看电视的老为慵懒地起身，对我说了一句：“打字哥，你好。”

“哈哈，不好。礼盒给我了才好。”

老为看完了文章后语重心长地对我说：“有些事情作为长辈我应该告诉你，有些道理我也应该教你。”

“长辈请讲。晚辈洗耳恭听。”

“好。第一点，你应该学会观察细节。比如，注意听领导的话，看领导的表情。这些细节往往能够说明很多东西。第二点，做事情的时候不要锋芒太露，这个社会，优秀的人很多，但庸人也不少，狡猾歹毒的庸人也不在少数。有句话好像是这么说的‘木秀于林风必摧之’。差不多就这个意思。第三点，你这篇文章我觉得写得特别聪明。哈哈!”

“长辈。请详细解释一下第三点。谢谢。”

“好。你注意听。首先就拿上午的采风来说，没有领导也没有记者，这说明什么问题？说明这次并不那么受重视，随之你写的游记马虎一点，甚至拼凑都没有太大的问题。像去工厂区和下午去百年老街的游记，你就不能马虎了。必须认真写。原因我想你应该明白了……”

下午三点。从宾馆准时出发。不到十分钟，汽车便在百年老街的“城门口”停下了。摄像师和记者最先下车，记者对着摄像机镜头说：“各位观众，各位观众，您即将收看到的是新阳县作家协会浮萍乡采风活动中很重要的一站——百年老街。浮萍乡百年老街历史悠久，文化底蕴深厚，还保留着很多优秀的传统文化，游客们也可以亲身体验如制作油纸伞的乐趣。下面请跟随我们的摄像机镜头去看看吧。”

走过“城门口”的时候我朝门卫室望了望，以为能看到那位工作清闲但“铁面无私”的门卫，结果只看到了一位穿着制服的年轻女性，十分漂亮。我脑子里顿时冒出一个念头：为什么但凡有点规模的事情在浮萍乡总能看到年轻的女性……想到这里，我想起了秦倩倩——在整个队伍里找了一遍，终于，在队伍的最后面找到了秦倩倩，她穿着牛仔裤和白 T 恤，显得格外的阳光，有点像我小时候我看过的漫画《灌篮高手》里面的晴子。她很开心地告诉我：“我今天没有工作，我也是和你们一样，来参观来游玩的。”

走进了百年老街，眼前的景象和传进耳朵里面的声音让我有点懵，让我再次产生了来到电视剧拍摄现场的感觉。我看到了很多人来来往往，每一家看起来很古朴的店铺门前都聚集着不少人。最让人感到惊讶的是，这些人都穿着古人的衣服。看看他们，再看看我们，我脑海出现了这样一段情景：21世纪，新阳县作家协会的成员们因为触碰到了某种神秘的力量，穿越到了几百年前，此刻正站在古代的集市上面发呆……

“各位，下面我们请导游来给我们介绍下。”顺着记者指的方向看到刚才门卫室的那位年轻女性款款向我们走来。

年轻女性拿过话筒，看到摄像机镜头，开始说：“各位观众大家好，我是本次采风活动的导游。我负责给大家解说介绍。如诸位所见，那些身穿古人衣服的人是从全国各地慕名而来的游客。为了弘扬我国的传统文化。我们特地举行了穿汉服门票打折的优惠活动。下面大家请随我来。”

摄像师把镜头从导游身上移开，快步向前，准备去拍摄那些“古人”。

“你为什么不当导游了？”我问秦倩倩。

“水平不够。”

“她水平比你高？我实在没看出来……”我指了下正在和记者交流些什么的导游。

“你眼睛四百度近视，看不出来不怪你……”

“哈哈，原来你也有弱点，也有不懂的地方啊。你在我心里一直是无所不知的女神呢。”我有点放肆地笑着，也许因为四周太过于吵闹，大家才没有注意到我。

“切。他对每个女生都这么说的。你不要听他的鬼话。”一旁的易万怡听到我的话之后有点愤慨地说。

“嗯。我对很多女生都说过。有秦倩倩一号，秦倩倩二号……”

“切！”易万怡依然很愤慨。

“你给我点面子你能死啊大姐。”

易万怡不说话了，去找姚叶丹聊天了。桂正红正拿着相机在拍照，四位律师像葫芦娃一样始终在一起，老为和冉诗人走在最前面和熊副书记他们聊天，远远看去有黑社会老大的感觉。记者跟摄像师像小两口似走在一起，那位美女导游走在前面，不知道要把我们带往哪里——我眼前的景象就是这样，毫无新意，毫无生气。让我觉得无聊，极度无聊。原本以为我们会从城门口开始挨个看每家店铺，结果在导游的带领下像蔫了的茄子走在人山人海、人声鼎沸的百年老街上……

这条街走到尽头了，导游也终于停了下来，然后走向了“古法气功”那家店铺。

这一路走过来我感觉自己变成了古代的官老爷，上街的阵仗特别大，哪怕人山人海也会给我们让出一条宽敞的路。我有点后悔没请两个人分别举着写有“回避”和“肃静”的木牌。

我们走近“古法气功”那家店铺，原本在店铺的客人纷纷走开了，还向我们投来奇怪的眼神。

突然那位记者冒出来了，跑去采访店铺里光着膀子肌肉发达的汉子。“您好。请问您要为大家表演什么呢?”

“胸口碎大石，单手劈砖，钢筋锁喉，腹部吸碗……”汉子一口气说了很多我在看杂技团表演时听说过的名词。

“啊？那会不会有危险?”记者突然很大声地感叹道，有种莫名的喜感。

“有。但是对我来说，没有。我是习武之人，我即将表演的这些是我们中华武术中气功的精华部分。我将竭尽全力为大家表演好。请大家鼓鼓掌!”汉子的说话声让我想起了《水浒传》里面的李逵。

“你了解这家店铺的情况吗?”我问身旁的秦倩倩。

秦倩倩没说话，一脸微笑地看着我。

我拉着秦倩倩往外走，走到离店铺有些远的地方了，秦倩倩说：“看来咱们挺有默契的啊，不错，不错。你居然这么快就明白我的意思了。”

“说吧。心机重的女人。”

“哈哈。心机重代表成熟。情商高。关于百年老街的资料我以前看过，现在还能记起一些。你真的要听?”

“废话!”

“哈哈。你这性格就是情商为负的典型表现。那我真的说了啊。首先，你知道乡政府建设什么百年老街完完全全是为了钱。那么这些什么‘古法气功’‘古法造纸’都是假的。说句粗话就是——扯淡！就刚才要表演胸口碎大石的那个人，如果我没记错的话他应该是邻县杂技团的。然后另外几家店铺，‘古法制衣’那一家的店主应该就是服装厂的退休职工。‘古法篆刻’

就是原来乡里为别人刻印章的老人。既然是有一个‘古’字，就应该找年纪大的。你说他们想得多周到。哈哈。下面‘古法酿酒’的店主你应该知道是做什么的了吧？”

“酒厂的退休职工。我记得进来第一家店铺是‘古法造纸’那家的店主是造纸厂的退休职工？”

“不是。是邻乡学校已经退了休的语文老师。他一直对造纸很有研究。”

“……”

“那我继续说。该说这些店铺对面的店铺了。我记得只有‘木匠世家’那一家是以前浮萍乡真正的木匠。其他的店铺全部都是请的民间手艺人，据说请他们费用不菲呢。然后还有一位102岁的老人，他练了大半生太极拳了。”

“唷，小样儿记性挺不错的嘛。还剩下没说的是不是替人看风水算命的老牟？”

“嗯。你记性也不错。虽然比起我来还差很多。哈哈哈！”秦倩倩笑得很灿烂，像夏天盛开的荷花。

“你厚颜无耻到了一种难以企及的境界。厚颜就是化很浓的妆，无齿就是牙齿掉光。哈哈哈哈！”

和秦倩倩正斗嘴的时候老为来叫我们走了，下一地点。

老为说的下一地方是“古法篆刻”。店主给我们每人送了一枚印章，印章上面是我们各自的名字。店主满头白发，气色不错，为我们的这些个印章他应该没少忙碌。

我问店主：“您这家店为什么要叫‘古法篆刻’呐？”

“篆刻历史悠久。篆刻的技术也历史悠久，传承了很多代人。所以叫‘古法篆刻’。”导游接过话头说道。

“走了，下一地点。木匠世家！”导游这次说得很大声。

我给秦倩倩说，“说真话时声音比较大，对不对？对！”

秦倩倩没说话，只是微笑。大概她是为了保持很好的仪态……

走到“木匠世家”之前，我们去看了“古法酿酒”“古法造纸”两家店铺，但停留的时间都不超过三分钟。导游两次都说了同一句话：“他们好忙碌啊，我们不打扰了！”

走进“木匠世家”那家店铺之后，看到里面忙碌的人我无比高兴，想大声地吼出来。店里面三个人都认识，很熟悉很熟悉。一位是余念，外号叫“彩电”，因为以前经常念叨，“老子要赚大钱，买一台大彩电，天天看球赛！”一位是张生，他老婆叫冉琳琳，我们以前管她叫“崔大姐”。还有一位是孙行，我们叫他孙行者。

他们也认出了我，只是对我说了句：“小伙子都长成大人了，可以娶媳妇了。有机会再见。”

说完后他们继续去忙碌了。那情景和我小学时放学后去他们店里看到的情景比起来变化不大，只是换了地方，我们都年纪大了一些。

摄像师去店铺内拍摄了一会儿，然后我们就离开了。去“纸风筝”那家店铺。导游说等会儿会有一个名为“放飞希望”的活动。

那个活动是这样子的：每个人去拿一只纸风筝，然后去“毛笔制作”那家店里拿毛笔，用毛笔在风筝上写下你要祝福的人的名字，或者写一句祝福的话。

秦倩倩和我打赌，猜我一定不会写她的名字。

摄像师在拍熊副书记他们，我们在一旁自顾自地忙碌着，同时准备着被摄像机拍到后立马变成认真严肃的样子。

“李藤。”秦倩倩在风筝上写下了我的名字，我突然觉得脑子一热，知道在风筝上写什么最好了。

“你猜得没错。我肯定不会写你的名字。”我对秦倩倩说道，然后在风筝上写下“熊建斌”三个字。

秦倩倩看到这三个字后整个人都愣住了，像被抽走了灵魂。

大家都写好了之后，店主又拿出了一堆孔明灯，导游马上解释：“由于我们今天场地限制，不太好放风筝。所以改用孔明灯。”

记者接过导游的话头说：“孔明灯和风筝一样，也能飞翔。也能放飞我们的祝福到天空。”

我突然觉得这记者的水平提高了好几个档次。

每个人在店主发的纸条上写上了要祝福的人的名或一句祝福的话。然后把纸条放入孔明灯。

一！二!! 三!!! 放！起飞喽!!

十几只孔明灯带着我们的祝福一起飞向了天空。

“飞吧。有多远飞多远。不要再回来。”秦倩倩很大声地说。

五十三

这会儿是上午八点多，我和老为正在房间里吃早饭，十点钟“浮萍乡节”才开幕，所以现在有大把的空闲时间。

今天是我们在浮萍乡的第六天。我们的采风任务在昨天已经结束。接下来还要在浮萍乡待一天半，参加星期六整天的“浮萍乡节”，以及星期天上午的“特别活动”。既然任务完成了，我们也没有了写游记之类的后顾之忧，可以放心大胆放肆地玩了。老为告诉我，今天是两年一度的浮萍乡节，是现在浮萍乡最盛大的节日。到时候会来非常多非常多的人，场面会十分宏大。堪比外国的“狂欢节”。老为的话我现在连标点符号都不相信了，我问他：“你肯定知道昨天在百年老街的店主和游客到底是干什么的，你敢不敢说请那些人到底花了多少钱？今天还是他们出场表演？”

“犀利！十分犀利!!”夸完之后老为突然变得面无表情，“我给你说，那些情况我肯定是知道的。但是我一个字也不会告诉你。还有，你这些话被冉诗人听到你就死定了，奥特曼也救不了你。”

我不知道说什么。继续低头吃饭。

“小伙子。我郑重地问你一件事。你必须认真回答我。”老为突然说道。

“问吧。老家伙。”

“你觉得那位叫秦倩倩的姑娘怎么样？我要听真心话。客套话就别说了。”看老为的样子并不是像在开玩笑。

“很好啊。很漂亮。性格也不错。而且也很理解人。”

“做你女朋友怎么样?”

“求之不得啊。怎么?你还惦记着我的婚姻问题呢?”

“废话，你以为当大哥容易啊。那就这么说定了啊，我把秦倩倩介绍给你做女朋友，她其实对你印象也不错。”说完话老为去床头拿来了手机，然后拨号，“喂，小秦姑娘吗?我是你范叔叔，你现在有空吗?我有事情找你，你能来我宾馆房间一下吗?”

“啃呵，我是你范叔叔?你是怎么要到人家手机号码的?要不要我去把这件事报告嫂子啊?怕了啊?那赶紧想办法收买我，封口费什么的不能太少。”

“你赶紧去报告，正好让她看看你小子是个什么德性。该正经的时候不正经，比我年轻的时候还不正经，以后找不到老婆有你哭的。”

……

我们吃完早饭在看新闻的时候秦倩倩敲门进来了，还是穿着牛仔裤白T恤。老为看到秦倩倩后有些迫不及待地说:“快坐!快坐!”

在问秦倩倩吃过早饭没、昨天睡得好不好之类的问题之后，老为进入正题了，“小秦姑娘，你觉得这位叫李藤的小朋友怎么样呢?他对你印象特别好。”老为俨然一位资深红娘……

“很好啊，很有才华，而且很理解人。”

“哈哈，所以长得太老不是问题?”

我突然觉得老为这人一点儿都不靠谱。

“我觉得还好吧。”

“那你们谈恋爱怎么样?”老为戳中了主题。

“很好啊。我没问题。只是我担心李藤会有问题。毕竟我不像一般女生……”秦倩倩欲言又止的样子。

秦倩倩让人感觉情绪突然变得很低落。我明白她为什么变得这个样子。我告诉她，昨天下午放飞孔明灯的时候，我写“熊建斌”的意思是，希望熊建斌随着风筝飞走，飞得越远越好，永远不要再回来，再也不要来祸害别人。

“其实你应该去找一颗鸡蛋来，然后写上‘熊建斌’。然后像打保龄球一样让蛋滚动，意思是叫熊建斌滚蛋。滚得越远越好。”老为笑着说道，他应该是知道秦倩倩和熊建斌之间的事情的。

“哈哈哈哈！”秦倩倩很开心地笑着。认识她几天来我很少见她这样笑过。

“好了。好了。我们继续说正事。我觉得你们俩可以谈个恋爱，你们俩真的挺合适的。小秦姑娘说没问题。那我做主了啊。李藤你要主动点。”我确定老为是认真了的。

老为的话让我有些不知所措，有些纠结，一方面能有这么一美女说和我谈恋爱没问题，这种事情真的求之不得啊。另一方面，秦倩倩比我大四岁。肯定很快要结婚的。可是结婚我现在一点准备都没有。

秦倩倩没说话，若有所思的样子。我在纠结，很纠结。也没说话。老为在等待我们俩表态。气氛因此变得有点尴尬。

“好了。我做主了。李藤，你主动点。去追求小秦姑娘吧，她值得你追求。还有，你们俩真的在一起了，李藤的目标要是结婚，因为谈恋爱不以结婚为目的就是要流氓。另外，以后缺钱了，尽管来找我。我尽力帮忙。”老为很严肃地说。

“那行吧。我努力。”我说。

“嗯。我觉得这个主意不错。”秦倩倩说。

九点四十分冉诗人来通知我们出发去会场了，会场在一个十字路口，没有座位。所有人只能站在主席台边。

十点钟，身穿西装的熊副书记意气风发地走上主席台，噼里啪啦说了一堆话，最后宣布“第十届浮萍乡节开幕！”

“噗！”秦倩倩突然笑了。我问她怎么了，她说，没忍住……

记得老为说浮萍乡节两年一届，这是第十届，那么浮萍乡节二十年前就开始举办了，在浮萍乡生活了很多年的我真的没有听说过这个节日。

熊副书记下去后走上主席台的是一位看起来很干练的中年女人，她介绍自己是此次浮萍乡节的策划部部长。她介绍了浮萍乡节的整体情况，节日一共持续两天。今天，星期六，白天，游客们可以参加游园会，参观浮萍乡美丽的街道，参观工厂，蔬菜基地。也可以去登山，去山顶桃源。晚上，我们有烤全羊宴，篝火晚会。明天，星期天，白天，有很多项民俗体验项目。下午，是我们的闭幕仪式。

听完这位女策划部部长的介绍，我想立刻回家去。因为她说的这些游玩项目，其实都是我们采风去过的地方。本来那些地方给我留下的印象就很不好，还让我去第二次，我实在有些不大愿意。

我问秦倩倩："作为前导游，你有新鲜一点的游玩项目可以介绍吗?"

秦倩倩想了一会儿说："有！绝对有!"

我们俩脱离大部队走了，去找秦倩倩说的新鲜点的游玩项目。

拐了很多个弯，终于到了。是一条一眼能看到尽头的街道。秦倩倩介绍说："这里是历史体验区，收藏了很多能代表浮萍乡不同历史时期的东西。"

"他们连学校都敢拆，会整一个什么历史体验区?"

"哈哈。其实我也不相信。但后来我相信了。据说设置这个历史体验区的初衷是因为要申请历史文化小镇，乡政府紧急去外地请古玩加工厂做了一批现在我们看到的那些东西。"秦倩倩说话的样子让我想起了老为——博学多才，无所不知。

走着走着我发现了一家发电机店。问秦倩倩："那些发电机也是古玩加工厂的人做的?"

"不是。这就是普通的发电机。就是那种发动起来会有很大轰隆声的发电机。"秦倩倩继续很认真地说，"你应该知道，农村没有'农网改造'之前电压是极其不稳定的。像洗衣机、空调之类的电器根本不能用。而且，夏天电压负荷大，停电成了家常便饭。于是发电机就派上用场了。可以说发电机见证了浮萍乡从很落后走向初步现代化的过程。所以将它放入了历史体验区。"

"说得好！说得好!"我边鼓掌边说。

“谢谢。这是我应该能了解的知识。哈哈哈!”秦倩倩被自己的不谦虚给逗笑了。

我们俩继续往前走，看到了各种农具，以及卖农作物种子的，还有卖汽车模型的，卖关羽像的，卖泥塑的……

这些我基本都能明白，只是卖汽车模型的这个实在弄不明白。问了秦倩倩，她说：“不行。我们做个交易。你看到有卖关羽像的，那是为了纪念以前的关羽庙。你是浮萍乡长大的，肯定知道关羽庙的故事。我很好奇那些故事，你给我讲，然后我就告诉你为什么这里有卖汽车模型的。如何?”

“你先说。”

“好。因为浮萍乡是整个新阳县最早有人买汽车的。以前也是拥有汽车数量最多的乡。所以应该把这段历史记住。没法卖真汽车，所以就卖汽车模型了。哈哈，我说完了。够详细吧。下面该你说了。”秦倩倩脸上露出得意的神情。

关于关羽庙其实我能记起的也不多。小学时听我爷爷说过，我们学校的老教学楼以前就是关羽庙改建的。改建好像是在1991年，那时候我还不知道在什么地方。在当时学校校长的组织下，拆除了庙里的关羽像，以及那些被认为是“封建迷信”的物件。后来就剩下了一间空荡荡的庙宇了。在之后的两年内，那些参与拆除的人因为不同的原因陆续死去。最后，学校的老教学楼变成了一个很神圣的地方……

“讲完了。”我一脸坏笑地看着秦倩倩说。

“你也讲得够详细的嘛……”

“哈哈，谢谢夸奖!”

和秦倩倩从历史体验区出来，接着准备去农家乐休息。在途中我们看到了身穿五颜六色衣服的老年腰鼓队和一出很滑稽的小丑表演，可惜小丑的观众们始终是一脸严肃。除了看到的这些事情，其他情景和我小时候在老家赶集时看到的一模一样。

“你请我吃东西。我给你讲两个关于生死的有点沉重的故事。好不好?”

秦倩倩突然故作神秘地说。

“没问题。到时候吃完我们要么逃跑，要么就等老为来救我们。”

“那算了……有失仪态……”秦倩倩装作很失落的样子，然后自己又笑起来。

走到了农家乐的“流觞曲水”那儿，在溪边坐下。我等待秦倩倩开始讲故事。

“大姐。开始吧。”我说。

“好的。小弟。你怎么看待死亡？你害怕死亡吗？”秦倩倩很严肃的样子。

“你敢问点轻松点的问题吗？”

“严肃点。回答我的问题。”

“两个字：怕！”

“是一个字。我叫你严肃点。那么你具体说说你的看法！记得严肃点！”秦倩倩严肃的样子让我很想笑。

“首先，我害怕死亡，同时也好奇死亡。我不知道我死后会去哪里，会变成什么样，还知不知道这个世界所发生的事情。关于死亡，我的看法是，死亡是不必等始终会来的东西，我们能做的就是过好每一天，不留遗憾。还有就是，抓紧时间孝顺父母，因为子欲养而亲不待。”

我说完之后秦倩倩正式开始讲故事，她说话的声音很好听，有电台主持人的感觉。如果我再把她讲的这个故事复述一遍，我会这样讲，用赵忠祥《动物世界》里的声音：

这是一个高速发展的时代，人口快速流动，房屋如雨后春笋般建成。城市不断有人搬进新的家园，农村不断有人离开自己的家园。

在浮萍乡，有二十位实在不愿意离开的老人，他们或年纪大了，或没有儿女，或离不开故土。乡政府“人性化”处理了这件事，让老人们全部住进当地的敬老院，同时为了丰富老人们的业余生活。把老人们组成了一只腰鼓队。每天锻炼，排练。有婚丧嫁娶，在政府的牵线下就去表演，有表演的收入以及政府的补贴，老人们每天的生活还不错。

老人们年纪都已经超过六十岁，面对那些欢喜的场合还好。面对那些让人悲伤的丧事时，老人们的处境显得格外尴尬和让人觉得心酸。丧事中的死者基本都比老人们年纪小，而老人们需要在死者的灵柩前哭，大哭，撕心裂肺的哭……

白发人送黑发人，这是人世间最令人伤心的事情。而老人们为了生活，或者为了能靠自己，需要经常面对这种场合，并以最让人尴尬的方式去赚钱……

“你能想象那个画面吗？在葬礼上，老人们在死者的灵柩前哭，也许他们同时也是在哭自己吧。哭自己的遭遇。我真的很佩服那些坚强而又快乐的老爷爷和老奶奶。”秦倩倩说着哭了起来。

“能说点高兴的事情吗？”

“嗯。我没哭。继续说另外一个故事。主人公也是浮萍乡的。他二十岁的时候被算命先生老牟说成是灾星。之后他爸妈，家里亲戚都不理他。最后他变成了一个疯子，一个乞丐。”

“说高兴的事情。你说的这是高兴的事情吗？”

“把这件事说完之后再说，你别打岔。之后他变得精神很不正常，爸妈也不管他了。因为害怕‘灾星’，也没有人给他东西吃。他开始吃垃圾。有一个人帮助了他，那个人是乡里开丧葬用品店的老板。老板告诉他，我，给你饭吃。你，帮我做事。”

“做什么事？”

“美其名曰叫‘联络员’。就是遗体被送去掩埋的路上，负责撒冥纸。意思是让那些阴间的小鬼不要来找麻烦。因为一般人都害怕鬼神，所以这份工作哪怕给了很高的工钱一直没有人去做。可是他不怕，而且很喜欢这份工作。因为有饭吃有地方睡觉。”

最后秦倩倩告诉我，这两个故事的主人公就是我们来农家乐时的途中看到的老年腰鼓队和小丑。

“你为什么要给我说这两个故事？”

“打发时间呗。”秦倩倩笑着说。迅速又变得很严肃，“这两个故事是我来浮萍乡后情绪很低落的时候别人说给我听的。对我触动很大。也让我明白了很多。我想把这两个故事和人分享，可到现在就只找到了你。讲故事的人102岁了，他身体很健康，心态还很年轻。”

“张老？天天打太极拳的张老？”

“嗯。你认识？”

“小时候就认识了。那时我们经常去和他学打太极拳呢。张老和我说起过你。”我想起了张老说过的每天给他送饭的小秦姑娘。

“怎么说的我？”

“你请我吃饭我就告诉你……”

我们俩在回去的途中，又碰到了老年腰鼓队和那位小丑，小丑一个人在那儿认真地表演着，没有一位观众。老人们正边敲边唱着：“今天是个好日子。心想的事儿都能成！”

我和秦倩倩也跟着他们唱：“今天是个好日子，心想的事儿都能成！”

五十四

下午三点钟我还在睡午觉的时候伍琦来找我了，说是晚上去他家聚会，除了在外地的发小其他人都要来。难得聚一次，还叮嘱我，必须来，早点来！

我毫不犹豫地答应了，因为我正愁晚上没有事情做，而明天下午就要回去了，难得有这样一个有意义的活动，并且能见到快十年没见的发小。

伍琦临出门的时候给我说了一些让我顿时感到压力的话：“张舒听说你们作家协会的人都挺厉害的，她觉得你们肯定和乡政府的领导关系不错。作为同学，她想请你帮忙，帮忙给领导说说，公务员面试的时候让他们照顾一下……”

天下没有白吃的晚餐，以为有白吃晚餐的一般都是白痴——听完伍琦说的话我脑子里不由得冒出了这样一句话。

伍琦回去后我去给秦倩倩打电话，问她晚上的聚会去不去。秦倩倩很爽快地说："去！必须去！我对你以前的事情特别感兴趣。你那些发小肯定会说的。哈哈哈！"

去就去吧。说就说吧。我很淡定，丝毫不慌乱，但是又很担心，因为我知道伍琦他们那帮人肯定会抓住这个机会出卖我的。

晚上六点，我和秦倩倩出发去伍琦家了。此时的街道行人已经很稀少了。大概都已经去到篝火晚会的现场了。

一边走着我一遍给秦倩倩讲着伍琦的故事，快走到伍琦家小区门口的时候，秦倩倩突然停下了，一副大事不妙的样子："这样的男人我觉得很可怕，非常可怕。是一枚威力巨大的定时炸弹。万一哪一天他忍无可忍爆发了，绝对会有很可怕的情况发生。作为兄弟，你得劝劝他。给他做做心理工作。"

"唷，你看得很透彻嘛！"

"还好啦，还好啦。小女子看过几天心理学，对这些略知一二罢了。不敢在李大才子面前班门弄斧。"

"心理医生，那你分析分析我？你觉得我会不会哪一天也爆发了？"

"我觉得不会。因为我相信你。"

"那当初熊建斌的儿子呢？"这句话刚说出口我就知道自己说错话了，可惜话已经没办法收回了。

秦倩倩沉默了一会儿，"那如果你也欺负我。我就杀了你然后自杀。"

"哈哈，你猜伍琦他们现在在做什么？"我想岔开话题，再顺着刚才那个话题说下去估计秦倩倩又得哭了。我最怕女孩子哭了。

秦倩倩又沉默了一会儿，飞快地往楼上跑，我也只好跟在后面。我看到秦倩倩在门口停了下来，整理了一下头发和衣服，然后文雅地敲门。开门的是伍琦，他好像并不认识秦倩倩，问道："你是谁？找谁？"

秦倩倩指了下还在爬楼梯的我，"我是那个人的表姐。他带我来的。"

"哦，哦，请进！请进！"

进门后我看到了三个人正在斗地主，走近后仔细看看，终于认出来了，这位胡须很浓密的叫姚海波，以前是我们当中的大哥。另外两位女生短头发的叫曾乐蛾，长头发的叫胡美臣。看到秦倩倩后，姚海波又看了一会儿自己手中牌，突然，把牌一把摔在了桌子上，连忙说："有客人有客人。不来了不来了。"

曾乐蛾把姚海波摔在桌子上的牌全部拿了起来，看了一会儿，脸上顿时充满怒气和无奈："耍赖！如果他们晚一点来，你肯定要输钱！你这把牌那么烂！！"

"你好。我叫姚海波。在浮萍乡不远的青阳乡开面馆。有机会来青阳乡我一定请客。我是李藤的发小，也是他大哥。"姚海波没有答理曾乐蛾，同秦倩倩很亲切地打招呼。

秦倩倩像刚才一样，指了下我说，"你好。我叫秦倩倩。我是那个人的表姐。"

在椅子上坐下后我向秦倩倩介绍了屋子里的所有人。刚才和你打招呼的这人是姚海波，年纪最大。他旁边的美女是胡美臣，我小学同学，以前成绩特好。胡美臣旁边的美女是曾乐蛾，也是我小学同学，她画画画得特别好。我旁边的这人是伍琦，你做梦都想见到的，现在看见活人了……

"她叫秦倩倩，以前是导游，现在将变成我的同事，成为我们杂志社的一员。还有，她不是我表姐，是我女朋友。"我向大家"坦白"了。

"哦……哦……"姚海波他们几个一起发出这样的声音。

张舒这时候出来了，围着围裙，满脸大汗，对我们说："李藤来啦！随便坐，我在做饭就不陪你们玩了。你们聊吧。"

"我来帮你吧。"秦倩倩说。

秦倩倩去厨房了，姚海波很激动地坐到我身边来，说："说说，怎么回事？"

我懒得和他说，只敷衍了一句："缘分。有缘千里来相会。哈哈哈！"

姚海波望了望厨房那边，然后小声地和我说："小子。其实我认识那姑娘。她名气不小。她男朋友不是这里副书记的儿子嘛？这姑娘先和儿子谈恋爱，后来居然和儿子的老子结婚了。你说这叫什么事。"

“大哥。你认错人了。不是她。我想知道，你为什么现在跟个八婆一样?”

“就是，八婆。而且还很无赖。”曾乐蛾在旁边说道。

晚上7点。开始吃饭了。我问张舒，“今天不看《新闻联播》了?”

“朋友更重要一些。”张舒红着脸说。

“晚上九点有重播!”伍琦突然很大声地说，这话让张舒明显有些不悦，她去揪住了伍琦的耳朵，咬牙切齿地说，“今天晚上你洗碗!”

“哈哈哈哈!”大家都笑起来，气氛一下变得很欢乐。

笑过之后几位女性在那儿开始聊，这个菜怎么做才最好吃。张舒不断地问，我做的这些菜如何。伍琦和姚海波在那里讨论，要怎么才能让老婆变得更贤惠，姚海波告诉伍琦，首先你得霸气一点，不要凡事都让着老婆，这样会把老婆惯坏的。张舒听到了姚海波的话，厉声说道：“你个无赖，不要教坏我老公。自己整天在家懒得跟什么似的，还爱赌博。还在这里教育我老公要怎么大男人一点。切!”

“哈哈哈哈!”除了姚海波其他人都很开心地笑起来。

大概没什么话题可说了，气氛突然变得很冷，大家都在很安静地吃菜，没有一个人说话。这安静的氛围被姚海波的话打破：“你们这是怎么了?怎么了?吃饭就光吃饭啊?!你们不觉得难受啊?!你们别这么没劲好不好?!下面听我说，我提一些问题，每个人都必须回答。回答不出来或者答得不好，罚酒一杯!唉唉，姓曾的，放下筷子听我说，别吃了……我开始问了啊。你们这几年最开心的事情是什么?李藤，你先说!”

“就是今天和大家一起聚会!”

“正确!说得好!下一个，伍琦!”

“就是今天和大家一起聚会!”

“没创意。下一个，胡美臣!”

“就是今天和大家一起聚会!”

其他人都和我说的一样，姚海波快气炸了，“你们这群小孩儿，要我是吧?!下面继续问，不能和别人答一样的了，否则罚酒!我问了啊。下面请用五句话概括你这几年的经历。不足或者超过五句请自觉喝酒。这次我先说！大家听好了！成年了，恋爱了，工作了，结婚了，当爸爸了！”

“好！说得好！精辟！有文采！不愧是姚哥！”我故意用很大的声音说，我看到姚海波脸一点点在变红，十分好笑。

曾乐蛾说的是：“和父母搬迁去了外地，无亲无忧无依无靠，为了生活成为裁缝店打工妹，认真努力拼命勤奋工作，现在能养活自己了。”

胡美臣是这样说的：“也是随父母到了外地，后来随男友回了老家，开了一家早餐店，起早贪黑为了赚钱养家养自己，生容易活容易生活不容易。”

“生活就是爸妈把你生下来，你自己活下去。那个电视剧里还有这句话对不对？没记错的话，那电视剧叫《大生活》。我也特别喜欢看。”我问胡美臣。

“是啊。还有一句话是，过得比鬼火亮一点，还假装太阳照亮别人。我觉得洪雨应该和柳东在一起，虽然柳东没钱，但他们的生活会快乐。”胡美臣说这句话的样子我觉得很有气质。

姚海波突然拍了下桌子，“你们在聊什么？太不给我面子了啊！现在是在回答我的问题！下面，李藤，你说！”

“你吼啥吼?！喉咙大了不起啊?！下面我说，我说。高中退学之后四处碰壁，快绝望准备去打工的时候碰到了贵人，然后进了杂志社做编辑，现在生活还行能为理想奋斗，而且还有了一位女友。哈哈哈！”

在大家的起哄下秦倩倩说：“以为快乐，结果是痛苦，痛苦的无以复加，之后看见了快乐，相信会一直快乐。”

最后是伍琦代表张舒一起说了：“相遇，结婚，吵架，用赵本山小品的一句话总结就是——凑合过呗还能离咋的？”

姚海波之后问了很多问题，有越来越无聊的趋势。可能不知道问什么无聊的问题了，姚海波开始要求大家聊天，每次都是他最先起个头，我们聊了很多很多，从这几年遇到过的至今难忘的人，到儿时的记忆，再到难忘的电影或者电视剧，最喜欢的明星，最后是时政要闻……

大家都说完话又好一阵找不到话题的时候，已经是夜里十点多钟了。姚海波宣布："散会！"

伍琦如约收拾桌子洗碗，我们坐到沙发上继续看电视，姚海波已经喝得满脸通红了，开始给我讲他的生意经——人呐，其实天生都一样，重要的是脑子，脑子得灵活。还有肯吃苦。你看吧，我家的面馆，店面不大吧，但是我的销售情况就是最好的。知道为什么吗？因为我们的服务好，面的味道好，店里整洁干净卫生……

话锋一转，姚海波接着开始说人生和理想的问题，"刚才忘记问你们了。你们的理想是什么？赚钱？中大奖？有个幸福的家庭？这些理想其实都不错，很实际。但是，对我来说，我，姚海波，我的理想是，把店面开成连锁店，有生之年开到全世界，成为肯德基麦当劳那样的品牌。你们肯定会笑话我，不过我不怕，因为你们的笑话只会增加我的信心和动力。你们知道李嘉诚吧？华人首富！他最早是工厂做塑料花的工人，工人。现在，人家是什么？华人首富！人家为什么成功？因为理想！"

姚海波很激动地说着，我一点也激动不起来，因为像姚海波这样夸夸其谈侃大山的人我见过不少，大多好吃懒做……

胡美臣她们在很认真地听，不时提出问题问姚海波，仿佛一位成功人士正在亲切地和听众举行座谈会。他们在很高兴地交谈，我脑子里却在想着一些有点矫情的问题："十年后再次相见他们还是像现在这样吗？我们这些人里面以后混得最好的会是谁？混得最差的又会是谁？我们的孩子还是会重复我们这样的生活吗？"

想了很多这样的问题，越想越惆怅，越想越无奈。又想到了老家即将毕业的高三学生们，不知道他们会考上什么样的大学，毕业了会不会找到特别好的工作。真正跳出"农门"的人会不会有很多——就我所知道，到今年，我们浮萍乡正在跳出"农门"在大城市安家或者生活很富裕的，一共两个人。就是我没破产以前的父亲和徐叶子的爸爸徐国林。

虽然时间一刻不停地向前走，老家也发生了翻天覆地的变化，可是我们的生活变化真的不大，大多数人的观念和思想甚至是一点变化也没有，还是与土地相依为命，循环往复。老家也许会穷下去，一直穷下去，穷到低谷了会有一个大的反弹——我希望我能够等到那一天。

“对于幸福这个话题你们怎么看?”姚海波突然又转了话题。

“李藤，对于幸福这个话题你怎么看？你觉得你幸福吗?”秦倩倩突然问我，一脸狡黠的笑容。

“幸福。你看呐，我有得吃，有的穿，有朋友，还有女朋友。并且家庭还非常和睦。”

“那你觉得和我在一起会幸福吗？如果在一起吵架了你会怎么办?”我有点想骂提到这个话题的姚海波。

“哦……哦……你觉得幸福吗？吵架了你会怎么办呢?”姚海波他们学着秦倩倩的声音说。

“姚哥，你觉得风险最小的生意是什么?”我问姚海波，想岔开话题。

“不知道！回答别人问题!!”姚海波斩钉截铁地说。其他人立刻哄笑起来。让我觉得有点尴尬……

没法岔开话题了，只好说了：“其实幸福这个问题我也不知道该怎么说。在我看来，幸福取决于很多因素。首要的是物质基础，说白了就是钱。生活不为钱发愁了再来谈幸福属于比较现实的。那种整天谈恋爱什么都不担心的人只有偶像剧里面才有。至于吵架之类的问题，我觉得以我的脾气，能把我惹怒的人真的不多……唉，说这些累死我了……”

“好官方……好官方……”大家又一起起哄。

这时伍琦从厨房出来了，大家纷纷同他打招呼：“好男人，辛苦了!”秦倩倩小声地在我耳边说：“你刚才说的话我很满意。”

“我也这么觉得。哈哈。”我也小声地和她说。

“为人民服务!”伍琦向大家鞠躬。

伍琦坐下后姚海波叫我们全部坐好，接下来都不许笑，必须都很严肃。他要讲两个人的故事，故事的主人公是我们今天本该来没有来的发小，磊子和谭浙应。

“又来?!”我没忍住，把这两个字说了出来。

“什么？你听过？你还在和他们俩联系吗？你态度不对啊。”姚海波很生气的样子。

“不是。昨天我也给他讲了两个故事。让人听了觉得鼻子发酸的故事。他可能只是不明白，为什么突然我们都喜欢给人讲故事。”秦倩倩的这番话让我觉得心里暖流涌动。

姚海波沉默了一下之后说，“是。换我我也不明白。我十年没见你们了，知道你们有个聚会，我租车过来的。当然，是聚会，应该开心点，应该说一些家常的话题。可是，想到他们俩我没法开心，开心不起来。我想说。”

姚海波现在和之前的样子判若两人，现在的样子真的让人感到害怕。

所有人都不说话了。等待姚海波讲故事。

先讲的是谭浙应的故事。“谭浙应，我真不知道他爸妈为什么给他取这个名字。好了，开始说。如果他没发生那件事，今年应该22岁了。3年前，谭浙应去了浙江打工。他人很老实，老实的人经常被人欺负，别人抢他钱、打他，被欺负也没有人能帮他忙。那段时间他在浙江真的是叫天天不应，叫地地不灵。终于，他忍无可忍了，他去买了一把菜刀，找到工厂里那些曾经欺负过他的人，砍死了两个人，砍断了一个人的手。他已经年满18岁，要负完全的刑事责任，最后结果不出意料：死刑。呵呵，后来在他厂里还称谭浙应是‘刀神’，我看那些人都是他妈的神经病!”

沉默了很久后，姚海波继续说磊子的故事。磊子的经历和谭浙应有些像，都是很小出去打工。长大一些自己又去了另外一个城市打拼。和谭浙应不一样的是，小时候磊子的父母经常打骂他，让磊子的脾气变得很暴躁。在福建打工的时候，同样那些工龄稍微长一点的员工欺负年轻的，磊子当然不服，和他们经常打架，最后卷入了一次械斗，被人砍死在郊外。知道消息的磊子母亲疯掉了，父亲拿到了赔偿款，几天之内便输光了。

姚海波的故事讲完了。大家都不说话。都在想着些什么。我想起了曾经看到过的一篇报道，题目是：“数据显示，外来务工人员的犯罪率呈上升趋势。”内容记得是一些专家统计了一年来刑事案件中的犯罪嫌疑人的情况，外来务工人员占大部分，他们的共同特点是，文化不高大多为中专或者初中学历，大多是在工厂车间工作的工人，据他们的工友反映性格大多都非常暴躁。

我此刻迫切地想知道，我的几百位小学的同学他们在外地到底过得如何。

“说这两个故事有几点意思。第一，磊子和谭浙应他们俩今天本来应该到场的。他们没来我们必须怀念他们。我们统计一下人数，不算阿藤的女友和作为主人的伍琦和张舒，是应到六人，实到四人，缺席两人。第二，你们请记住，在社会上，性格很重要。要学会忍耐学会吃亏，那些打击让你死不了。死不了你就有机会活得比别人好。其实我们生活都苦，我们的想法和行为不要因为苦而变得偏激或做出不理智行为。记住一句话，未曾清贫难成人，不经打击老天真。好了，姚哥要回去了，以后到了青阳乡，尽管找姚哥！走了！你们别送！”姚海波起身雄赳赳气昂昂地向门口走去。

姚海波走后张舒跟打了鸡血似的，开始数落伍琦，“你们不知道啊，我这个老公多么的老实，简直老实的脑子有问题了。朋友？什么是朋友，连姚海波这样的朋友都请！和姚海波是发小？发小了不起啊，他帮助了你什么？狗屁都没有！”

张舒现在的样子让我已经吓得合不拢嘴了，我完全想不到女人发起火可以这么凶猛，哪怕之前装的多淑女多温文尔雅。

张舒数落伍琦完毕，以及曾乐蛾和胡美臣的“添油加醋”，我对姚海波有了个稍微完整的印象了——面馆老板，生意不错。有房有车，老婆漂亮孩子可爱但是在外面有了情人，已是人尽皆知的事情，喜欢喝酒，喝完酒回家爱打老婆，老婆已经回过娘家很多次。喜欢赌博，债主经常上面馆要债。他老婆每次都完美地解决了。喜欢吹牛，除了吹牛现在也没什么实际本事了。

如果把我现在脑海的活动用画面表现出来，就是两个小人剑拔弩张准备决斗，一个小人代表对姚海波的好印象，性格豪爽，幽默，同时很稳重。另一个小人代表听过张舒她们的话之后的新印象。

我不知道哪个小人最终会胜利，因为怎么想都想不到一个令我满意的结果。

“男人呢，其实和女人一样，都是让人不明白的动物。你说姚海波这么幸福的家庭，他为什么还要这样？也许是人的本性，也许是他厌倦了，也许是他心里有苦衷，可以有很多个也许。但始终不会变的一个道理是，夫妻之间最重要的是相互理解，相互信任，相互支持。你做一件事之前想想对方，你结婚了需要负担责任了，不要像以前那样任性。”伍琦突然说了这番话，让我觉得很惊讶又很感动，或许，伍琦确实一直是我的小老哥，比我成熟比我能忍耐。

我想起了以前从外地考试回来的情景：重庆夏天三十多度，司机满头大汗，右手很熟练地开着车，左手很熟练地拨号，打电话，接电话，和同行说着哪里现在客人多，哪里有交通管制。坐在司机后面的座位，他翻手机时我看到手机屏保是一张婚纱照，照片里男人很憨厚的样子，女人很漂亮看起来很幸福。

也许那司机是新婚燕尔，也许他们结婚很久司机为了生活必须出来开出租车养活家人……

那次坐出租车的经历我至今难忘。亦如在另一个出租车上听到的一首歌：“男人苦，男人累，全世界都知道你活得很狼狈。”

我们在一起聊了很多，对于生活的看法对于工作的看法，对于异性、对于家庭的看法。完完全全是一个温馨的座谈会。我和秦倩倩从伍琦家离开时已过了凌晨一点。下楼后一片漆黑，我拿着手电筒，另一只手和秦倩倩牵着，离宾馆还有很远，不管前面的路上有妖魔鬼怪还是豺狼虎豹我们俩说都要大胆地走下去。

“你今天说的那些话是真的吗？”秦倩倩用力地掐了我一下。

“哪些？觉得不疼吗？”

“你说我是你女朋友，还有我将成为你的同事。”秦倩倩又用力地掐了我一下。

“别掐了行吗？手上肯定都万紫千红了。”

“那你回答我问题啊。”这次掐得更用力了。

“真的！如假包换！如果是假的天打雷劈！你能不能别动手呢？”

“我让你集中注意力嘛。现在一点多了，我晚上去哪里睡觉？”

“你自己寝室啊。”

“那你明天走了怎么办?”

“你说怎么办?”

“我不知道。我想去你房间，可是这么晚了觉得怪怪的。而且老为还在呢。”

“那我们回伍琦家。打地铺。”

“不好。人太多。这么着吧，你去我寝室。帮我收拾行李，免得明天你走了不带上我。”

“你不怕引狼入室啊?”我把手电筒朝自己脸上照，企图把自己扮得像鬼一样。

“不怕。真不怕。我还担心你明天不带我走呢。”

“那有句话我得说。我记得你还是熊建斌的妻子。”我把手电筒关掉了，停住不走了。秦倩倩也看不到我此时纠结的表情。

“我们没有拿结婚证。他以前说只要找到愿意要我的男人就可以走，有多远走多远。”我想看秦倩倩说这句话时的表情。

“那你跟我走吧。那我学电影里说一句，我养你啊!”我用特别大特别大的声音说，接着听到了乡政府方向传来的几声清脆的狗吠。

五十五

我和秦倩倩回到她寝室的时候马上要到凌晨三点钟，接着又马不停蹄地帮她收拾行李。我看了时间，收拾完东西是四点二十分。和她一起离开寝室是早上7点钟，这两个多小时里我们一起在聊天。如果要用一句话总结我们聊天的内容，我会这样总结：一位看着楚楚可怜的女生让我明白了什么叫“形婚”和“幼稚”。

“形婚”是形容秦倩倩和熊建斌婚姻的。“幼稚”是形容我的，这是比较好听的说法，直白一点的说法是“傻”或者“白痴”。

和熊建斌之间的故事秦倩倩说了很久，她说话时的样子认真至极，仿佛在讲昨天刚刚发生的事情。

时间回到五年前，秦倩倩十九岁，和男朋友熊麒麟回到了浮萍乡。熊麒麟的父亲熊建斌早早地为儿子安排好了婚姻大事，对象是邻乡乡长的千金。父子俩并没有为此事争吵，而是想出了一个两全其美的办法。办法实施的第一步，熊建斌去和秦倩倩“谈判”，说了自己为了儿子苦心安排婚姻大事等等一大堆话，秦倩倩犹豫的时候，熊建斌果断地向她说出了自己的打算：首先可以肯定的是，熊麒麟不可能和你结婚。和你门不当户不对。但是，你可以和我结婚。你别害怕，听我详细说一下。我儿子在外地听说了一个词，叫“形婚”。意思是，男女双方拿结婚证，办酒席，表面上像夫妻，其实都各干各的。互不干涉。如果你同意我们就签协议，而且我每月会付给你两千元钱，你想继续读书的话我可以送你去学导游，因为我们乡要开发旅游业，未来对导游需求量会很大。

我想我会永远记得秦倩倩给我讲这些时的样子——镇定，像死水一样平静。

继续讲五年前的故事。经过一番考虑，秦倩倩答应了。熊建斌当场给了她五千块钱，她说这是她离开家之后见到过的最多的钱。第二周，熊建斌和秦倩倩，熊麒麟和乡长女儿同时举办婚礼，这件事轰动不小。婚宴结束，熊建斌告诉秦倩倩，“老婆”，你知道我们收了多少钱吗？告诉你，41万元！

之后，秦倩倩去学导游。每月有熊建斌汇生活费。

“我觉得你日子过得还不赖！为什么你非得要跟我这个穷光蛋一起呢？”去往宾馆的路上我问了这个憋了很久一直不敢问的问题。

“其实我也不知道。也许是缘分吧。那样的日子对爱钱的女人来说，很幸福很幸福。可是对我来说，那些太微不足道了，而且令人难受。我希望有个温暖的家庭，仅此而已。”

“温暖的家庭？我现在自己都还是个孩子，连自己都养不活，温暖的家庭从何而来？”

“不说这个。你就不好奇熊建斌为什么和我结婚吗？以及他到底强奸我没有。”

“……”

“其实我觉得可以去考电影学院，我觉得我演技还不赖。”

“……”

“你听说过一句话吗？人都是戴着面具生活的，戴久了面具会和你的脸孔融为一体，怎么也摘不下来。”

“……”

我有种强烈的上当受骗的感觉。想骂人胸中一团愤怒的火焰已经升腾起来了。

秦倩倩和熊建斌的婚姻其实很好理解，首先，熊麒麟没法和秦倩倩结婚，而熊建斌为她找到了一个最好的台阶下。同时熊建斌可以从中得到钱财，得到人脉，对于他升职有极大的好处。而有钱花有地方学习的秦倩倩自然也会很听话，乖乖地把这场戏演下去。而我是这场戏的破坏者。秦倩倩说，在山顶桃源采风那次，她第一次和我见面，虽然我欺负她，但是她觉得我不坏，是个善良的人。后来她和我说的那一些有点悲惨的“身世”全部是瞎编的，也就是为了唬唬我。结果我善良而天真地相信了，秦倩倩只好一直演下去了，直到在她寝室我帮她收拾行李时，她觉得不应该再骗我了，应该说出“真相”了……

“你生气没？原来说的话还算数不？”秦倩倩停住了，眼睛直直盯着我。

此刻我脑海里在飞速地转动着，各种问题像火山喷发一样涌出来——生气？因为她欺骗了我，我最讨厌被人欺骗。不生气？她和我一样都不是坏人，不必为彼此善意的隐瞒而生气。

耳边隐约想起了我妈曾经教育过我的话：“儿子啊，你现在是大人了，应该要变得成熟一点。要学会忍耐，要多思考，不要轻易地相信别人。同时呢，也不要忘记做一位善良的人……”

最后面那一句话我觉得我完成的非常好，但开头那些话我觉得我完成的一塌糊涂……

走到宾馆门口的时候，秦倩倩突然又停住了，然后对我说了一些让我觉得矫情又有些感动的话："李藤，感谢老天让我遇到你。我觉得跟着你会幸福快乐下去的。你也明白，在这个社会上想要避免伤害，很好地生存生活下去，要么把自己武装成刺猬，要么戴着面具生活。感谢老天让我遇到你，你让我有机会摘掉自己的面具，光明的快乐的做自己。你不知道，以前我担心自己的面具戴太久了会摘不下来，会和自己的脸孔融为一体……"

"不说这些。又不是演电视剧。以后怎样都还不知道呢。你说等会儿怎么去给老为说这些事情。我们让他惊讶一次。"

我们俩希望讨论出一套最好的方案，结果到房间门口还没有讨论出结果，最后决定：见机行事，看临场发挥。结果老为一开门房间内的景象先让我惊讶了——窗边坐着一位年轻女孩，看起来特别特别像徐叶子，即使女大十八变，我相信轮廓和样貌特点还是不会有太大变化的。

我问老为，"她是不是叫徐叶子啊?"

老为说："是!"

"你放屁吧！你又不认识她，我还刘叶子呢！"我也许因为一夜没睡火气有点大。

"先饶你大不敬之罪。你就一傻小子，不想跟你解释。跟你解释了你会羞愧的。"

我说了一大堆好听的话之后老为给我解释了，我真的羞愧了，为没理解老为叔的一片苦心而羞愧——老为看我经常念叨徐叶子，徐叶子。便到处去打听，最后在汪叔的指引下找到了徐叶子。

"现在马上要到八点钟了。我们九点半去会场。你现在和她还有不到一个半小时的时间可以聊天。"说完话之后老为准备出门下楼去吃早餐，看到在那儿已经愣住的秦倩倩连忙给她说，"没事，没事。特殊情况，走，下楼，和叔吃早餐去。"

出门时老为在我耳边叮嘱道："千万别谈工作！记住喽!"

不谈工作不谈工作，结果徐叶子第一句话就把现在的工作告诉我了，"我现在在浮萍乡的'服务行业'聚集地上班，说白了，就是妓女。那个大叔找到我，给我五百块一小时，说要买我的时间，让去陪他朋友聊天。这种好事我到现在还没遇到过呢。7 点钟我客人走了，我就到这位大叔的房间来了。没想到，大叔的那位朋友是你。”

“林阿姨呢？她现在怎么样？”

“不知道！”徐叶子原本温和的语气猛地变得生硬起来。

“那你现在还好吗？”

“呵呵，挺好的。你问的话我觉得挺像小孩子的。我对于我现在的工作很满意。每天晚上 7 点上班，第二天上午九点下班。不需要像那些在工厂打工的人一样每天起早贪黑。做这个工作只需要出卖自己的身体就行。我的顾客大多是从外地来的客商或其他地方的领导，我不过是他们旅途中一个泄欲的工具而已，可以没有思想，没有灵魂，除了身体一切都可以没有。你相信吗，在浮萍乡的年轻女孩子都羡慕我这份工作，当时招聘的时候比公务员考试的时候人还多，还要壮观。我们在这里工作没有其他顾虑，只是出卖身体。而那些在外地和我们做同样工作的女孩，要被人欺负，被人打骂，被人羞辱……”

“我相信你说的所有话。连标点符号都相信。”

“呵呵……”

“那你结婚了吗？”我不知道怎么突然问了这么一个问题。

“外婆希望我早点结婚。她想早点抱孙子。”

“外婆还好吗？她知道你在做这行吗？”

“过世了。”

“能说说吗？”

“不能。”徐叶子极其坚决地说。

眼前的徐叶子让我不知道怎么形容，面容姣好但看起来脸色阴沉，整个人显得特别阴郁。

“那怎么样才能说说呢？”

“加两百块钱吧。”徐叶子很平静地说。

“等会儿一起付？”

“现在。”

我去拿来了钱付给徐叶子，她把钱放入了自己的包里。然后沉默了好一会儿，开始说我想听的那个故事了：“我从头说起吧。我印象挺深。差不多是九年前了，我们小学毕业了，我爸后来接我去了成都，让我在那边读中学。到了成都的家之后，我发现，家里除了我妈妈还有另外一位女人。妈妈告诉我，那位女人是狐狸精，她破坏了我家里的幸福。也是那次我才知道，因为那个狐狸精爸妈在我四年级时就离婚了，只是当时瞒着我。爸爸收留妈妈在家住，而每天和那个狐狸精睡在一起。我特别恨那位狐狸精，我经常骂她：‘狐狸精！你滚出我家！滚出去！’最后，爸爸生气了，让我和妈妈滚出去了。我和妈妈回了老家。妈妈没有工作每天打麻将。后来认识了一位也是经常打牌的男人，跟着那位男人，妈妈染上了毒瘾。两年后，妈妈因为吸毒死去了。外婆知道消息心脏病发也死去了。我瞬间就没有人可以依靠了。我去打爸爸电话，在爸爸的关照下，我去跟爷爷奶奶生活了。每天很不快乐，难受。后来找到了现在这份工作，我现在一个人住，很开心！很自由！”

长长的一段话说下来，叶子流出的眼泪也干了。

“你讲的这些和我听到的不一样。”我想起以前奶奶给我讲过的徐叶子家现在的情况。

“你还听谁说了？那些无聊的人？他妈都在放狗屁，你别听！”叶子突然变得很激动。

“我有个问题想问你。你愿意换一份工作吗？”

“不愿意。”叶子斩钉截铁地说。

“为什么？”

“这是我的事情。”

“换一份更稳定的工作不好吗？”

“好。但我不需要。我知道，你觉得我做这份工作丢人，下贱。那你有空去问问，在浮萍乡的女孩子有几位不愿来做这份工作的？我比大多数女孩子都长得漂亮，我赚钱也比他们赚得多。”

“滚！”

我把老为放在桌子上的一千块钱给徐叶子了，我想为刚才的冲动道歉，“对不起。我刚才冲动了。不好意思。能留个电话给我吗，以后我希望和你多联系。”

“老板规定，不得私自留电话号码给客人。再见。”徐叶子对我做着再见的手势。

离开徐叶子，我们来到了老牟的店铺，他正在和一位老人挥手再见。后面一位中年男人似乎已经等不及了，把一只手像准备被号脉一样放在桌子上。门口的长凳上坐满了人，他们应该都是等待老牟为其算命的，其中一位妇女正抱着尚年幼的孩子。

“你最近运势可能不会太好。我有一些方法可以破解。”老牟看了一阵中年男人的手之后说。

“您请说！多少钱都可以！只要能解决事情。”中年男人准备掏钱包。

“钱是小问题。关键我得解决你的大问题。请容我慢慢道来。看你的手心有些乌黑，是不祥之兆。手掌纹路混乱，必定是之前诸事不顺，气血淤积所导致。”

“对！对！太准了！请问如何破解呢？”

“听我说完。古人有云，盛极而衰，相反的道理，你诸事不顺之后应该会变得一切顺利。我的方法就是化解掉你的淤积之气，让全身活络。一通则百通，百通则诸事顺利。”说完老牟去拿了一张红纸，然后用毛笔在上面画了很多很奇怪的符号，接着把纸点燃，纸燃烧起来之后，迅速将纸放入装满水的碗中。

老牟对着这碗水双手合十，念叨了很大一阵。然后对中年男人说：“以我现在的功力只能作法如此了，请喝下这碗神符水，希望能破解掉那些会让你不顺利的淤积之气。”

中年男人端起这碗水一饮而尽。然后从钱包里拿出一千块钱给老牟。开心地离开了。

中年男人走后是一位老奶奶，她想请老牟指点，有没有办法让自己的孙子爱学习。老牟也是去拿来了一张红纸，然后在红纸上画上了一些奇怪的符号，嘱咐老奶奶回去贴在孙子的床头。你年纪大了，不收钱。

“好人呐。活菩萨呐……”老奶奶拿着红纸嘴里念叨着离开了。

最后轮到了那位抱孩子的妇女。他想请老牟为自己五个月的孩子看看相，看以后是否能成大器，能赚大钱。

也许因为长时间的等待，孩子已经在妇女的怀里睡着了。老牟盯着孩子看了好一阵，然后说：“我观犬子面容，眉宇间有英气，气度不凡，有大才之相。我刚才神游了一次，确定犬子是天庭二十八星宿中的第八位，数字吉利，也代表本领不凡。未来必成大器！”

妇女脸上露出开心的笑容，开心地给了老牟一百块钱之后抱着孩子离开了。还不停地对怀里已经睡着的孩子念叨：“儿子，你知道吗。今天妈妈带你来老牟这里了。他们都说老牟很厉害，料事如神。儿子，刚才老牟给你看了相，他说你未来一定会成为大人物，会赚很多很多钱……”

此情此景让我不由得想起了小时候和伍琦他们被爸妈带去请老牟看相的情景。记得当时一共去了十一个孩子，老牟说我们未来都会成为大人物，赚大钱。我们都是天庭二十八星宿下凡。我是排名第一位的，伍琦是排名第十一位的，从那以后我们都管伍琦叫十一弟。

我不知道老牟为什么会说我们是二十八星宿下凡。为什么不说是十八罗汉。也许，二十八星宿人比较多，不用经常去想到底天庭有哪些人，也不担心他们不够被他看相的那些孩子们下凡……浮萍乡的孩子基本都被老牟看过相，也许我们全部都是二十八星宿下凡……

那次去被看相的时候，我 6 岁。今年我 20 岁。14 年过去了，我从小学生变成了大人，早已开始工作。曾经的十一星宿也星散各地，很难相聚。磊子和谭浙应去了天国。希望他们在那边能真正成为大人物。十四年过去了，算命先生老牟更加受人尊敬了，我不知道时间到底有什么魔力，但此刻我坚定地认为，等到又一个十四年过去浮萍乡的人和现在变化不大。也许浮萍乡早已不复存在了，只是变成一个地名留存在那些思乡的人心里。也许老牟仍然是算命先生，更加受人尊敬，收入更加丰厚……

老牟为我看相时说道：“你是大将之才，虽然现在路途不顺利。你四十岁之后必成大器!”

四十岁，这个年龄我很熟悉。因为经常听奶奶他们在电话里念叨：“你爸爸也不打个电话回来，谁也不知道他到底怎么样了。不过，我很放心。因为老牟说他四十岁之后必成大器!”

现在我爸已经是四十三岁了，好像并没有成大器的迹象。

我想骂人，骂老牟你这个骗人的老东西，骂那些无知的人——也许有其他人也像我一样想过，有人实践过，有人放弃了。但结果都一样，浮萍乡仍然像走在一个圆圈里面一样，无论走多远，不改变观念和思想，永远都只是原地踏步。

我想了那么多，我越想越烦躁，我迫切地想回家，想回家好好睡一觉，忘掉这一周在浮萍乡遇到的一切，希望脑海属于浮萍乡的那一块记忆只是伍琦我们快乐的小时候和那时候不论人或风景都还算美丽的浮萍乡。

五十六

从浮萍乡离开的时候是下午一点多，我们和乡政府交涉了很久。最后达成一致：我们每人付一百块钱作为车费和油费，继续由政府安排汽车送我们回去。

中午吃饭的时候，熊副书记说：“为了贯彻低碳环保理念，为了降低政府开支，做节约型政府。你们回去就不能乘坐政府安排的汽车了。”

冉诗人很有大将风范，一句话不说。打了十几个电话，最后得到的答复都是：不来。浮萍乡没有多少乘客，大巴车跑一趟必定亏本。现在本来就不赚钱，不想多亏钱了……

和熊副书记去房间外待了很久，然后冉诗人就进来通知我们准备回去了。

我搞不明白，我们来浮萍乡采风花的钱不少了吧，为什么在我们要回去的时候突然要节约，是亡羊补牢还是故作姿态。老为一针见血地给我说，“这叫人之常情。咱们已经没啥利用价值了，所以他们不为咱们花钱了。”

我问老为，你怎么什么都懂？

老为指着自己说，“看到没？皱纹，这不叫皱纹，这叫岁月。男人经历的岁月都不会消失的，会变成你的财富永远留在脸上。”

我帮秦倩倩把行李搬上车的时候，老为很自豪地和我说：“小子！你老为叔，终于成功了！记得到时候请我这个红娘喝喜酒！”。

我看到车窗外匆匆闪过的荒凉景色，不知道那一群人会让这原本不富裕的地方变成什么样子，我有点惆怅，我想也许咱们的人生就像坐在汽车上看风景，能看到很多美丽或丑陋的景色，但它们都极其短暂，因为车轮在不停向前。社会虽然很丑陋，人生虽然会有很多不如意，但应该坚信，下一站有美丽的景色。

“阿藤。还记得那首歌不？”老为问我。

“哪首？”

老为从包里翻出磁带递给汪叔，“放上！最大声！”

“唷呵，你这么个大男人还随身带磁带。挺像文艺小青年的啊。”我开玩笑说。

“你不懂。这叫信仰！”

歌声从音响里传出，熟悉的浑厚的嗓音：

我来唱一首歌

古老的那首歌

我轻轻地唱

你慢慢地和

是否你还记得

过去的梦想

那充满希望灿烂的岁月

你我为了理想

历尽了艰苦

我们曾经哭泣

也曾共同欢笑

但愿你会记得

永远地记着

我们曾经拥有闪亮的日子

五十七

讲完了。

我发现我眼前的五位老人已经睡着了，拿手机看看才知道现在已经夜里十一点多了。我爸跟我讲，老人一般晚上不到九点就睡了，今天想听你讲故事，都坚持没睡。

这个时候，我发现灵堂的蜡烛已经熄灭了几支，挨个点燃。

在微弱的光线中，我看到老人们睡得很安详。我去打开了录音机，放起悠扬的挽歌。

我爸说，晚上别睡，明天五点钟，起灵，抬上山去埋，你要觉得不好玩，可以跟秦倩倩出去走一圈。

秦倩倩立刻拉上我，示意马上去，我心里在说，小娘们，这种场合，你不能庄重，至少也要装庄重。不过也好，我挺喜欢你这种性格，跟幼儿教育不过关似的。

我说好啦，出去看看比纯净水还纯净的山泉水吧，不过晚上不要喝，晚上水里都有妖精——我在秦倩倩喝山泉水的时候说的这个话。

秦倩倩问我："如果，我是说如果，这个村子没人了，会怎么办?"

我其实也不知道："很简单啦，有人来建房子，山泉水围起来，建纯净水厂。"

"那些坟墓怎么办?"

“推掉咯。”

“他们的后代要回来看怎么才能找到?”

“穷人没有资格怀念家乡。”

五十八

起灵了。

五位刚刚昏昏欲睡的老人醒了，唱起我根本不知道什么意思的挽歌。我听到山间回荡着挽歌声，还有鸟鸣声。

我和五位老人一起扛起了棺材，秦倩倩跟着我们一起前往山上。

我爸打着手电筒走在最前面，边走边撒着纸钱，嘴里念叨着我根本听不懂的话。

到了已经挖好的坟墓旁边，棺材被放下，秦倩倩看到后剧烈地呕吐起来。

老人们不让我碰，他们把老牟的尸体放了进去。老人们用老迈的身躯跳起看似古老而神秘的舞蹈。

我拉着秦倩倩、我爸一起跳。

我们一边跳一边往里面填土。

最后，声音停止了，老牟被埋进了土里，还有我们家乡的过去。

五十年，也是一百年后，这里荒草重生，如果我走到这里，我能想起，那一天清晨回荡的悠扬的声音，是老人的无奈和哀伤，以及心里不敢说出来的愁。

老人们跟我讲：“藤娃子，这没啥子好哭的，人嘛，就是看到别人死后，自己却一天比一天长大。”

就是嘛，生活，就是生下来，活下去，好好活下去，就是好好的生活。